Ullstein

DAS BUCH

31.12.1999. Sensationelle Nachrichten halten die Berliner Öffentlichkeit in Atem: Franz Wolf, Herr über das größte Versicherungsimperium Europas, will auf seiner Silvesterparty ein Jahrhundertzeichen setzen und eine bahnbrechende gentechnologische Entdeckung vorstellen. Ein rätselhafter Todesfall geht diesem Event voraus. Während eines Assessments kommt bei einem Rollenspiel unter Leitung der Konzernpsychologin Dr. Miriam Roth einer der Topmanager ums Leben. Miriam droht eine Anklage wegen Beihilfe zum Mord. Bruno Paul, der originellste und liebenswerteste Anwalt Berlins, übernimmt ihren Fall und hat schon bald das Gefühl, Teil einer gigantischen Verschwörung zu sein. Immer wieder wird er mit dem Namen seiner jüdischen Psychoanalytikerin Prof. Dr. Gabriele Goldschmidt konfrontiert, einer Verfechterin der »Analyse des Widerstandes« und militanten Gegnerin der Gentechnologie. Haben sich die beiden Frauen verbündet, um die ehrgeizigen Pläne Wolfs zu sabotieren?
Die mit Spannung erwartete Millennium-Party im Hotel Adlon hält eine letzte große Überraschung bereit . . .

DER AUTOR

Jochen Senf ist 1942 in Frankfurt am Main geboren. Er lebt als freier Schauspieler und Autor in Berlin. Neben zahlreichen Drehbüchern, Theaterstücken und Hörspielen schrieb er bereits mehrere Kriminalromane. Jochen Senf ist vor allem durch seine Rolle als Tatort-Kommissar »Palü« einem breiten Publikum bekannt.

Jochen Senf

Die Baby-Fabrik

Ein Fall für Bruno Paul

Krimi

Ullstein

Ullstein Buchverlage GmbH & Co. KG,
Berlin
Taschenbuchnummer: 24629

Originalausgabe
Juni 1999

Umschlaggestaltung:
Vera Bauer
Bild: Tony Stone Images

Printed in Germany 1999
Gesamtherstellung:
Ebner Ulm
ISBN 3 548 24629 X

Gedruckt auf alterungsbeständigem
Papier mit chlorfrei
gebleichtem Zellstoff

Die Deutsche Bibliothek –
CIP-Einheitsaufnahme

Senf, Jochen: Die Baby-Fabrik : ein
Fall für Bruno Paul ; Krimi / Jochen Senf.
– Orig.-Ausg. – Berlin : Ullstein, 1999
(Ullstein-Buch ; Nr. 24629)
ISBN 3-548-24629-X

Prolog

Bruno setzte sich in seinem Büro auf seinen dreibeinigen Melkschemel. Der war sehr niedrig. Wie sonst auch hätte die Melkmagd an die Kuheuter kommen sollen? Zum Sitzen mußte Bruno die Knie anziehen. Mit den angezogenen Knien überragte er den Schreibtisch, unter dem der Schemel gewöhnlich stand, gerade um Kopfeslänge. So knapp über der Tischkante, sah Brunos Hals wie abgeschnitten aus.

Genauso fühlte er sich auch. Jeden Moment saust das Fallbeil nieder, und mein Kopf hoppelt in den Korb voller Sägemehl wie ein aufgeschrecktes Kaninchen. Das Nachdenken über die verfahrene Situation wurde für ihn dadurch nicht leichter. Er hoffte, auf dem Melkschemel an seinem Schreibtisch Erleuchtung zu finden.

Der Schreibtisch war ein altes Möbelstück aus einer Walliser Käserei. Schon seine Ururururgroßmutter hatte auf diesem Tisch den Käse gewendet und die Butter geschnitten. Und er, Bruno, war auf diesem Tisch von seiner Mutter in die Windeln gewickelt worden.

»Mein Gott, Bruno, einmal habe ich nicht aufgepaßt, und du bist vom Tisch gefallen«, entsetzte sie sich von Zeit zu Zeit, als wäre es gerade eben passiert, und sie schlug die Hände vor das Gesicht. Meistens kamen der

Mutter an Brunos Geburtstagen diese Erinnerungen. Nach ein paar Gläschen Eierlikör.

Auf dem Melkschemel waren dunkle Flecken. Tiefe Kerben zerklüfteten das harte Holz.

»Diesen Schemel hat deine Ururgroßmutter einem plündernden Soldaten auf den Schädel geschlagen, als sie im Stall die Kühe molk und der Schuft sie bedrängte. Im Lötschental im Wallis war das, wo die Gisentella weiß wie Milch aus dem Gletscher kommt. Der Bischof von Sion nämlich, ein Erzgauner, führte Krieg gegen die Lötschentaler. Denen ging ihre Freiheit immer über alles. Genau so wie deiner Ururgroßmutter«, erzählte Brunos Großmutter und machte genau an dieser Stelle immer eine Pause. Sie schaute den kleinen Bruno streng an, hob den rechten Zeigefinger und sagte: »Bruno, man darf sich nichts gefallen lassen! Die Familie muß zusammenhalten! Auswandern! Wie wir! Das Rhonetal runter, bis die Luft wieder sauber ist!«

Dazu nickte seine Mutter bestätigend mit dem Kopf und drückte die Sahne aus der stoffnen Sahnespritze auf den Pflaumenkuchen. Der war mit Zucker und Zimt bestreut. Herrlich, wenn sich die Sahneberge über den Pflaumen türmten! Das schlotzende Geräusch, wenn die Mutter die Sahne vom Spritzenende wegschleckte, wird Bruno nie vergessen.

Und dann seufzte sie, die Lippen sahneweiß: »Dein Vater, Bruno, dieser Kümmerling, war leider nicht in unsere Art geschlagen!« An dieser Stelle ereilte Bruno immer ein schlechtes Gewissen. Denn eigentlich wollte Bruno an dieser Stelle immer fragen:

»Weshalb ist er so frühzeitig auf und davon? Und wohin? Nur wegen seiner schlechten Art?«

Er hatte nie gefragt. Sein Vater blieb für ihn stets ein großes Fragezeichen und dunkle Vergangenheit. Einer, der Fersengeld gegeben hatte. Auf seine eigene Art ausgewandert war, ohne eine Spur zu hinterlassen. Bruno litt unter der Angst, auch nicht von der Art zu sein. Den Vater verraten zu haben, weil er nie nach ihm gefragt hatte. Heute litt er darunter ganz besonders, denn Miriam hatte ihn des Verrats bezichtigt: »Bruno, Sie sind ein elender Opportunist. Nur mit dem Maul ein Held!«

Bruno konnte auf dem Tisch, von dem er in zartem Säuglingsalter gestürzt war, mit beiden Händen eine große Faust machen und da ganz bequem das Kinn hineinbetten, und dann konnte der Rechtsanwalt, der in seinem Büro so gut wie nie einen Klienten vorfand, stundenlang sinnieren. Er konnte sich regelrecht davonstehlen, in der Hoffnung, Erleuchtung zu finden. Und die konnte er in seiner vermaledeiten Situation wahrhaftig gebrauchen. Zum Teufel aber auch!

Bruno konnte den Blick zwischen den Schäfchenwolken auf dem Teppich vor sich und auf der Decke über sich traumverloren hin und her wandern lassen, das Jungfraujoch besteigen oder seine Blicke den Aletschgletscher hochwandern lassen, der sein Wasser breitmäulig ins Lötschental im Wallis spuckte, bis er vom Wandern und Drehen der Augäpfel auf seinem Melkschemel halb besoffen war. Ein Tütchen mit feinem Gras konnte diese Momente zu mystischer Entrückung steigern, die sich in schiere Wollust verwandelte, wenn Amanda, nur mit einem Badetuch beschürzt, sozusagen barhäuptig am ganzen Leibe, an der gegenüberliegenden Wandseite des Zimmers auf dem Sofa saß. Was selten geschah. Und in letzter Zeit nie mehr. Bruno blieb ein letzter Seufzer, den er hinüberschickte. Zu dem Sofa. Zu diesem Bild seiner Erinnerung. In dem auch dieser Kerl saß. Sein Nachfolger und sein Ebenbild. Ein Hallodri, der genauestens Bescheid wußte über Bruno und seinen Gram. Der sich ihm schamlos wie eine Zecke ins Hirn gebohrt hatte, und dort herumlärmte mit dem Radau einer Faschingsschnarre.

»Ganz bestimmt bin ich auch ein Kümmerling«, murmelte Bruno sich selbst bedauernd. »Oder warum hat mich Amanda verlassen mit so einem Weichei?«

Irgendwie klappte das mit dem Sinnieren heute nicht. Bruno hatte keine wirkliche Muße. Er hatte eine Verabredung. Im Café *Einstein* Unter den Linden. Mit Frau Goldschmidt. Und er hatte Hunger. Auf Rippchen mit Sauerkraut oder gekochte Leberwurst.

Ich könnte ja im *Einstein* essen. Aber wahrscheinlich haben die gar kein Sauerkraut mit Rippchen. Es wäre wohl auch nicht schicklich, wenn ich mir in Gegenwart einer berühmten Analytikerin Sauerkraut um die Gabel wickeln würde. Pietätlos wäre das. Sie muß eine Entscheidung fällen auf Leben und Tod. Ohne Aufschub. Augenblicklich. Sauerkraut ist da nicht angebracht, sinnierte Bruno.

Frau Goldschmidt war Spezialistin für »Analyse des Widerstandes«, wie sie sich auszudrücken pflegte.

»Die zivile Wehrhaftigkeit ist völlig verhunzt. Man muß ihr auf die Sprünge helfen.« Ihre Couch war immer übervölkert. Nur die besten Kreise. Sie lief mit einem Armeerevolver in ihrer Handtasche durch die Gegend wie andere Damen mit ihrem Hund. Bruno fühlte sich durch sie an seine Ururgroßmutter im fernen Wallis erinnert.

»Warum, mein lieber Bruno Paul«, hatte sie ihm schon vor einiger Zeit ihr Konzept erläutert, »soll ich ein Opfer nicht auch durchaus ermutigen, dem Täter in den Arsch zu treten? Wenn nur das dem Opfer die Würde zurückbringt? Seine einzigartige Freiheit?«

Frau Goldschmidt war eine grazile Dame Mitte Siebzig. Lodernd weiße Haare umrahmten ihr Gesicht. In jeder Falte ihrer Augen lauerte mindestens ein Schalk, und von diesen Falten hatte sie unzählige.

Also wenn ich mich jetzt erhebe, dachte Bruno, werde ich wie eine Sternschnuppe unweigerlich zwischen den Schäfchenwolken meines Kelims versinken. Die Wolken auf der Zimmerdecke, die sich im Kelim spiegeln wie in einem See, würden dennoch unbeirrt, trotz meines Versinkens auf den Seegrund, weiter ziehen, über das Ledersofa hinweg, zum Fenster hinaus, in die weite Welt. Die Taschen meines Mantels würden sich mit Wasser füllen. Ich würde daran denken, daß ich viel zuwenig in die weite Welt gezogen bin. Eine furchtbare Sehnsucht, besonders nach Amanda, würde mir die Brust zerreißen, und mit dieser furchtbaren Sehnsucht gefüllte Luftblasen würden hochsteigen und zwischen Sofa und Schreibtisch zerplatzen. *Pling*. Kein Mensch würde ahnen, daß ich ein paar Meter tiefer auf dem Grunde eines Sees läge und gerade meine Sehnsucht ausgehaucht habe. Am wenigsten Amanda. Dieses Aas. Die mich mit diesem angelebten Lebemann verlassen hat. Wenn es wenigstens noch ein Kerl gewesen wäre. Eine handfeste Marke, mit der man vor die Tür gehen kann. Von Mann zu Mann. Nein. Dieser Mensch parfümierte sich. Eine süßliche Fahne zehn Meter gegen den Wind, die ihr Leben vor zwei Tagen zwischen den Schienen der U-Bahn ausgeflattert hatte.

Das wäre in meiner jetzigen Situation so schlecht nicht, grübelte Bruno, einfach in den Wolken zu verschwinden, aber ändern würde das auch nichts. Ich stochere im Nebel herum und steuere, mit vier Morden am Hals, auf mein Ende zu.

Also blieb er sitzen und fahndete in den Innentaschen

seines Mantels, in den er eingehüllt war, nach Pistazien. Da waren keine mehr. Statt dessen wurstelte er aus den Tiefen seiner Taschen eine entzückende chinesische Miniskulptur aus Elfenbein hervor, die ihm Amanda zu Beginn ihrer Leidenschaft geschenkt hatte. Ein Paar, das, eng mit Armen und Beinen ineinander verschlungen, im Sitzen vögelte. Er mit der Brünstigkeit eines Ochsen im verklärten Gesicht, sie mit weit geöffnetem Mund und mit geschlossenen Augen, den Kopf weit in den Nacken geworfen, voller Seligkeit ihre Lust hinausschreiend. Bruno hatte die beiden schon lange nicht mehr ans Tageslicht geholt und stellte sie dicht vor sich hin, Aug in Aug, auf die Schreibtischplatte.

Als Frau Goldschmidt diese Skulptur vor wenigen Monaten zum ersten Mal sah, hatte sie gesagt: »Dieses irdische Vergnügen an der Lust, die sich so seelenvoll in den Taschen Ihres Mantels dem Leben hingibt, wird ein rasches Ende haben, wenn wir diesen Herrn Wolf gewähren lassen.«

Genau das wollte Frau Goldschmidt nicht. Herrn Wolf gewähren lassen. Deshalb saß sie wahrscheinlich jetzt schon, sie kam immer zu früh – »Ich liebe es, in den Cafés mit den Augen von Gesicht zu Gesicht zu flanieren« –, im Café *Einstein*, unweit des Brandenburger Tores, schräg gegenüber vom *Adlon*. Die Spinne lauert auf ihr Opfer, dachte Bruno, obwohl Frau Goldschmidt viel zu kultiviert für eine Spinne war.

Im *Adlon* sollte heute, um Mitternacht, auf der Schwelle zum Jahr 2000, die ganz große Verkündigungsparty toben. Doch nicht nur, daß Frau Goldschmidt es liebte, mit den Augen zu flanieren, Bruno dachte auch an den Armeerevolver ihres Vaters, den sie in ihrer Handtasche immer mit sich trug.

»Er kämpfte an der Marne, an der Somme, er war

hoch dekoriert. Mehrmals verwundet. Er war ein Patriot.« Sie hatte Bruno mal ein Foto ihres Vaters aus dieser Zeit gezeigt. Man sah einen hochgewachsenen, stolzen Mann in Uniform, auf der das eiserne Kreuz prangte. Die Oberlippe zierte ein Schnurrbart, wie ihn der Kaiser trug. »Dann haben sie ihn vergast«, hatte sie gesagt und das Foto wieder in einen Pappkarton zurückgetan. Sie schaute einen Moment regungslos in den Karton, bevor sie ihn mit dem Deckel schloß. Sie tat das ganz behutsam, als schlösse sie das Grab, in das der Vater gelegt worden war und von dem sie nicht einmal richtig wußte, wo es sich befand. »Man muß immer bereit sein«, fügte sie nach einem kurzen Zögern hinzu, ehe sie den Karton wieder in einem Schränkchen verstaute. »Und das Undenkbare denken.«

Wenn Bruno auf seinem Melkschemel an ihren Revolver dachte, wurde seine Bereitschaft, zu dem verabredeten Rendezvous mit Frau Goldschmidt ins *Einstein* zu gehen, noch geringer, als sie ohnehin schon war. Er war sich ziemlich sicher, daß dieser letzte Tag des alten Jahrtausends böse enden würde. »Was wohl gewesen wäre, wenn mein Vater irgendwie auch nur ansatzweise geahnt hätte, was dieser Kerl mit ihm, meiner Familie, mit den Levys, den Simons und Silbers, vorhatte? Und was all die vielen anderen mit uns vorhatten? Und die, die zugeschaut haben, ohne einen Finger zu rühren? Und all die, die angeblich von nichts wußten? Ja was glauben Sie, mein lieber Bruno Paul, was dieser Herr, der uns heute abend im *Adlon* die Neue Welt verkünden will, mit uns vorhat? Woher, glauben Sie, kommt sein Riesenvermögen? Es kommt daher, daß schon sein Vater ein Leben lang all das gewissenhaft betrieben hat, was der Sohn sich heute mit uns vornimmt. Eine direkte Linie. Vom Vater auf den Sohn. Unser aller gemeinsamer Stammbaum, der unterirdisch wuchert und den keiner je sehen wollte. Sehen will. Ich werde die Erde aufreißen, damit alle sehen, was da wuchert«, hatte Frau Goldschmidt in einer ihrer letzten gemeinsamen Sitzungen gesagt. Und sie hatte bekräftigend hinzugefügt: »Ich werde ihm die Suppe gründlich versalzen.«

Bruno hatte ihr lediglich dieses Treffen im *Einstein* abringen können, zu dem er jetzt aufbrechen mußte. Er erhob sich und schlurfte über die Schäfchenwolken zur Wohnungstür. Warf noch einen Blick auf den großen Hirschgeweihfarn, der im Zimmer nebenan, im Schlafzimmer, stoisch wie eh und je von der Decke hing und dessen Schatten sich auf dem Bett abzeichnete, in dem Bruno seit fast zwei Wochen nicht mehr geschlafen hatte. Seit Amandas Auszug. Er schlief auf dem Ledersofa, auf dem nie ein Klient saß. Das Bett roch immer noch nach ihrer Haut. Ein Leben lang, dachte Bruno, wird es danach riechen, auch nach tausend Waschgängen der Laken.

Er seufzte, ehe er in den asthmatischen Fahrstuhl stieg, der ihn, ebenfalls stöhnend und seufzend, ins Parterre brachte.

Auf dem Weg dahin betrachtete er sich in dem halbblinden Fahrstuhlspiegel. Es kam jeden Tag ein neuer Fleck hinzu. Bald würde er in dem Spiegel vor lauter Flecken gar nichts mehr von sich sehen. Bis auf ein paar winzige, völlig unbedeutende Ausschnitte. Einen Nasenpickel, eine Falte, zwischen blinden Flecken eingequetscht.

Das Taxi hielt am Brandenburger Tor. Die letzten paar Schritte wollte Bruno laufen. Es regnete. Der Asphalt glänzte. Ganz leise hörte man die Reifen der vorbeifahrenden Autos, die durch den aufgesprühten Regen in

Gischt gehüllt waren. Bruno duckte sich in seinen Mantel wie eine Schildkröte in ihren Panzer.

Das *Einstein* war, bis auf ein paar Touristen, noch leer. Das wunderte Bruno. Er hätte mehr Betrieb erwartet. Die Tische und Stühle schimmerten bernsteingelb. Dazwischen standen die Kellner mit ihren weißen Schürzen und schwarzen Hemden und ruckten, als Bruno das Café betrat, mit den Hälsen wie Pinguine. Sie warteten wohl auf den dicken Fisch mit dem guten Trinkgeld. Doch er war heute kein dicker Fisch. Nicht einmal eine Sardine. Er fühlte sich leer geschlürft wie eine Auster.

Natürlich war Frau Goldschmidt schon da. Sie saß direkt am Fenster zur Straße hin. Der schlohweiße Haarschopf leuchtete über der schmalen Frau, die, wie immer, ein Jackenkostüm aus englischem feinem Tweed trug. Ihre Handtasche stand neben der Teetasse.

»Hallo.«

Bruno setzte sich zu ihr. Sie antwortete nicht. Sie schaute schräg gegenüber auf das *Adlon*.

Ein Portier mit enorm dickem Bauch und in Livree wälzte seine Masse aus dem Eingang des Hotels an die Bordsteinkante und riß mit behandschuhter weißer Hand, als wäre dieser Auftritt eigens für die beiden Betrachter am Tisch im *Einstein* inszeniert, den Wagenschlag eines dunkelblauen Rolls-Royce auf. Der Bauch des Portiers war fast dicker als sein Arm lang. Die Hand hatte Mühe, den Türgriff zu erreichen. Man mußte geradezu fürchten, er könne, ganz der ziehenden Schwerkraft seines Fettes folgend, die Balance verlieren, umkippen und den grazilen Mann mit der Goldrandbrille und der weißen Bürstenfrisur, der jetzt dem Inneren des Rolls-Royce entstieg, erschlagen. Der Portier hielt den Kopf gesenkt, die Hand immer noch am Wagengriff. Ein ungeheures Doppelkinn schnürte seinen Hals ein, wenn er den Mund bewegte. Der grazile Mann drückte ein Trinkgeld in die linke Hand des Portiers und schritt auf das *Adlon* zu. Ein Lakai hielt einen großen Schirm über ihn.

»Da also kommt Franz Wolf«, sagte Frau Goldschmidt. Mit den beringten Fingern ihrer rechten Hand trommelte sie ein kurzes, hartes *Klackerdiklack* auf die Glasplatte des Tisches. Sie lächelte Bruno aus den Augenwinkeln an, das Gesicht der Szenerie vor dem *Adlon* noch halb zugewandt.

»Bruno Paul, Sie träumen nicht. Es ist alles so, wie es ist. Franz Wolf heißt das Problem. Wir müssen ein Exempel statuieren. Der unumkehrbare Moment ist da. Es tut mir leid für Sie.«

Sie sprach wie eine Guerillera im Urwald von Chiappas. Nicht wie eine Mittsiebzigerin, Professorin der Psychiatrie, Verfasserin zahlreicher Bücher und mit vielen internationalen Ehrungen ausgezeichnet. Zumal sie wußte, daß Wolf wahrscheinlich Brunos letzte Chance war, seine Unschuld zu beweisen. Ausgerechnet der Zeuge seiner Identität sollte womöglich einem Komplott zum Opfer fallen, dessen Hirn Frau Goldschmidt war.

Franz Wolf war der Boß und Besitzer des größten Versicherungskonzerns in Europa, auch Eigentümer des *Adlon* und einer der mächtigsten Männer der Neuen Berliner Republik. Franz Wolf hatte für den heutigen Tag, den 31.12.1999 angekündigt, dieser Republik als Innovator ein Jahrtausendzeichen zu setzen. Dieses Zeichen sollte um Mitternacht, in den Festsälen des *Adlon*, auf der Schwelle von Millennium zu Millennium, in »die Hirne der Berliner gemeißelt« werden. »Schlagartig, global und auch bestürzend. Unaufhaltsam. Alle Grenzen sprengend. Jeder Widerstand gegen die Flut der Konsequenzen aus einem an und für sich winzigen Ereignis ist zwecklos«, hatte Franz Wolf noch vor wenigen Tagen in der Tagesschau gelächelt.

Es war ein ganz sanftes Lächeln mit einer ganz leisen Stimme. »Die zweite Evolution, die neue Schöpfungsgeschichte«, lächelte das Lächeln hinter der Goldbrille, »ist unaufhaltsam. Sie wird zum Markenzeichen der Neuen Berliner Republik werden. Wer von Berlin spricht, wird, vom Jahr zweitausend an, von der Erneuerung der Welt sprechen müssen. Berlin prägt die Welt.«

Die Gläser der Brille waren ziemlich dick und vergrößerten die dahinterliegenden Augäpfel, als wären es Froschaugen. Man rätselte, was es sein könnte. Welches Zeichen in die Hirne der Berliner, in das Hirn der ganzen Welt gemeißelt werden sollte. Welche Flut von Konsequenzen aus dem *Adlon* brechen, das Brandenburger Tor durchschwemmen und über den neuerbauten Potsdamer Platz mit der Gewalt eines Ozeans hinwegfegen würde, um das neue Regierungsviertel, den Reichstag, die Hackeschen Höfe, ganz Berlin, Deutschland, Europa, die Welt, die Seele jedes einzelnen, ALLES und JEDEN! unwiderruflich zu überziehen.

»Hosianna«, murmelte Bruno, der an diese Tiraden dachte.

»Hosianna?« fragte Frau Goldschmidt.

»Der Erlöser ist nah. Es wäre ja nicht das erste Mal, daß er von Berlin aus in die weite Welt aufbricht.«

»Werden Sie nicht zynisch, Bruno Paul. Das steht Ihnen nicht.« Sie legte ganz kurz ihre Hand auf seine. Ihre Hand war ganz warm.

Die Berliner Tageszeitungen sprachen von nichts anderem mehr. Sogar die selbstverliebten Schlagzeilenkünstler von der *taz*, nie um einen linkischen Zynismus verlegen, waren der allgemeinen Hysterie verfallen.

Silvester 2000 in Berlin, das war die Party von Franz Wolf im *Adlon*. Und sonst gar nichts. Die Eintrittskarten waren seit Wochen ausverkauft. Sie erzielten auf dem Schwarzmarkt astronomische Summen. Die fette Knappes, die Partnerin von Amanda, hatte zehn Stück davon verhökert. Fünf Mille das Stück. »Aber auch nur, weil du mein Freund bist«, hatte sie zu Aykut gesagt, der ihr vier Karten abgenommen hatte. Sie hätte einen Schlagfluß bekommen, wenn sie gewußt hätte, daß Aykut die vier Karten noch am gleichen Tag für das Doppelte weiterverscherbelt hatte. »Die Party geht mir doch völlig am Arsch vorbei . . .« Die vier Bundestagsabgeordneten waren selig über die Tickets.

»Ich bin euer Rammbock, euer Moses, euer Leitwolf, euer Alpharüde«, hatte Franz Wolf in fetten Lettern auf der Titelseite der *tageszeitung* verkündet. Ein seltsamer Kontrast, der sich da auftat. Franz Wolf, der Mann mit den Gelehrtenzügen, war ja nun doch schon siebzig, obwohl mit einer jungen Frau gerade erst vermählt. Schwer vorstellbar, wie er als rammender Alpharüde die vielen Rudel, die Wölfe und Promenadenmischungen dieser Welt in »unvorstellbare Dimensionen« wuchten wollte. Den rasenden Erdball auf der manikürten Fingerspitze ausbalancieren? An der Bar des *Adlon*? Oder wie? So, wie der Zirkusartist in der Arena den rasend rotierenden Ball von der Fingerkuppe wegschnippst? Hin in eine schöne, wunderbare Zukunft, begleitet vom raunenden »Aaaahhhhhh« und »Oooohhhhh« des Publikums.

Der Messias schien nah, Berlin war voller Erwartung und hielt gespannt den Atem an. Vor Bruno saß die schmale Frau Goldschmidt, die die Ankunft des Herrn verhindern wollte.

Der Sherry, den sie bestellt hatte, kam endlich auf einem Silbertablett. Der zierliche Franz Wolf verschwand gerade im *Adlon*. Er war von Fotografen und Reportern aufgehalten worden, denen er Rede und Pose stand. Blitzlichter flammten auf.

Bruno schnipste mit den Fingern den Kellner zurück, der den Sherry gebracht hatte und schon wieder auf dem Abmarsch war.

»Sie wünschen?«

»Haben Sie einen guten Weißwein?« erkundigte sich Bruno.

»'n trockenen«, nuschelte der Kellner.

»Wie?«

»'n trockenen«, nuschelte es wieder.

»Ja, welche Sorte?«

»'n trockenen.«

»Danke, ich nehme keinen Wein.«

»Wie Sie wünschen«, nuschelte das Monster und watschelte davon.

Das *Einstein* begann sich nun doch langsam zu füllen. Herren im Smoking mit ihren Damen in Abendgarderobe nahmen Platz. Die Pinguine wedelten geschäftig von Tisch zu Tisch.

»Sie sollten in Berlin auf Bier umsteigen«, sagte Frau Goldschmidt, öffnete ihre schwarze Handtasche und kramte einen Stapel Tonkassetten hervor, den sie triumphierend in der Luft schwenkte.

»Auf diesen Kassetten ist der gesamte Franz Wolf versammelt«, sagte sie. »Eine lange Lebensbeichte auf einer schmalen Couch. Entweder, er kapituliert, oder es wird ab dieser Minute scharf geschossen.«

Sie lachte breit, als wäre das ein Witz, schlug mit der flachen Hand auf den Tisch, daß es knallte, und verstaute die Kassetten wieder in ihrer Tasche.

»Anton Mommsen wird die geheimsten Ängste des

großen Wolf mit Handkuß im *Tagesspiegel*, in der *New York Times*, in der *Zürcher*, überall veröffentlichen. Ich muß ihm die Kassetten nur geben. Dann ist er erledigt. Unser Alpharüde.«

Da mag sie ja recht haben, dachte Bruno. Er war sich allerdings nicht sicher, ob Anton Mommsen und seine Frau Marcella nur auf die Lebensbeichte von Wolf scharf waren.

Frau Goldschmidt mußte seine Gedanken erraten haben. Für sie war er ein offenes Buch.

»Das sind zwei ganz durchtriebene Kantonisten, dieser Anton und seine Marcella. Daß sie ganz scharf sind auf den DNA-Chip, den Wolf entwickelt hat, ist doch verständlich. Es wäre die Story ihres Lebens. Trotzdem, ich mag die beiden.«

»Sind Sie sich denn sicher, daß die nur die Story wollen?«

»Ach, Bruno Paul, was ist schon sicher?«

»Für den Chip könnten sie sich die halbe Welt kaufen.«

Die Augen von Frau Goldschmidt funkelten glasklar und jung aus dem faltigen Gesicht. Trotz des hohen Alters konnte sie vor Liebenswürdigkeit und Charme übersprudeln. Sie war in diesen Momenten alterslos, und Bruno hätte sich, wie jetzt, immer wieder in sie verlieben können.

»Mein lieber Bruno Paul, Sie liegen bei mir auf der Couch. Ich werde nicht mit Ihnen anbändeln.« Ihr Lächeln im Sessel am Kopfende der Couch hatte Bruno, der ja auf dem Rücken lag und an die Zimmerdecke starrte, immer nur ahnen können. Hatte sie überhaupt je gelächelt? Aber ganz bestimmt. Es war unüberhörbar, das Lächeln in ihrer Stimme.

Jetzt lächelte die Stimme nicht. Sie wurde sehr hart,

denn Frau Professor Dr. Goldschmidt erhob sich im Café *Einstein* von ihrem Sitz und sagte: »Ich werde diesen Weg zu Ende gehen. Wenn es sein muß, mit allen Konsequenzen. Ich bin nur gekommen, um Ihnen das zu sagen. Leben Sie wohl.«

Sie reichte Bruno noch die Hand, als wäre dieser Abschied ein Abschied für immer.

»Und ich kann Sie auf keinen Fall davon abhalten ...?«

»Auf keinen Fall«, sagte sie und ging.

Bruno schaute der kleinen Dame nach, mit der Tasche, die an ihrer Hand baumelte, bis sie das Café verlassen hatte. Drei Jahre hatte Bruno bei ihr auf der Couch gelegen. Sie kannte jeden Winkel seiner Seele. Das nutzte ihm jetzt gar nichts. Der Sherry war unberührt. Er kippte ihn hinunter. *Leb wohl, kleine Traurigkeit, mein Leben*, fiel ihm ein Lied ein. Er wußte nicht, warum ihm ausgerechnet dieses Lied einfiel, das ein Freund von ihm vor vielen Jahren gesungen hatte. Immer dann, wenn er im Suff vom Stuhl fiel.

Bruno fühlte sich wie ein Webstuhlschiffchen, das von Faden zu Faden hüpfte, ohne auch nur im geringsten das Webmuster zu erkennen, an dem Hände webten, über die er keine Gewalt hatte. Keine Anstrengung half gegen dieses Gefühl tiefer Vergeblichkeit.

Er überlegte fieberhaft, wie die Katastrophe doch noch abzuwenden war. Natürlich hätte er eben hinterherstürzen, einen Auflauf provozieren können. Er tat es nicht. Er sah, wie Gabriele Goldschmidt, ohne Mantel, auf das *Adlon* zuging, dort in ein Taxi stieg und davonfuhr. Ihre Wangenknochen und die weißen Haare schimmerten hell hinter der regennassen Wagenscheibe. Immerhin hatte sie das *Adlon* nicht, noch nicht, betreten. Aber sie würde es heute noch tun.

Nach dem Sherry bestellte Bruno dann doch noch einen Chablis bei dem Nuschler mit dem Watschelgang.

»Einen Chablis, bitte. Das ist ein Wein. Weiß. Trokken. Mit einer feinen Johannisbeersäure. Wenn er gut ist.«

»Wie Sie wünschen.«

So ein Idiot von Kellner war einfach unerträglich. Das *Einstein* füllte sich immer mehr mit Partygästen. Viele fanden keinen Platz mehr. Die meisten Frauen trugen Hüte, die ständig mit den Rändern aneinandergerieten.

Das *Adlon* öffnete die Festsäle für die Verkündigung und Superparty erst um acht. Noch ein paar Stunden Galgenfrist bis zur Katastrophe. Zur Vorfeier knallten im *Einstein* die ersten Champagnerkorken. Der Nuschler brachte den Chablis. Der Wein schmeckte faulig und roch nach Kartoffelkeller. Bruno bestellte die Rechnung. Die Rechnung kam.

»Den Chablis zahle ich nicht.«

Er zahlte den Rest, gab dem Kerl kein Trinkgeld und wollte gehen. Ohne die geringste Ahnung, wie das drohende Desaster zu verhindern war.

Sollte er zu Franz Wolf gehen und sagen: »Herr Wolf, eine berühmte Analytikerin hat unter Umständen nur wenig Hemmungen, Sie heute abend um Mitternacht über den Haufen zu knallen oder sonstwie zu vernichten. Es sei denn, Sie nehmen Abstand von Ihren Absichten!?«

»Oh, oh«, würde Franz Wolf sagen und vor Schreck aus dem Fenster fallen. Es war alles zu spät. Das war ja der Schlamassel. Selbst wenn Franz Wolf aus dem Fenster fiel. Es war einfach unmöglich, an ihn ranzukommen.

»Als hinge die ganze Chose an einer Person«, fluchte Bruno leise. Wenn Wolf es nicht macht, macht es ein anderer. Einer macht es bestimmt. Aber genau das wollen diese beiden Weiber nicht kapieren.

Er erhob sich, um sich sofort wieder zu setzen. Heute kam aber wirklich alles zusammen. Amanda hatte das *Einstein* betreten. Bruno hatte seit ihrer Trennung vor knapp zwei Wochen nicht mehr mit ihr gesprochen. Sie trug ein hellbeiges Kostüm, das gut zu ihren roten Haaren paßte. Bruno spürte einen heftigen Stich, als er sie sah. Sein Magen krampfte sich zusammen. Er hatte sie hier nicht erwartet, sondern bei den Vorbereitungen für die Live-Show im *Adlon* um Mitternacht, die sie, als Schlußpunkt ihres Auftrages, aufzeichnen sollte. Wolf hatte sie schon vor Monaten engagiert, das angekündigte Großereignis von den Anfängen an filmisch zu dokumentieren. Es war Amanda nicht zu entlocken gewesen, worum es sich dabei handelte. Sie schwieg eisern, die ganze Zeit.

»Ich bin überglücklich, daß ich diesen wundervollen Auftrag bekommen habe. Ich werde ihn nicht riskieren, Bruno. Auch nicht dir zuliebe. Nur eins: Es ist ganz außergewöhnlich. Eine Gnade, daß ich mitwirken darf. Dieser Mann ist einfach Wahnsinn. Eine Jahrhunderterscheinung. Ein Charisma! Und er hat eine ganz wunderbare junge Frau.«

Dann hatte sie ihre Beziehung riskiert und sich einem Alptraum von Mann an den Hals geworfen. Er war die exakte Kopie von Bruno. Ein wahres Naturwunder, mit dem sie ab dem ersten Moment ihrer Trennung zusammenlebte. Nahtlos. Sie wollte diese Trennung nicht. Sagte sie. Obwohl sie ihn seitdem mit Unverschämtheiten traktierte.

»Ich will euch beide«, hatte sie beteuert, »dich und

Jockel. Ihr beide ergänzt euch ideal. Ihr seid die beiden Hälften eines Ganzen.«

Bruno wollte nur Amanda. Er haßte diesen Kerl. Wo er war, war die Welt entsetzlich.

Vor zwei Tagen war Brunos Doppelgänger bei einem tragischen Unfall ums Leben gekommen. Er war in der U-Bahn Gleisdreieck vor die Linie 1 gestürzt. Außer Matthes, Wolf und ihm wußte das niemand. Der Doppelgänger war von der Wucht des Aufpralls derart ramponiert worden, daß er nicht mehr identifizierbar war.

Auch Amanda, die rechts und links strahlend irgendwelchen Bekannten zunickte, ahnte nichts vom Ende ihres Liebhabers.

Bruno empfand über den Tod seines Rivalen und die Ahnungslosigkeit Amandas tiefe Befriedigung. Um so größer würde ihr Schmerz sein. Dieses Luder. Bruno konnte es sich in allen Variationen ausmalen, wie der Körper seines verhaßten Widersachers zerfetzt wurde. Wie das Hirn, das nur Gemeinheiten produziert hatte, auf den Gleisen zerspritzte. Wie dem Mann Arme und Beine weggerissen wurden. Er konnte sich in einen Blutrausch hineinsteigern, der ihn eigentlich hätte erschrekken müssen. Er tat es nicht. Nicht im geringsten.

Es war auf einer Party bei Freunden gewesen. Vor etwas mehr als zwei Wochen. Anfang Dezember. Bruno war schon leicht angetrunken. Er wollte eine Zigarette rauchen, hatte aber kein Feuer. Er ging ins Badezimmer, weil er wußte, daß dort gewöhnlich Streichhölzer lagen. Da waren aber keine mehr. Er überlegte, wo noch Feuer sein könnte, als plötzlich die Tür aufging und ein zweiter Bruno hereinschaute.

»Na«, sagte der, »wie geht's?«

»Gut«, sagte Bruno, und begriff in dem Moment, daß

er Zwiesprache hielt. Du bist doch besoffener, als du denkst, dachte er, wahrscheinlich stierst du wie ein Blöder in den Spiegel und redest mit dir selbst.

Da sagte Bruno zu Bruno, er hörte es bis heute noch ganz deutlich: »Hier hast du Feuer«, und Bruno reichte Bruno Feuer. Dann ging er wieder aus dem Bad, und Bruno sah sich im Spiegel mit der brennenden Zigarette im Mund. Ganz verwirrt. Hatte jemand schon mal einen Arm aus einem Spiegel Feuer reichen sehen? Unmöglich. Außerdem hatte der andere etwas ganz anderes an.

Pinkfarbene Jeans und einen dunkelblauen Blazer. Um den Hals hatte er einen knallbunten langen Seidenschal gewickelt. Er sah auch jugendlicher aus, schlanker. Lebhafter. Bruno nahm einen tiefen Zug aus seiner Zigarette und fuhr mit dem Zeigefinger einer Falte seines Gesichtes nach. Er stand unzweifelhaft vor dem Spiegel, und der andere war eben zur Tür hinausgegangen. Die brennende Zigarette in seiner Hand war der Beweis dafür. Bruno betastete seinen Körper, um sich seiner selbst zu vergewissern. Jeden einzelnen Knopf seiner Jacke drehte er mehrmals um. Er konnte das Bild nicht wegwischen. Jemand, der sein perfekter Doppelgänger war, hatte ihm Feuer gegeben.

»Ich möchte mir selbst mal eine Woche lang zuschauen«, hatte er schon des öfteren Frau Goldschmidt gegenüber geäußert, »als wäre ich mir fremd und begegnete mir zum ersten Mal. Das wäre bestimmt soviel wert wie ein Jahr Therapie.«

Der andere war nicht mal unsympathisch, dieser Mensch, der ihm so ungewöhnlich ähnlich war. Allerdings, so auf den ersten Blick, einer von den Typen, die nicht so ganz in Brunos Konzept paßten. Etwas zu sehr Hallodri, dachte er. Etwas, wozu mir der Mut fehlt. Ich bin einfach zu verklemmt.

Er hatte sein Gesicht so dicht an den Badezimmerspiegel gehalten, daß er ihn mit seiner Nasenspitze berührte. Außer den Mitessern sah er nichts Auffälliges, was auf den Ursprung seiner Verklemmtheit hätte hinweisen können. Als Bruno sein Gesicht zurückzog, hatte seine Nase einen kleinen Fettfleck auf dem Spiegel hinterlassen. Er beugte sich wieder vor, behauchte den Fleck und versuchte ihn mit dem Ärmel seiner Jacke wegzuwischen. Er wollte keine Spuren hinterlassen. Wessen Spuren, überlegte Bruno, während er wischte. Der Fettfleck war hartnäckig. Durch das Wischen wurde er nur noch größer. Genausogut hätte Bruno versuchen können, sein Spiegelbild auszulöschen.

An diesem Abend hatte er sich sinnlos besoffen. Amanda hatte im Büro auf der Couch übernachtet. »Deine Schnapsfahne mußt du alleine ausschlafen«, hatte sie gesagt.

Amanda hatte sich, noch an diesem Abend, wie sie ihm später gestand, unsterblich in diesen Menschen, der Bruno vollkommen ähnlich sah, verliebt. »Er hat alles, was du nicht hast. Er ist deine ganz einzigartige Ergänzung. Wie vom Himmel gefallen fügt sich Hälfte zu Hälfte«, hatte sie gesagt. »Eine wunderbar erotische Aufmerksamkeit hat er«, hatte sie geschnurrt.

Das wurmte Bruno. Ein Wurm, der sich in ihn bohrte wie in einen faulen Apfel. Er fühlte sich wie eine Schweinehälfte im Schlachthaus, die nach der Entborstung dampfend an Haken zum Verzehr bestimmt vorbeischwebte. »Ach, ich die schlechtere Hälfte meines Ich?« hatte er geraunzt.

»Aber nein, aber nein«, beteuerte Amanda, »du bist das ordnende Prinzip im Chaos. Die Ruhe.«

»Du spinnst doch«, erwiderte Bruno, »Ausgerechnet ich das ordnende Prinzip. Da lachen ja die Hühner.«

Brunos Couchbesuche bei Frau Goldschmidt wurden häufiger. Er litt an Verdoppelung. Wie an Krätze. Er hätte den ganzen Tag seine Seele kratzen können. »Sie sind Sie, und er ist er«, versuchte Frau Goldschmidt am Kopfende der Couch sein Leid zu lindern. »Ich bin ich«, bestätigte er, ohne davon überzeugt zu sein, »aber es gibt noch ein Ich, das ich nicht kenne, das aber, zumindest sagt das Amanda, so unzweifelbar Ich ist, wenn auch ein anderes, wie ich Ich bin.«

Dieser verdammte Jockel eben.

Bruno steuerte fast schon zwanghaft Orte an, wo Spiegel hingen, um hineinzustarren. Neulich hatte er sich in der Spiegelabteilung des Kaufhofs wiedergefunden. In allen Spiegeln er. Unverkennbar. Die Halbglatze, die abstehenden Ohren, die zu kurzen Beine, der zu dicke Kopf, die zu dicke Nase und schließlich seine Plattfüße. Allerdings hatte er einen neuen Zug im Gesicht, so eine Art ängstlicher Neugier, ein Erforschen von Altbekanntem nach Neuem. Es war eine höchst lächerliche Situation, wie er da in den Spiegel starrte. In dieser gebückten Körperhaltung. Und dann sah Bruno, wie er sich selbst von hinten auf die Schulter tippte! Natürlich wußte er, daß nicht er es war, der da tippte, aber im ersten Moment glaubte er es doch! Neben seinem Gesicht im Spiegel erschien ein zweites: seins! Bruno spürte das Antippen des Fingers bis heute.

»Hallo«, sagte Bruno zu sich, »schön, dich mal wiederzusehen.« Er stand da und glotzte. Bruno war wie gelähmt. Er hielt sich für die Ausgeburt einer überspannten Phantasie, die ihn aus dem Spiegel freundlich anlächelte. Es war natürlich dieser Kerl. Er war auch sofort wieder verschwunden. Ein Jux. Ein Spaß. Ein Husch.

Eine Verkäuferin fragte Bruno, welchen Spiegel er denn haben wolle.

»Keinen«, murmelte er. Fast hätte er gesagt: »Fräulein, wenn ich noch mal komme, sagen Sie mir, daß ich schon weg bin.« Er hatte es gerade noch runtergeschluckt. Mit einem ziemlichen Schreck in den Knochen.

Seine Beziehung zu Amanda hatte sich natürlich rapide verändert. Sie wollte unbedingt eine Doppelbeziehung. Ihn und ihn. »Er ist so weich, weißt du«, sagte sie im Bett und kuschelte sich an Bruno, »du schaffst das auch noch.«

Bruno verhärtete wie Leder in der Sonne, jede Lust nahm Reißaus, und er tastete mit der Hand hinter seinem Rücken, ob da nicht seine weichere Hälfte liege. Es war der helle Wahnsinn für ihn, neben ihr zu liegen und die eigene Haut in Frage zu stellen. Er verdächtigte sich selbst als Konkurrenten auf dem Seitensprung! Diese Aufspaltung seiner Person hatte er nicht lange ausgehalten.

Spätestens, als Bruno in seiner Stammkneipe, im *Zwiebelfisch*, zu Jutta sagte: »Jutta, ich mache heute zwei Deckel«, und die zurückröhrte: »Bist du bescheuert? Du kriegst nicht mal einen!« war die Sache für ihn gegessen. »Amanda, es geht nicht.«

Sie trennten sich. Leider war der Teller nur zur Hälfte leer. Amanda ließ nicht locker. Sie blieb Bruno unbeirrt mit ihren Gemeinheiten auf den Fersen. Von einer Liaison à trois war bald keine Rede mehr.

Amanda entdeckte Bruno im *Einstein* und kam auf ihn zu. Brunos Rücken überlief ein Frösteln. Was wußte Amanda von seiner mehr als prekären Situation? Immerhin war er ein gesuchter Mörder.

»Grüß dich, Bruno«, sagte sie und setzte sich auf den freien Platz. »Ich darf doch?« Sie nahm die Sonnenbrille ab. Sie sah einfach toll aus. Mit ihren brandroten Haaren, den grünen, leicht schrägen Augen. Sie wirkte wunderbar frisch und aufgeblüht. Um Jahre verjüngt.

»Gehst du nachher auch auf die Party?«

Sie verhielt sich, als wäre nie etwas geschehen. Als hätten sie sich, wie sie es Jahr und Tag getan hatten, hier im *Einstein* verabredet. Sie schien wirklich immer noch nichts vom Ableben ihres Lovers zu wissen.

»Ja, mal sehen.«

Mehr brachte Bruno, der ganz furchtbar aufgeregt war, nicht heraus.

»Marc organisiert doch die Video-Show für Mitternacht. Er hat das ganze *Adlon* mit Kameras ausgestattet. Der Mann ist genial.«

Marc war ein elender Opportunist und wenn nicht einer der Mörder, dann zumindest ein Komplize, aber im Moment auch die einzige Lösung, um die Katastrophe eventuell doch noch aufzuhalten.

»Ja, ich bin gleich mit ihm verabredet. Entschuldige, schön, dich gesehen zu haben.«

Bruno, der am liebsten bei Amanda sitzen geblieben wäre, erhob sich, um zu gehen, und blieb dann doch noch einen kurzen Augenblick stehen, in der Hoffnung, daß sie noch etwas sagte. Sie setzte aber nur die Sonnenbrille wieder auf und schwieg.

Bruno wühlte sich durch die Menschenmassen, die das *Einstein* inzwischen füllten. Er hatte Schuldgefühle, als er im Regen über die Straße auf das *Adlon* zulief. Als hätte er sein eigenes Ich im Stich gelassen. Als strebte ein Verräter auf den Eingang des *Adlon* zu. Marc schien ihm plötzlich der letzte Ausweg zu sein. Der Anker, der wieder alles unter Kontrolle bringen würde. Ganz bestimmt! Bruno spürte fast ein Glücksgefühl. Alles war doch nur ein Traum, und das Furchtbare würde nicht geschehen. Marc, der mit seinen Minikameras selbst in ein Mauseloch kriechen konnte. »Ich verhülle nicht, ich enthülle«, sagte er immer. Er würde das *Adlon*, und damit die Welt, wieder überschaubar machen. Bruno war gerettet. Er konnte endlich wieder aufwachen. Seinen inneren Schweinehund vom Melkschemel heben, der da mit seinen Pobacken noch immer saß. Selbst Amanda mit ihrem toten Jockel konnte ihm nichts mehr anhaben. Nie wieder! Daß Marc ihn eiskalt über die Klinge springen lassen wollte, verdrängte Bruno für einen Moment vollkommen. Er hetzte ins *Adlon* an die Rezeption.

»Zu Marc Gülden, bitte.«

Der Rezeptionist zog eine Augenbraue hoch.

»Sie können doch nicht einfach zu Herrn Gülden.«

»Doch, er kann«, hörte Bruno Marcs sonore Stimme, »Schicken Sie ihn hoch.« Bruno sah Marcs Gesicht gerade noch auf einem Monitor der Rezeption weghuschen.

»Halt endlich den Mund und setz dich. Keinen Mucks mehr. Ich muß mich konzentrieren. Gleich kannst du mir alles erzählen.«

Bruno hätte Marc, der mit dem Rücken zu ihm an einem riesigen Mischpult in einem fensterlosen Raum saß, jetzt am liebsten die Fresse poliert. Doch er war abhängig von dem Schuft, der seine Kumpels verraten und ans Messer geliefert hatte.

Bruno konnte nicht sehen, wo der Raum endete. Als er vor ein paar Minuten diese Dunkelheit betreten hatte, glaubte er, in der Weite des Alls gelandet zu sein. Die wenigen noch verbleibenden Stunden, in die sich das dahinschwindende Jahrtausend jetzt drängte, schienen ihm hier eine Ewigkeit. Er war sich nicht sicher, ob er die runde Zahl 2000 überhaupt je erreichen würde, ob dieses Jahrtausend wirklich jemals enden würde.

Er hatte angefangen, Marc zu erklären, warum nur er ihm helfen könnte und daß Amandas Mec, obwohl er tot war, unter seiner Schädeldecke immer noch hauste wie ein geiler Bettelmönch, zwischen seinen Schläfen eingemauert wie in eine Zelle.

»Bruno, ich kenne Amanda kaum. Ist sie deine Mami?«

Das Mischpult, an dem Marc saß, schwebte mit den vielen rot, grün und weiß leuchtenden Knöpfchen und Schaltern wie ein U-Boot durch die Dunkelheit auf eine Videowand zu, die sich in einigem Abstand ganz kolossal vor dem Kapitän des Meeresgefährtes auftürmte. Bruno glaubte, er hätte eine flimmernde Gletscherwand vor sich, in die, bei finsterer Nacht, tausend Hände die Fernsehstationen der ganzen Welt gepackt hatten. Hunderte von quadratischen Monitoren flimmerten, spuckten Bilder aus, zuckten und waberten. Gleich würde das schwebende U-Boot die Eiswand rammen.

»Du siehst hier die größte Videowand aller Zeiten vor dir, wir haben Hunderte von Kameras im gesamten *Adlon* installiert, selbst in den Klos, wir rasen mit Schallgeschwindigkeit in ein neues Millennium, der Boss haut uns in ein paar Stunden den absoluten Hammer auf den Tisch, und da kommst du mir mit solchen Bagatellen. Amanda ist weg! Sie hat einen neuen Kerl. Es tut dir noch immer weh! Ja und? Hör auf zu jammern. Such dir eine andere.«

Er zoomte auf einem der Monitore eine Schönheit, die gerade die Eingangshalle des *Adlon* betrat und auf die Rezeption zueilte, näher, bis sich nur noch das Décolleté der Schönen über den Monitor wölbte.

»Augen zu und reinspringen.« Marc lachte scheppernd. »Bruno, du bist ein netter Kerl, aber hoffnungslos altmodisch.«

Als rührten tausend Hände mit ihren Schneebesen in einer Riesenschüssel, so ließ Marc jetzt die zahllosen

Batterien von Kameras, die er überall installiert hatte, durch das *Adlon* wirbeln.

»Ein Probelauf. Wir können in jede Kloschüssel gukken.«

Die Kameras warfen die Gänge, die Räume, die Kellner, die in die Empfangshalle strömenden Gäste durch ihre Linsen auf die Monitore. Es war acht Uhr und Einlaßzeit. In den Küchen hackten, schnippelten, schwenkten und brieten die Köche. Endlos lange Reihen von Speisen, Weinflaschen und Gläsern zierten die Tische. Ganze Schweine streckten rücklings ihre gesottenen Läufe weg. Mit krossem Speck umwickelt. Auerhähne hatten vergoldete Schnäbel, die sie aufrissen im Todesschrei, die Hälse weit gereckt. Fische waren kunstvoll ineinandergesteckt. Auf Wellen aus blauem Papier durchschwärmten sie das Wasser rauschender Flüsse.

»›Heute abend soll uns nichts entgehen, kein Wimpernzucken‹, hat Wolf angewiesen. Er ist der Boss«, sagte jetzt Marc. »›Jede Hautpore im *Adlon* will ich um Mitternacht auf den Bildschirmen sehen. Das *Adlon* soll die transparente Hülle eines großen, lebenden, einzigen Organismus sein! Marc, lassen Sie die Puppen tanzen!‹«

Marc lachte und drehte sich auf seinem Drehstuhl abrupt zu Bruno um. Deckenlicht flammte auf.

»Das hat er gesagt.«

Sein Blick checkte Bruno ab.

»Was kann ich für dich tun?«

Zur Hölle fahren, dachte Bruno, der nicht genau wußte, was Marc für ihn tun konnte. Er räusperte sich und starrte wieder auf die Monitore. Sie fingen wie Kraken alles Leben in den Hallen, Gängen, Cafés und Bars des *Adlon* ein. Bis ins letzte Detail. Die Menschen erschienen in Gruppen, wandelten alleine oder zu zweit in den weiten Fluren. Manche Besucher lösten sich auf: Eine

Frau reduzierte sich blitzartig auf ihren geschminkten Mund, eine andere auf den Ohrclip ihres Ohrläppchens. Nasenlöcher, herbeigezoomt, stießen dichten Zigarettenqualm aus, als dampften in Tunnels Lokomotiven. Die Haare der Nasenlöcher bebten wie Telegraphenmasten.

»Das kann man jetzt alles noch zusätzlich mischen.«

Marc drehte sich wieder dem Mischpult zu. Seine Hände spielten an den Knöpfen und Schaltern. Die Ausschnitte mehrerer Monitore verschmolzen auf einem. Die Menschen, die vorher auf den verschiedenen Bildschirmen zu sehen waren, verklumpten zu einem vielarmigen Monster mit mehreren Köpfen, vielen Ohren, Augen, Nasen, aus denen steil die Stiele der Champagnergläser ragten. »Ganz schön schauerlich«, lachte Marc, »alles machbar, alles Zukunft, wer's nicht glaubt, soll hersehen. *Mutandes sunt servandi.*«

In der Empfangshalle summte es wie in einem Bienenkorb. Die Drehtüren rotierten. Niemand wurde eingequetscht. Auch Frau Godlschmidt nicht, die jetzt mit ihrer Handtasche in die wabernde, aufgeregte Menschenmenge gespült wurde.

»Die da! Die da!« Bruno war wie elektrisiert.

»Wer?«

»Na die!«

Bruno rannte zur Monitorwand und stubste mit dem Zeigefinger auf Frau Goldschmidt, die sich durch die Gruppen und Grüppchen aufgeregter Menschen in Abendgarderobe drängte. Die meisten von ihnen standen. Die Münder sprachen allesamt auf einen Schlag. Man verstand nur einzelne Wortfetzen, weil sich die Gespräche überlappten. Ein Brausen war zu hören, als schwärmten Hornissen über einem tosenden Wasserfall.

Die Analytikerin drückte ihre Handtasche fest an sich. Marc zoomte sie näher. Jetzt tanzten ihre weißen Haare wie ein Papierschiffchen durch die Menschenmenge. »Entschuldigung! Entschuldigung!« sagte sie ein um das andere Mal, wenn ihr jemand den Weg versperrte. Ihre helle Stimme war deutlich zu hören. Ein Pulk Menschen wich einen Spaltbreit auseinander, in den sich Frau Goldschmidt zwängte. Die Leiberwand schloß sich wieder. Frau Goldschmidt blieb unsichtbar.

»Wo ist sie? Wo ist sie?«

Bruno geriet ganz aus dem Häuschen. Wie ein Floh sprang er in seinem langen, wehenden Mantel vor der riesigen Monitorwand hin und her. Stellte sich auf die Zehenspitzen, hüpfte, um die oberen Monitore zu erreichen. Vergebens. Frau Goldschmidt blieb verschwunden. Da konnte er sich recken, wie er wollte. »Teufel, Teufel«, jammerte Bruno und rang in seiner Verzweiflung die Hände. »Marc, mach was, sie muß doch irgendwo sein!?«

»Was ist mit dieser Frau? Jetzt komm mal auf den Teppich!« Marc zauberte einen zweiten Drehstuhl herbei. »Los, setz dich, erzähl, ohne Umschweife, was ist los?«

Bruno war etwas erstaunt über Marcs Bereitwilligkeit, ihm zuzuhören. Schließlich waren sie keine Freunde. Bruno hatte ihm die Staatsanwältin auf den Hals gehetzt. Eher hatte er damit gerechnet, daß Marc ihn hochkant rausschmeißen würde.

»Sie will den großen Auftritt des Zampano heute um Mitternacht verhindern. Um jeden Preis. Die geht aufs Ganze! Wir müssen die Privaträume überwachen, oder ein Desaster ist unvermeidlich! Jetzt!«

Während Bruno laut jammerte, hatte Frau Goldschmidt die Chipkarte für den Fahrstuhl zu den Privaträumen von Franz Wolf benutzt. Sie war eine der wenigen Besitzerinnen dieser Karte. »Es könnte ja sein, daß Sie mal zu mir kommen müssen, und nicht ich zu Ihnen. Bei mir sitzt es sich auch ganz gut«, hatte er gescherzt und ihr die Karte gegeben. Trotzdem hatten alle Sitzungen bisher in ihrer Praxis stattgefunden.

Sie war das erste Mal hier und saß, wie man jetzt auf einem der Monitore sehen konnte, in einem weichen Sessel. Franz Wolf stolzierte vor diesem Sessel auf und ab und dozierte, mit leichtem Spott in der Stimme: »Womit wollen Sie mir drohen? Es ist doch längst alles gelaufen! Unumkehrbar. Wenn ich es nicht mache, macht es ein anderer. Sie können sich nicht dagegenstemmen. In mir wird der lang geträumte Traum von der Unsterblichkeit Wirklichkeit. Die Menschen kehren zu den Göttern zurück. Ich bin die Zugmaschine von vielen Waggons, in die jeder einsteigen kann. Sie, meine liebe Frau Goldschmidt, wollen nicht einsteigen! Sie kommen mir mit der Tagespresse. Mit diesem Anton Mommsen! Mit Enthüllungen! Einfach lächerlich!«

Frau Goldschmidt schob mit spitzem Zeigefinger die Tonkassetten vor sich auf dem Tisch hin und her. Diese Bewegungen erzeugten ein leises, scheuerndes Geräusch auf der Glasplatte.

»Wenn ich Ihre Analyse bei mir auf der Couch veröffentliche, sind Sie erledigt.«

Franz Wolf blieb stehen und nahm sich die Brille mit dem schmalen Goldrand von der Nase. Er schaute durch sie hindurch, mit zugekniffenen Augen, als bewegte sich etwas weit, weit hinter den Gläsern, und sagte: »Das ist mir in hundert Jahren doch vollständig gleichgültig, was Sie heute wollen. Dann sind Sie allenfalls noch eine Fußnote meiner Erinnerung.«

»Und Stella? Ihre Frau? Und das Kind?«

Franz Wolf hatte sich an eines der Fenster gestellt und schaute auf das Gewimmel vor dem *Adlon*.

»Mutterschaft, meine Beste, was ist das? Ein überholter Mythos. Geschirr von gestern. Mutterliebe? Reine Erfindung bindungssüchtiger, machtloser Frauen, die ich von ihrer Machtlosigkeit befreie. Männer werden entbehrlich, degradiert zu reinen Samenspendern. Gerümpel. Der paternalistische Machtapparat bricht in sich zusammen. Das müßte Ihnen doch entgegenkommen! Stella ist die Inkarnation einer neuen Epoche!«

»Sie weiß bloß nichts von ihrem neuen Glück!«

»Das ist ein Schönheitsfehler, den ich in den nächsten Minuten beheben werde!«

»Sie wird begeistert sein.«

»Selbstverständlich wird sie das.«

Genau an dieser Stelle sagte Bruno zu Marc: »Verstehst du jetzt? Oder muß ich dir noch mehr erzählen? Wir müssen die Situation im Auge behalten! Also mach schon! Oder wir erleben eine Katastrophe!«

Marc blendete den Monitor wieder aus.

»Bruno, um elf Uhr gehe ich mit den Kameras rein in die Privaträume! Keine Sekunde früher! Um elf beginnt die Show. Vorher darf ich nicht. Jetzt haben wir noch nicht mal neun. Sorry, aber du mußt warten!«

Marc war um nichts in der Welt zu bewegen, seinen Vorsatz zu ändern. Bruno hätte ihn zwingen können, aber dann wäre auch die allerletzte Chance dahin gewesen. Er verließ Marcs Raumschiff, fand aber keine Möglichkeit, in die Privaträume zu gelangen. Die waren dicht wie eine Festung. Er bestürmte den Polizeipräsidenten von Berlin, der launig unter den Gästen weilte.

»Herr Präsident, ich flehe Sie an! Springen Sie über Ihren Schatten!«

Der Präsident wollte partout nicht über seinen Schatten springen. Bruno gab nicht nach.

»Sie machen sich mitschuldig!«

»Mitschuldig? Wobei denn mitschuldig?«

Bruno versuchte, ihm die Sachlage zu erklären. Das war in wenigen Sätzen unmöglich. Bruno wirkte betrunken.

»Schafft mir diesen Irren vom Hals!« raunzte der Präsident schließlich. Seine Bodyguards expeditierten Bruno unauffällig, aber nachdrücklich vor das *Adlon*.

»Komm ja nicht wieder rein, du Stinkfinger!«

Bruno lief zum Brandenburger Tor. Dort waren Großleinwände aufgebaut, auf denen die Rede von Franz Wolf an die lieben Gäste pünktlich um elf Uhr, als Partyauftakt, aus den Privaträumen übertragen werden sollte.

Zahllose befrackte Kellner reichten auf Silbertabletts Champagner und Wein an die Tausenden von Menschen, die sich inzwischen auf dem Platz versammelt hatten und in der Kälte des Ereignisses harrten. Die Kellner drohten erdrückt zu werden. Sie kamen nicht mehr durch.

»Platz! Platz!«

Die Bundeswehr hatte Feldküchen aufgebaut. Es gab Erbsensuppe mit Würstchen umsonst. Und Tee oder Glühwein. Fernsehgesellschaften hatten große Kamerakräne installiert. Über die Köpfe der Champagner trinkenden und Suppe essenden Menge hinweg schwebten die Kameraleute wie auf einer Achterbahn. Mütter riefen nach ihren Kindern.

Ein Vater hatte die zu heiße Erbsensuppe in den Kinderwagen über den schlummernden Säugling gekippt.

»Warum nimmst du nicht zwei Plastikteller ineinander?« zeterte die Mutter. Der Säugling brüllte. Die Erbsen kamen ihm in die Luftröhre. Er rang nach Atem. Die Mutter riß das Kind aus dem Kinderwagen. Immer noch rang der Säugling nach Luft und krampfte. »Mein Gott! Mein Gott!« war die Mutter ganz verzweifelt und haute ihm auf den Rücken. Ein Mann packte den Säugling an den Füßen, hielt ihn kopfabwärts und steckte ihm zwei Finger in den Mund. Das half. Ein gräßliches Röhren beförderte dem Säugling die Erbsen aus dem Hals. Ein Geräusch, das man eher einem brunftigen Hirsch zugetraut hätte, und nicht einem solchen Winzling. Menschen waren stehengeblieben, um dem Kampf gegen die Erbsen zuzuschauen.

»Das hätte schiefgehen können«, sagte der Mann und gab den Säugling der Mutter zurück, »Sie dürfen den nicht mit Erbsen füttern.«

»Habe ich auch nicht«, sagte die Mutter.

»Natürlich haben Sie«, sagte der Mann.

»Jetzt lügt die auch noch«, sagte eine Frau, die mit ihrem Begleiter zugeschaut hatte. Sie hatte eine rote Pappnase auf.

»Halten Sie sich da raus!« sagte der Vater des Säuglings.

»Machen Sie dem erst mal die Erbsen aus dem Gesicht!« sagte der Begleiter der Frau, der auch eine rote Pappnase aufhatte.

»Genau, sonst erstickt er wirklich!« sagte die Frau wieder und kicherte bei der Vorstellung. Ihr Begleiter kicherte auch.

»Genau!«

Das klang richtig gemein.

»Mach ihm doch endlich die Erbsen weg!« fauchte der Vater seine Frau an. Die machte sich mit einer Windel an dem Säugling zu schaffen.

»Am besten nicht einmischen«, sagte die Frau.

»Genau!« lachte der Begleiter. »Einer weniger schafft Luft.«

»Gut! Gut!« prustete die Begleiterin. »Wo er recht hat, hat er recht!«

»Wie meinst du das?« sagte der Vater und ging bedrohlich auf die Frau zu. Die wollte weg und zuppelte ihren Begleiter am Arm.

»Moment mal!« sagte der aber.

Die Bierflasche baumelte lose an seiner Seite. Jetzt wechselte er sie von der linken in die rechte Hand und umschloß den Flaschenhals.

Der Vater traf ihn mit der Faust auf der roten Pappnase.

»Ruckizucki«, sagte er nur.

Der Begleiter kippte um. Die Bierflasche zerschellte auf dem Pflaster.

»Erwin! Erwin!« schrie die Mutter mit der verschmierten Windel in der Hand.

»Halt die Klappe!« sagte der und schob den Kinderwagen in die Menge.

Der Niedergeschlagene erhob sich wieder. Die Pappnase war platt, und Blut sickerte aus der Pappe. Er verschwand ebenfalls mit seiner Begleiterin in der Menge. In wenigen Sekunden war die Situation vollkommen aufgelöst. Feuerwerkskörper explodierten in einem fort. Die Menschen liefen kreischend auseinander. Die Kids, die ihre Kracher mit Vorliebe den Frauen zwischen die Beine warfen, grinsten. Die Männer der Frauen schauten drohend. Ausrichten konnten sie nichts.

Pünktlich um elf Uhr ließ Marc die in den Privaträumen installierten Kameras laufen. Die Party wurde jetzt live auf allen Berliner Kanälen übertragen. Eine Kamera fuhr durch einen leeren Gang, der von vielen Kristalleuchtern hell erleuchtet war, auf eine große zweiflügelige Tür zu, die sich langsam öffnete und den Ausblick freigab auf ein Streichquartett. Der Bratschist nickte mit dem Kopf, wenige Sekunden nachdem die Türflügel ganz auf waren. Er und die beiden Geiger klemmten sich die Instrumente unter das Kinn, die Cellistin saß mit durchgedrücktem Kreuz ganz knapp auf ihrem Stuhl. Sie drohte jede Sekunde von der Stuhlkante abzurutschen. Bruno sah schon, wie der Stuhl unter dem Po wegflutschte und sie, an den Hals ihres Cellos geklammert, aufschlug. Sich womöglich im Sturz den Cellobogen in ein Auge rammte. Oder den abgebrochenen Cellohals in die Gurgel. Die gerissenen Cellosaiten würden ihr mit einem harten *Pläng* das Wabbelkinn abrasieren. Iiiihhhh, dachte Bruno und an Truthennenhälse. Seine Mutter hatte einen, den sie mit Apfelessigbädern bekämpfte.

Die Musiker setzten ihre Bögen auf die Seiten, die Finger vibrierten auf dem schwarzen Ebenholz, und die Musik strömte feierlich aus Lautsprechern über den weiten Platz rund ums Brandenburger Tor in den nächtlichen Himmel. Die Kamera fuhr auf die nächste zweiflügelige Tür zu, die sich ebenfalls wie von unsichtbarer Hand öffnete. Die Kamera erfaßte ein Mikrophon, das zwischen zwei herrlichen, mannshohen Blumengebinden aus Gladiolen aufgebaut war. Die Kamera blieb stehen.

Niemand wollte an das Mikrophon treten. Es blieb leer. Das Streichquartett im Raum nebenan hatte ein neues Stück angestimmt.

Klingt ja wie auf einem sinkenden Dampfer, dachte Bruno und war, trotz seiner Übellaunigkeit, für einen Moment erheitert. Er hatte sich einen Glühwein besorgt, aber der war noch zu heiß. Er blies in den Plastikbecher und mußte aufpassen, nicht ständig angerempelt zu werden, so daß ihm der Inhalt über die Finger schwappte. Aber im Moment war ihm auch das schon fast egal. Seine Stimmung war fatalistisch und Marc ein blöder

Hund. Der wird sich gleich wundern, dachte Bruno. Die Kamera blieb eisern auf das Mikrophon gerichtet, doch da war niemand, der eine Rede halten wollte. Los, Marc, jetzt mach mal was. Das Bild wackelte. Marc war unschlüssig, ob er die vorgeschriebene Position verlassen durfte. Tja, Marc, gleich hast du jede Menge Ärger am Hals. Die Kamera machte einen Schwenk und erfaßte eine Sitzgarnitur. Mächtige Sessel mit einem noch mächtigeren Sofa gruppierten sich um eine schwarze, polierte Granitplatte, die zu schweben schien. Die Sessel und das Sofa waren mit einem Gobelin bezogen, in den Jagdmotive eingestickt waren. Wildschweine wurden von Jägern mit Jagdspießen gehetzt. Auf dem Sofa saß Franz Wolf. Seine Augen starrten seltsam leer ins Weite. Die Arme hingen schlaff herunter. Das Loch in seiner Stirn und ein paar Blutstropfen erklärten alles. Vor dem Toten auf der Granitplatte lag ein schwarzer Armeerevolver, der auf dem dunklen Untergrund nicht gleich zu erkennen war. Das war alles, was man sah. Sprachlos gafften die Zuschauer auf das Bild, das nach wenigen Sekunden weggeblendet wurde. Auf den Bildschirmen erschien *Vorübergehende Störung*. Das löste Heiterkeit aus.

»Bestimmt ein Werbegag«, rief eine Stimme.

Ein paar Frauen gickelten. Der Glühwein in Brunos Becher war inzwischen kalt. Er warf ihn in einen Papierkorb und verschwand zwischen den Bäumen im Tiergarten.

Die Geschichte hatte vor etwas mehr als zwei Wochen an jenem Abend im Badezimmer begonnen. Er hatte Streichhölzer gesucht. Sonst nichts. Woher hätte er wissen sollen, daß die fatale Doppeltheit seiner Existenz, die mit dieser Begegnung im Badezimmer ihren Anfang genommen hatte, sich so unselig mit der Existenz des Toten und dem zerschmetterten Leichnam zwischen den Gleisen verquicken würde?

»Mist, verfluchter.«

Er blieb stehen. Der Mond leuchtete durch das dürre Geäst der Bäume. Eine Statue auf einem mannshohen Sockel streckte eine Faust hoch und war nackt. Das wußte Bruno, weil er die Statue kannte. Es war Mars, der in der anderen Faust einen Speer trug und auf dem lockigen Kopf einen Kupferhelm, der mit Grünspan bedeckt war.

Feuerwerkskörper krachten, Raketen zischten, und durch die dürren Äste konnte Bruno das gewaltige Feuerwerk sehen, das über dem *Adlon*, zu Wolfs Ehren, der jetzt auf einem Sofa saß, abgebrannt wurde.

Bruno spuckte auf den Weg, schlug den Kragen seines Mantels hoch und marschierte durch den Tiergarten zurück zum *Adlon*. Einfach so Fersengeld geben ging nicht. Dafür war er viel zu belastet, es sei denn, er wollte ab nun sein ganzes Leben lang auf der Flucht sein. Wohin sollte das führen? Seine Urururgroßmutter würde ihm gehörig ins Kreuz treten.

»Bub, wohin rennst du? Sei ein Kerl und kämpfe!«

Bruno wollte sich ein Bild machen von dem, was wirklich passiert war. Er konnte es nicht glauben, daß Frau Goldschmidt den Armeerevolver ihres Vaters auf Wolf gerichtet und abgedrückt hatte. Und er wollte sich unbedingt seinem Schicksal stellen. Ein Rest Vertrauen in die Staatsanwältin Bretz war ihm doch noch geblieben, nachdem Wolf tot war und sein Versprechen, ihn und Matthes zu entlasten, womöglich nicht mehr hatte einlösen können.

Er mußte auf dem Rückweg zum *Adlon*, warum, wußte er nicht, an diesen idiotischen Mommsen denken, an ihn und seine Frau, die er vor einer Woche im *Gainsbourg* bei Friedo kennengelernt hatte. Nicht mal eine Woche vor diesem Treff war Amanda endgültig bei ihm ausgezogen.

Zu Brunos großer Überraschung tobte im *Adlon*, trotz des Mordes an Wolf, das Fest.

»Das war der Kick des Jahrhunderts«, sagte eine junge Frau.

»Danke, Franz Wolf«, alberte der junge Mann an ihrer Seite. »Der angekündigte Coup ist dir gelungen.«

Die beiden stießen mit ihren Champagnergläsern an.

1. Kapitel

Bruno lernt das merkwürdige Ehepaar Mommsen kennen, das ihm sein Freund, der türkische Schauspieler und Bürgermeister vom Savigny-Platz, Aykut Kayacik, vorstellt.

Es war an einem Sonntag, als Amanda bei Bruno auszog. Die Sonne hatte so schön geschienen.

In der Woche nach dem Sonntag mutierte Bruno zum Spaziergänger. Tagsüber spürte er die Kanäle entlang. Die Nächte verbrachte er in Kneipen. Sein Bett war zum einsamsten Ort der Welt geworden. Jetzt gehöre ich auch zu denen, die Abend für Abend die Tresen bevölkern, dachte Bruno. Ewig auf der Suche ...

Doch er wollte gar nicht suchen. Er wollte Amanda, die sich jetzt an die Seite von diesem Jockel kuschelte. Bei dieser Vorstellung wurde Bruno ganz schlecht. Als hätte ihn ein Pferd in den Magen getreten.

Er hatte heute abend die Runde um den Savigny-Platz bestimmt schon sechsmal gedreht. Oder achtmal. Völlig egal. Dabei war er hundemüde. Wie lange das wohl dauert, so ein Abschied? Jahre soll das dauern, hatte er beim Friseur in *Brigitte* gelesen. Er hatte sich die Haare ganz kurz schneiden lassen. Äußerliche Veränderungen sollen ja helfen, einen schmerzlichen Lebenseinschnitt besser zu überwinden. Davon spürte Bruno allerdings nichts. Dafür fror er jetzt am Kopf.

Er war vor dem *Gainsbourg* gelandet, weil er dort eine Verabredung mit Aykut hatte, trotzdem überlegte er, ob er nicht lieber ins *Florian* gehen sollte. Jetzt stand er aber vor dem *Gainsbourg*. Erst dahinein, dann ins *Florian*, um danach wieder im *Gainsbourg* auf einen letzten Absacker zu landen. Bruno hätte heulen können, als er da auf dem Trottoir stand. Im Regen. Mit beschlagener Brille. Abschied nehmen konnte er noch nie ... *Partir, c'est toujours un peu mourir*, hatte mal ein alter Pole gesagt, den er an den Zug nach Warschau gebracht hatte. Dann war der Mann unter Tränen in den Zug gestiegen. Bruno hatte ihn kaum gekannt, und er winkte aus dem Zugfenster mit seinem Schal, bis auch das allerletzte Flattern verklungen war.

Das *Gainsbourg* bei Friedo war rappelvoll. Die ganze Blase stand am Ende des Tresens und trank aus Schnapsgläsern Cachaça.

»Bruno«, rief Matthes.

Bruno zwängte sich durch die zweite Reihe bis zu Matthes. Der schob ihm den freien Hocker neben sich zu.

»Setz dich ...«

Bruno setzte sich.

Auf seinem eigenen Hocker hing Matthes mehr, als daß er saß. Eng an Swantje gelehnt, die das wieder völlig mißverstand und einen verklärten Ausdruck im Gesicht hatte. Ihre Hand kraulte Matthes unter dem Pullover. Der wollte nach den vielen Cachaças nur nicht vom Hocker fallen und brauchte was zum Festhalten. Da hätte auch ein Bushalteschild stehen können. Swantje war eine hoffnungsbegabte Frau. Abend für Abend ging sie allein nach Hause ...

Ulf kam vom Klo zurück. Matthes rückte ein Stück. Pedro neben Matthes grinste mit seinen fauligen Zähnen. Ulf bugsierte seine Wampe in die frei gewordene Lücke und drückte Bruno fast vom Hocker.

»Eine Runde Cachaça«, rief Pedro, »Bruno, du auch?« Er lachte dreckig. Komischerweise hatte er trotz der verfaulten Zähne keinen Mundgeruch.

»Du sitzt auf meinem Hocker«, sagte Ulf.

»Der quatscht mich schon seit Stunden voll. Bruno, jetzt bist du mal dran«, griente Matthes und rückte noch ein Stück.

Bruno griff über den Tresen und angelte sich eine Schale Erdnüsse. Er schaute in den Spiegel über der Theke und warf die Erdnüsse in sich hinein. Im Spiegel konnte Bruno sehen, wie Ulf den Mund spitzte, seinen Ellenbogen auf den Tresen lehnte, in die Lücke hinein, die Matthes freigeräumt hatte, und wie er noch dichter an Bruno heranrückte, ein Bein abwinkelte und das andere auf die untere Barstange stellte. Ulf war ein Frettchen, das sein Opfer nie mehr losließ. Brunos Hände schaufelten Erdnüsse aus der Schale wie kleine Äffchen. »Wer ißt, den stört man nicht«, hatte seine Großmutter immer gesagt.

Suad hinter der Bar fragte: »Bruno, was trinkst du?«

»Suad, du weißt doch, was ich trinke!«

»Wie immer einen Apérol?«

Ulf hatte sein Stichwort: »Apérol?«

Bruno verdrehte die Augen.

»Jetzt habe ich diesen Schwätzer am Hals ...«

»Tut mir leid«, sagte Suad mit Blick auf Ulf, der amüsiert war von dem kurzen Disput. Brunos unschöne Bemerkung störte ihn nicht im geringsten. Er bohrte seine dreckigen Fingernägel tief in die Erdnußschale und pulte eine einzelne Nuß hervor. Die schnippte er sich mit Daumen und Zeigefinger geradezu artistisch zwischen die Zähne.

»Schrubb dir mal die Nägel!«

Bruno schob die Schale noch dichter zu sich. Ulf holte sie sich umgehend zurück. Die nächste, einzelne! Nuß war fällig. Bruno hätte Ulf flatschen können. Das wußte der ganz genau. Er schmunzelte maliziös.

»Du trinkst Apérol pur?«

Ulf zermahlte die nächste Nuß. Es klang laut. Als hätte er Lautsprecher in den Ohren, die das Mahlen der Zähne übertrugen.

Suad füllte ein paar Würfel Eis in ein Glas, goß Weißwein dazu und einen Schuß Apérol. Er stellte das Glas vor Bruno auf den Tresen.

»Ahaaaaaa«, dehnte Ulf seine Stimme in Spiralen, »das trinkst du! Interessant.«

Brunos Finger schaufelten jetzt die Erdnüsse wie ausgewachsene Gorillas auf der Flucht vor Ulf. Mit vollem Erdnußmund spricht man nicht. Die letzte Erdnuß fusselte sich Ulf aus der Schale. Eine gefüllte war nicht in Reichweite. Jeder Fluchtweg ausgeschlossen.

Wo blieb nur Aykut? Waren sie türkisch oder deutsch verabredet? Deutsch, konnte sich Bruno erinnern, also halbwegs pünktlich. Sie verabredeten sich meistens türkisch. Deutsch nur, wenn es wirklich wichtig war.

»Daß du ja da bist«, hatte Aykut gesagt. »Ich will dir jemanden vorstellen.« Und jetzt kam er nicht.

»Bruno, weißt du, wie groß der Block ist, wenn man tausend T-Shirts mit einer Autopresse zusammenpreßt?«

»Ich weiß es, Ulf, du hast es mir vorgestern schon erzählt, glaube ich.«

»Vorgestern? Unmöglich!«

Ulf war begeistert.

»Da war ich gar nicht in Berlin. Ich kann es dir gar

nicht erzählt haben.« Er angelte sich ein paar Bierdekkel.

»Ich demonstriere dir das mal.«

»Ich glaube, ich muß mal aufs Klo.«

»Ich komme mit.«

»Du warst doch gerade.«

»Ich muß schon wieder.«

Der ist doch nicht mehr ganz dicht. Nicht ein Tröpfchen käme aus Bruno mit diesem Heini neben sich an der Schüssel. Eher würde die Blase platzen. Ulf stapelte Bierdeckel übereinander.

»Du kaufst in Indien ganz billig gebrauchte T-Shirts und bringst sie da zu einer Autopresse. Rumtatatarumtatata.«

Ulf imitierte mit den Bierdeckeln die Autopresse.

»Die produzieren T-Shirts noch schneller als Kinder.«

Ulf kringelte sich über den Witz. Seine Wampe hüpfte und scheuerte mit der Gürtelschnalle an Brunos Seite.

»Hallo, mein Stangenspargelchen.« Eine Hand krachte auf Brunos Schulter. »Kommst du endlich . . .«

»Darf ich euch meine schmollende Braut vorstellen?«

Aykut legte einen Arm um Bruno und drehte ihn einem Paar zu, das sich mit ihm zu Bruno an den Tresen durchgequetscht hatte.

»Eintausend gepreßte T-Shirts sind achtzig Zentimeter auf Kante im Quadrat«, tönte es hinter Bruno. »Sieht aus wie ein Happening von Vostell. Lebt der überhaupt noch?«

»Hallo«, sagte Bruno zu dem Paar.

»Das ist Marcella, und das ist Anton Mommsen, Marcellas Mann, und das ist Bruno.«

»Hallo.«

»Hallo.«

»Grrrhhhmmm«, räusperte sich Anton statt einer Begrüßung.

»Marcella und Anton kommen aus Italien. Aus Locarno.«

»Aha«, sagte Bruno, dem Ulfs Bauch jetzt das Kreuz eindrückte.

»Stell dir mal vor, man haut tausend Türken in die Autopresse«, witzelte der beim Anblick von Aykut.

Der verstand nicht.

»Was will der?«

»Tausend Türken achtzig Zentimeter auf Kante, hahaha!«

Beim Anblick von Anton und Marcella machte Brunos Intuition *Bingo*. Sie war unbestechlich und Brunos Kompaß im Chaos.

»Das sind zwei ganz durchtriebene Zeitgenossen«, warnte die Intuition.

»Du kennst sie doch gar nicht!« regte sich Brunos Verstand über die Intuition auf.

»Verschwindet!« sagte Bruno, der wußte, wie schnell der Disput zwischen Intuition und Verstand ausufern konnte.

Marcella war klein, wirkte energisch, und sie hatte große blaue Augen. Die wieselten hin und her. Sie lächelte ein Lächeln, das nie aufhörte. Es war um den sinnlichen Mund fixiert und da wie festgeschrieben. Ich bin einfach nett! Wißt ihr? Immer! Ihre blonden Haare lagen ganz platt und steif an ihrem Kopf. Als hätte man einen Mob durch die Wäschemangel gedreht und ihr auf dem Schädel zurechtgebogen. So bearbeitet man Blech in einer Wranglerei, auf einer Eisenkugel, mit einem Rundhammer, assoziierte Bruno.

»Behämmert ist die nicht! Die nimmt sich, was sie braucht!« mischte sich die Intuition wieder ein.

»Jetzt aber!« wies Bruno sie zurecht.

Es war der wasserfarbenbläuliche Blick, der ihn störte. Er kannte diesen Blick hinter dem Blick, in dem die kalte Schwindsucht lauerte. Amandas Mutter hatte ihn. Lebensgier, mit Krallen bewehrt, die nie mehr losließ, was sie mal hatte. Töchter in den Wahnsinn trieb. Söhne zu Zwergen machte.

»Bruno, du platzt noch mal vor Vorurteilen«, mahnte der Verstand. »Fort!«

»Jajaja, komm, Intuition, soll er doch.«

»Aykut hat mir viel von dir erzählt, Bruno. Wir sind schon ganz gespannt auf dich.«

»Grrrrhmmmmmmkkrch«, bestätigte Anton kehlig. Was war denn mit dem los?

»Tausend Türken achtzig Zentimeter auf Kante. Eingeschweißt. In Blech. Alle Kreuzberger Türken eingeschweißt ergäben wie viele Blechkanister?«

Aykut schaute Bruno an.

»Meint der mich?«

»Keine Ahnung.«

»Daß dem noch nie was passiert ist ...«

»Fällig wär's«, rief Pedro.

Ulf amüsierte sich. Sein Goldzahn blinkte.

Anton war enorm dick und groß und hatte sorgfältig gescheitelte schwarze Haare. Das Fett hatte jede Delle in seinem Gesicht weggespachtelt. Es war ganz glatt und hatte eine weiße Haut. Auf seiner Nase prangten große Mitesser. Wie dunkle Runkelrüben auf einem Acker unter einer Schneedecke. Und Krater waren auf der Nase. Da hatte Marcella dem Anton die Rüben ausgedrückt, dachte Bruno.

»Auf diese Weise manifestieren Frauen ihre Besitzansprüche«, hatte mal ein Freund von ihm gesagt.

Anton trug einen sandsteinfarbenen Dufflecoat. Dadurch wirkte er kolossal. Als stünde ein Sandsteingebirge am Tresen und schaute Bruno aus dunkelbraunen Augen unverwandt an.

»Ich verschiffe von Indien zehn Container nach Deutschland. In jeden Container passen hundert solche Blocks.«

Ulf tippte Bruno von hinten auf die Schulter.

»Das sind eine Million T-Shirts. Na, mein lieber Mann!«

Ulf schnalzte mit der Zunge und klaubte Erdnüsse aus der frisch gefüllten Schale.

»Das Risiko mußt du erst mal eingehen!«

Der Rest einer zermahlenen Erdnuß traf Bruno mit dem Schnalzen hinten am Hals.

»Grrrhmmmchärr.«

Anton räusperte sich wieder mit seinen kehligen Urlauten und ließ die dunkelbraunen Augen schweifen. Der hat ja einen Dachschaden, dachte Bruno. Allein schon wie der rumsteht und mich ständig anglotzt.

»Gibt es hier eine Toilette?« wollte Marcella wissen. Sie hatte einen leicht schweizerischen Akzent.

»Ja, hier.«

Aykut zeigte zur Tür.

»Komm.«

Marcella zog Anton mit sich fort in Richtung Klo. Sie hielt ihn fest an der Hand. Er wirkte riesig neben ihr.

»Wer ist das denn?« wollte Bruno von Aykut wissen.

»Die Knackis in Plötzensee fieseln die T-Shirts aus den Blocks und bügeln sie auf einer großen Plättmaschine. Die sind ganz happy. Bruno, hör mir doch zu!«

»Anton redet nichts«, sagte Aykut.

»Wie ...?«

»Er will nicht.«

»Will nicht?«

Aykut zuckte mit den Schultern. »Jemand hat seine Bank in Locarno in die Luft gesprengt ... als er auf dem Klo saß. Seitdem spricht er nicht mehr. Er hat einen Klotick. Er muß ständig, traut sich aber nicht alleine hin.«

»Aha.«

»Alle paar Minuten, ich muß aufs Klo ...«

So was hatte Bruno ja noch nie gehört. Er spürte Ulfs heißen Atem an seinem Ohr.

»Für jedes gebügelte T-Shirt kriegt der Knast einen Pfennig. Das sind eine Million Pfennig. Für die Beschäftigungstherapie sind die Knackis unglaublich dankbar. Türken machen so was ja nicht ...« Ulf lachte das Ziegengemeckere, das er immer lachte, wenn er sich besonders gut fand.

Aykut hauchte auf seinen dicken Goldring und putzte ihn mit dem linken Ärmel seiner Jacke. Dabei schaute er ganz beiläufig Ulf an. Den Blick kannte Bruno. Ulf bewegte sich jetzt auf ganz dünnem Eis, das jeden Moment einbrechen konnte. Das Eis wurde noch dünner, als Aykut mit den Fingern knackte. Diese Knacklaute waren eine letzte Warnung, die auch Ulf verstand. »Anton hatte eine Privatbank in Locarno«, sagte Aykut.

Bruno nahm einen Schluck Apérol.

»Ja, äh ... auf dem Klo ... hat er da nix abgekriegt?«

»Nee, die Bombe war im Keller. Trotzdem ...«

Aykut bestellte bei Suad ein Bier.

»Und die Bank?«

»Die ist hin.«

»Eine Bank ist nie einfach hin ... bis eine Bank mal pleite macht ... nur weil im Keller eine Bombe hochgeht ...«

»Ich weiß es doch auch nicht so genau ... was mit der Mafia ... keine Ahnung ...«

»Wann war das denn?«

»Vor ein paar Jahren ... mußt du Attü fragen ... die weiß das alles besser.«

»Und seitdem ist er sprachlos?«

»Glaube schon ...«

Aykut war die Situation sichtlich unangenehm.

Bruno hörte hinter sich ein gleichmäßiges Mahlen der Zähne. Er schaute in den Spiegel. Er sah, daß Ulf ihrem Gespräch Erdnuß für Erdnuß aufmerksam folgte. Er wandte sich wieder Aykut zu.

»Ja, und was hat das mit mir zu tun?«

»Du hast doch eine gute Analytikerin, Bruno. Anton braucht dringend eine Analytikerin. Marcella geht auf dem Zahnfleisch.«

»Ach so ... Hm ...«

Bruno nippte an seinem Apérol.

»Woher weißt du denn, daß ich eine Analytikerin habe?«

»Mein Gott, Bruno, ich habe dich oft genug hingefahren!«

Ulf zerkaute seine Erdnuß besonders langsam.

»Seit wann sind die denn in Berlin?«

Bruno fragte das nur, weil ihn das mahlende Geräusch nervte. Jede Gesprächspause wäre unerträglich.

»Heute mittag gelandet.«

Bruno war ehrlich verblüfft.

»Heute mittag?«

»Mit der Maschine aus Rom.«

»Aus Rom? Ich denke, aus Locarno?«

»Aus Rom. Warum denn nicht aus Rom?«

»Man landet nicht in Berlin, um sich ausgerechnet im *Gainsbourg* nach einer Analytikerin zu erkundigen. Nach ein paar Jahren Stummsein. Es gibt in Rom mit Sicherheit jede Menge Analytiker, die hätte er längst aufsuchen können.«

»Man wird ja wohl noch fragen dürfen.«

»Ja, und was treibt dein Freund so?« mischte sich Ulf in das Gespräch ein.

»Ulf, halt dich da raus ... Er ist Journalist.«

Ulf gab nicht nach.

»Wie bitte? Ich denke, Banker?«

Aykut ließ wieder seine Finger knacken.

»Ulf, ich rede mit Bruno ...«

Alle drei aßen jetzt Erdnüsse. Aykut senkte etwas die Stimme. »Er schreibt ... für *Le Monde* ... *New York Times* ... die *FAZ* ... international ... über Wirtschaftsfragen ... er ist da Spezialist ... hat Jobs als Berater ... reist ständig rum ... hmm.«

Ulf hatte seinen Kopf über Brunos Schulter geschoben.

»Aha ... interessant ... woher kennst du den?«

Aykut war genervt.

»Er ist ein Cousin von Attüs Mutter.«

Aykuts Frau hatte schon immer einen Hang zum Schrägen. Da brauchte man nur Aykut selbst anzusehen, der mit seiner muskulösen Korpulenz über den Savigny-Platz pflügte wie ein Wasserballspieler durch den Ozean.

Anton und Marcella kamen zurück.

»Trinkt ihr was?« wollte Aykut wissen.

»Grrrhmmmhämmbsch«, machte Anton.

»Für mich einen großen Wodka und ein Bier, für Anton einen Rotwein«, sagte Marcella.

»Interessant«, sagte Ulf. »Woher wissen Sie, was Ihr Freund will? Er hat doch gar nichts gesagt.«

Er meckerte wieder sein Ziegenmeckern. Er wußte ganz genau, warum Anton nichts sagte. Er hatte vorhin ganz genau zugehört.

»Du bist ein blöder Hund«, sagte Aykut.

Marcella ignorierte Ulf und ließ ihre Blicke zwischen Aykut und Bruno hin- und herspringen.

»Was sagt dein Freund Bruno?«

»Ja, was sagst du?« fragte Aykut, der sich wegen Ulf nur mühsam beherrschte.

»Ja . . . äh . . . wie?«

»Kannst du meinen Mann bei Frau Goldschmidt empfehlen?«

»Woher weißt du, daß ich Frau Goldschmidt . . .?«

»Hat Aykut gesagt.«

»Meine Analytikerin ist doch keine Basarhändlerin, wo jeder mal so hinkann!«

»Anton braucht doch nur eine Empfehlung . . .« Marcella lächelte.

Bruno fühlte sich genötigt. Die Sitzungen bei der Goldschmidt waren ausschließlich seine Privatsache. Da könnte sich Anton ja gleich mit auf die Couch legen . . .

»Ich frage ja nur.« Marcella lächelte noch wärmer.

»Ich will manchmal aber nicht gefragt werden.«

Bruno war stinkig. Gleichzeitig hatte er ein schlechtes Gewissen. Er konnte so schlecht nein sagen. Schon gar nicht bei so einem Lächeln.

»Die Goldschmidt, tolle Frau«, trompetete plötzlich Ulf. »Bei der bin ich auch. Und wissen Sie, wen ich da neulich getroffen habe? Na?«

Er schaute bedeutungsvoll in die Runde.

»Den berühmten Franz Wolf.«

Ulf kicherte.

»Könnt ihr mal sehen. Auch der.«

Marcella reagierte wie elektrisiert. Im Handumdrehen bugsierte sie sich mit dem Wodkaglas in der Hand an Bruno vorbei zu Ulf. Weil es so eng war, klemmte sie ihren Hintern zwischen Brunos Knie. Sie sah ja eher etwas knochig aus in ihrem wadenlangen Wollrock. Der Hintern zwischen seinen Beinen aber war ausgesprochen warm und weiblich.

»Sie kennen Herrn Wolf? Wie spannend!«

Sie klimperte mit ihren wasserblauen Augen Ulf an.

»Ja, ich kenne ihn. Allerdings! Ich habe für ihn gebaut.«

»Wie spannend!« wiederholte sie.

»So spannend, daß ich fast pleite war.«

»Sie bauen?«

»Ich habe ein Architekturbüro.«

»Pleite . . .?«

»Herr Wolf macht Verträge, kassiert die Arbeitsleistung und zahlt nicht. Die Prozesse dauern Jahre. Bis dahin sind Sie pleite. Er kann sich das leisten. Was glauben Sie, wie das *Adlon* entstanden ist . . . ich habe da Millionen reingesteckt . . .«

»Und was ist dann passiert?«

Marcella klapperte aufgeregt mit den Augenlidern wie Fledermäuse mit den Flügeln. Ulf spitzte seinen Mund und sagte gar nichts.

»Haben Sie immer noch Kontakt zu ihm?«

Ulfs Gesicht wurde ausgesprochen verschlossen. Dabei hätte er bei Marcella reden dürfen wie ein Wasserfall.

Es gibt Momente, in denen plötzlich alles umkippt und unwirklich wird, dachte Bruno, als Anton, der bis dahin völlig unbeweglich am Tresen gestanden und Bruno unverwandt angeschaut hatte, aus seinem Dufflecoat ein Handy holte und eine Nummer wählte. Bruno war gespannt, was Anton, der nicht sprechen wollte, mit dem Handy anfangen würde. Wahrscheinlich die Mailbox abhören. In den Tiefen der vielen Innentaschen seines Mantels hörte Bruno sein eigenes Handy läuten. Er kramte es hervor.

»Hallo, Bruno, du darfst dich nicht wundern . . .«

»Ja . . . äh . . . wer ist denn da?«

»Ich . . . Anton . . .«

Bruno begriff gar nichts. Er schaute auf Anton, der wiederum auf Bruno schaute und dabei mit ihm über das Handy sprach, in einem Abstand von anderthalb Metern, mit Aykut dazwischen. Der war von dem handysprechenden Anton nicht minder überrascht als Bruno. Träume ich? dachte Bruno. Aber Anton bewegte ganz deutlich seine Lippen und zwinkerte Bruno mit einem Auge grinsend zu. Es war abenteuerlich.

»Ich kann nicht direkt mit dir reden ... einfach so. Es geht nicht. Über Handy geht es. Dann bin ich weit weg ... kann ich mir einbilden ... im Central Park in New York oder vor dem Colosseum in Rom ... obwohl ich direkt neben dir stehe. Für mich ist das dann so. Diese große Distanz ... Verstehst du den Unterschied? Wenn ich weit weg bin, kann mir nichts passieren. Ich weiß nicht, weshalb das so ist. Aber es ist so. Selbst mit Marcella nachts im Bett müßte ich über das Handy reden. Aber Marcella haßt Handys. Sie hat keins. Es ist ein Unglück, das wortlos zwischen uns steht.«

Die will einfach kein Handy, war Bruno sofort klar, die will dieses grunzende Monster an ihrer Seite. Keinen sprechenden Anton. Um so besser hat sie ihn unter ihrer Fuchtel. In dieser Liaison macht Marcella die Musik.

Anton war wieder verstummt und schaute Bruno an. Aykut, der Anton genau verstanden hatte, auch ohne Handy, bekam fast einen Lachkrampf, als Bruno in das Handy fragte: »Was kann ich denn für dich tun?«

»Mann, Mann, Mann ...«, stöhnte Aykut.

»Ich suche tatsächlich einen Analytiker. Aber ganz besonders suche ich den Kontakt zu Frau Dr. Goldschmidt, den herzustellen ich dich inständig bitten möchte.«

»Hast du einen besonderen Grund, daß du diesen Kontakt willst?«

»O ja ... o ja ...«

»Ja, und welchen?«

»Das kann ich dir hier unmöglich sagen, aber ich würde gerne ...«

Bruno zögerte. Dann sagte er, neugierig geworden: »Wollen wir uns verabreden?«

»Natürlich ...«

»Gut. In der *BarbarBar*, morgen nachmittag? Um fünf?«

»Gerne, sehr gerne ...«

»Aykut weiß, wo das ist ...«

Anton verstaute sein Handy und machte wieder sein glattes Gesicht. Als wäre nichts gewesen.

»Anton, du bist doch völlig bescheuert«, sagte Aykut.

Der reagierte mit keinem Mucks.

»Marcella, ich könnte in deine Augen springen wie in einen Swimmingpool mit Kacheln aus Delft«, sagte Ulf gerade hinter Brunos Rücken.

Dem langte es für diese Nacht, und er zahlte seinen Apérol.

»Tschüs, Aykut ... Anton, bis morgen ...« Ein überraschend sympathisches Lächeln flog über Antons glattes Gesicht, und er verabschiedete sich von Bruno mit einem kräftigen Händedruck.

»Grrrrchmmmmr.«

Die Beklopptennummer spielt der wirklich gut. Bruno ging, ohne sich nochmals nach Marcella und Ulf umzudrehen. Er hörte nur, wie Swantje zu Matthes sagte: »Komm, wir gehen auch.«

Aber der wollte, wie immer, nicht.

»Geh du doch ruhig. Mein Fahrrad fährt mich alleine.«

Ein Zeitungsverkäufer kam ins *Gainsbourg*. Bruno kaufte den *Tagesspiegel* und trat auf das Trottoir. Es war naß. Es regnete noch immer. Aus dem *Schell* gegenüber drang lautes Stimmengewirr. Der Abschleppdienst schleppte, unbemerkt von den Gästen, vor dem Lokal die Ferraris ab. Das freute Bruno.

Er ging noch in den *Zwiebelfisch*. Es war weit nach Mitternacht. Hartmut arbeitete.

»Hallo, Bruno, eine Suppe?«

»Eine Wirsingsuppe, und ein Wasser.«

»Wasser ist gut.«

Hartmut trank seit Wochen nur noch Wasser. Bruno schlug den *Tagesspiegel* auf und überflog ihn flüchtig. Die grünen Minister, vor zwei Jahren gewählt, durften ihr Abgeordnetenmandat endgültig behalten, hatte der Grünenparteitag beschlossen. Das fand Bruno vernünftig. Die Arbeitslosigkeit war unverändert hoch. Hartmut brachte die Wirsingsuppe. Mit Rindfleischstücken. Die Suppe roch köstlich und dampfte. Das mochte Bruno. Er blätterte weiter in der Zeitung. Das Computergenie auf der Berlin-Seite interessierte ihn: *Weltberühmtes Computergenie in Berlin erschossen aufgefunden. Polizei vermutet Kapitalverbrechen.*

Bruno nahm einen ersten Löffel von der Suppe.

»Hartmut, wie kriegt ihr nur die Suppe hin?«

»Tja ...«, sagte Hartmut.

Bruno las weiter:

Für die Kripo sah es zunächst wie ein Selbstmord aus. Ein junger Mann hatte sich letzten Donnerstag im Tiergarten erschossen. Der Tote ist der 28jährige Oliver K. aus Schöneberg. Und der war ein Computerspezialist. Ein begehrter Top-Mann auf diesem Gebiet. Nun der schlimme Verdacht: Es war kein Selbstmord, sondern ein Verbrechen.

Davon sind auch seine Eltern und Freunde überzeugt. Denn der 28jährige hat keinen Abschiedsbrief hinterlassen. Für einen Selbstmord fehlt jedes Motiv.

Am Sonnabend, dem 19. November, soll Oliver K. gegen 16 Uhr die elterliche Wohnung verlassen haben. Er wollte nur kurz spazierengehen, kam jedoch nicht wieder. Seine Eltern gaben noch am selben Abend eine Vermißtenanzeige auf. Oliver K. war Spezialist für Ver- und Entschlüsselungstechnik. Die Hacker-Szene sieht ihn als einen der weltweit führenden Genies auf seinem Gebiet. Ein Insider: »Kein Code, den er nicht knacken konnte.« War das sein Todesurteil? In letzter Zeit soll er von dubiosen Firmen Angebote erhalten haben, sagen die Computer-Freaks. Und: Oliver K. spielte. Hatte er Spielschulden?

Die Polizei geht davon aus, daß Oliver K. noch einige Tage nach seinem Verschwinden gelebt hat. Was geschah in dieser Zeit? Oliver K. gilt als der Erfinder von Telefonkartensimulatoren. Er hatte 1995 den bundesweit ersten Simulator gebaut. Nicht um daran zu verdienen, sondern um Sicherheitslücken im Telekomnetz aufzudecken. Dafür wurde der Student zu einer Bewährungsstrafe von 10 Monaten verurteilt.

An die Geschichte mit dem Simulator konnte sich Bruno gut erinnern. Die fette Knappes war damals ganz wild drauf. »Da sparen wir Unsummen!« Sie wollte das Büro von Amanda damit ausstatten. Er konnte sie gerade noch davon abhalten. »Elisabeth, das ist Betrug!«

Der Teller war leer. Bruno hatte immer noch Hunger.

»Hartmut, Nachschlag?«

»Tut mir leid, mein Lieber, es war der allerletzte Rest.«

Bruno zahlte und rutschte vom Hocker.

»Tschüs, Hartmut.«

»Man sieht sich wieder.«

Vor dem *Zwiebelfisch* blieb Bruno stehen. Er war hundemüde und mußte nach Hause. Er ging jedoch zurück ins *Gainsbourg*, um noch einen Absacker zu sich zu nehmen, den er nicht brauchte, aber nahm, weil er es zu Hause ohne Amanda kaum aushielt.

Aykut samt Anton und Marcella waren schon gegangen. Ulf schaufelte unverdrossen Ernüsse in sich hinein und hatte Bruno auch schon erspäht. Er winkte mit der Erdnußschale, um zu zeigen, wie voll sie noch war. Der Hocker neben ihm war leer. Diese Aussicht hatte für Bruno keinen Reiz.

Er ging zu Fuß nach Hause. Das Bonhoefferufer entlang. Das war zwar ein Umweg, aber schöner. Die weißen Schwäne auf dem dunklen Wasser glitten geheimnisvoll vorüber. Sie verschwanden unter den schwarzschattigen Ästen der Erlen, die sich über die Spree beugten.

Bruno mußte an das Handygespräch mit Anton denken. Es kam ihm vor, als habe sich in den Sandsteinkoloß Anton ein ganz anderer Anton geflüchtet, der mit seinem Handy wie aus einer Festung fast verzweifelt um Hilfe bat. Aber auf der Flucht wovor? grübelte Bruno. Morgen werde ich ihn fragen.

Bruno hatte seine Haustür erreicht. Er schaute die Kamminer Straße runter. In der Eckkneipe brannte noch Licht. Er fühlte sich leer wie die Mülltonnen, die die Müllmänner morgen früh nach der Leerung rumpelnd über den Hof rollen würden. Jedesmal wachte er von dem Geräusch auf.

Bruno überlegte, ob er noch ein Bierchen zischen sollte. Warum nicht?

In der Bierkneipe waren der Wirt und eine alte Frau mit einem Hund. Sie versuchte, Groschen in einen Spielautomaten zu bugsieren. Sie traf den Schlitz nicht. Die Groschen fielen runter.

»Louise, es reicht für heute«, sagte der Wirt.

Aus dem Bierchen wurden schnell zwei. Davon ging

die Leere auch nicht weg. Da wird man ja zum Alkoholiker ... Bruno zahlte und ging. Die alte Frau spähte auf dem Boden nach den Groschen.

Bruno sperrte die Tür auf und glotzte eine Weile in die Dunkelheit des Hausflures. Dann machte er Licht. Der Briefkasten war leer. Kein Brief von Amanda. Diese verdammte Warterei auf nichts ...

Der Fahrstuhl reagierte auf kein Knopfdrücken. Hatte wohl wieder einen asthmatischen Anfall. Bruno stieg die Treppen hoch. Er wußte eigentlich nicht, warum.

2. Kapitel

Bruno geht auf die Bank und erlebt einen Schock. Das Treffen mit Anton und Marcella ist rätselhaft. Gegen Bruno besteht ein Komplott auf Leben und Tod.

Das Ledersofa in Brunos Büro war zum Schlafen nicht geeignet. Auf dem Leder schwitzte man so. Auch diese Nacht hatte Bruno schlecht geschlafen. Eine einzige Hinundherwälzerei war das. Als läge er in einer Betonmischmaschine, die sich unendlich drehte. Dabei war das Bett im Schlafzimmer nebenan so angenehm kühl. Er hatte es ja gerade erst gekauft. Vor drei Wochen. Ein zeitlos klassisches Bett aus Edelstahl. Ein Bett von unauffälliger Eleganz. Für die Ewigkeit gebaut. In dem er mit Amanda alt werden wollte. Nie mehr würde er dieses Bett betreten! Amanda hatte es doch tatsächlich fertiggebracht, eine Nacht, oder mehr?! mit Jockel in diesem Bett zu verbringen! Noch bevor sie ausgezogen war. Sie hatte es Bruno zwar nicht gesagt, aber was sonst bedeutete der bunte Schal, der um die Lampe gewickelt war? Wie eine Fahne der Lust! Über dem Bett! Wie kam dieser Schal überhaupt dahin? In einer Altbauwohnung mit vier Metern Zimmerhöhe? Was die wohl auf dem Bett getrieben hatten?

Die halbe Nacht hatte Bruno auf dem Ledersofa

schwitzend wach gelegen und gegrübelt. Bisweilen hatten sie sich ganz schön gezofft!

»Solange wir streiten, sind wir lebendig!«

Was für ein Schlachtruf! An den er geglaubt hatte! Von wegen! Das Luder! Schon ihre Blicke hätten ihn warnen müssen! Aus den algengrünen Augen einer Seeschlange!

Die wollte doch glatt das Geld zurückhaben! Prompt! Vor knapp einer Woche. Gerade zwei Tage nach ihrem Auszug. Auf der Türschwelle stand sie. Mit diesem albernen Frisiertäschchen in der Hand.

»Das letzte Mal, daß ich in deiner Wohnung bin!« hatte sie ihn angefaucht. Amanda übertrieb immer so maßlos, wenn sie ein schlechtes Gewissen hatte. Schließlich hatte sie ihn betrogen! Sie hatte die Flacons aus dem Bad abgeholt, das Parfum, die Sälbchen. Die Gerüche, die Bruno so liebte. Es brach ihm das Herz! Und dann das! Aber knallhart!

»Ich will das Geld zurück!«

»Welches Geld?«

»Ich habe wie du fünfzigtausend in diese Wohnung investiert!«

»Aber Schätzchen, du hast nie einen Pfennig Miete bezahlt!«

»Und wer ist den ganzen Tag mietfrei mit meinem Auto rumgefahren? Hat sich kutschieren lassen? Bin ich dein Leibchauffeur? Fünfzigtausend, du Arsch!«

»Aber ich habe das Geld nicht. Tut mir leid.«

Das ging Bruno in diesem Moment runter wie Öl, daß er pleite war. Sollte sie doch sehen, woher sie das Geld bekam!

»Mir egal. Sieh zu, wo du es herkriegst. Schließlich verdienst du.«

Amanda hatte auf dem Absatz kehrtgemacht und

wollte abschwirren. Der Frisierkoffer schlenkerte. Ein Torero senkte seinen Degen in Brunos Herz. So elend war ihm.

Bruno war keiner, der sein Geld aufs Konto trug. Sein Sicherheitsdenken war eher unterentwickelt. Amanda hatte ihm das öfters als infantil ausgelegt. Auch diesmal wieder. Anstatt wegzustürmen, hatte sie sich auf dem Treppenabsatz noch einmal umgedreht und gedonnert: »Du rennst durchs Leben, als würde deine Großmutter immer noch leben!« Das traf, wenn sie das sagte. Das war sein absoluter Schwachpunkt. Sofort hatte er das Gefühl, ein Kümmerling zu sein. Als Kind flüchtete er sich, wenn Gefahr drohte, zum mächtigen Leib seiner Großmutter wie in eine Höhle. Da saß er dann. Häschen in der Grube. Seine Vettern, die ihn verhauen wollten, trauten sich nicht, den großmütterlichen Wall anzugreifen. Diese harmlose Angelegenheit hatte Bruno ein paarmal zum besten gegeben. Amanda bauschte es auf zum Trauma seiner Kindheit! Einfach absurd! Gerade wie es ihr in den Kram paßte: »Übernimm doch mal selbst Verantwortung! Stell dich!«

»Als wenn ich dir auf der Tasche liegen würde!«

»Du wirst nie erwachsen!«

»Mein Gott, Amanda, da war ich ein Kind!«

»Sage ich doch, ein Kind!«

»Was willst du damit sagen?«

»Daß ein erwachsener Mann nicht nur Nachteile hat!«

Also das war ja . . . Unverschämtheit!

»Du meinst doch nicht etwa diesen hüftschwenkenden Lackaffen?«

Sie hatte ihm blitzende Blicke der Verachtung vor die Füße geworfen und war abgerauscht. Seitdem hatte sie sich nicht mehr gemeldet.

Das beunruhigte Bruno. Auch jetzt auf dem Sofa. Er schwang ein Bein unter der Decke hervor und wollte sich erheben. Er mußte unbedingt auf die Bank. Einen Kredit aufnehmen. Die Sache aus der Welt schaffen. Irgendwie hatte Amanda ja recht.

Plötzlich hatte Bruno einen süßlich herben Geruch in der Nase, von dem er nicht wußte, woher er kam. Es war ein ganz intensiver Geruch. Bruno saß auf der Kante des Sofas und schnupperte. Der Geruch kam ihm bekannt vor. Mein Gott, ja!

Es fiel Bruno wie Schuppen von den Augen!

Er sank wieder zurück auf das Sofa!

Daß er nicht viel früher drauf gekommen war!

Er bekam ja fast einen Schluckauf!

Gluckste vor Begeisterung!

Natürlich!

Dieser Jockel war schwul!

Alle Frauen, die er kannte, hatten ihren Leibschwulen! Mit einer süßlich herben Duftnote, die ihn gerade aus der Erinnerung anwehte.

Ein Schwuler als Abfallkörbchen für Seelendinge!

Im Badezimmer auf der Party hing auch dieser typische Geruch in der Luft, nachdem sein Doppelgänger ihm Feuer gegeben hatte und wieder gegangen war! Brunos Nase erinnerte sich ganz genau.

Ingo zum Beispiel, eine alte Freundin, lief nur mit Schwulen rum. »Mit Männern kann man doch sonst nicht reden!« Na ja ... Bei dem Macho, den die hatte. Ein Kerl mit einer Nase ohne Ende ... Kein Wunder! Außerdem tanzte sie Tango. Die Tangokönigin von Hamburg. Ihr Tanzpartner ... na klar. Schwul. So ein kleiner. Ingo war einen Kopf größer. Er immer in Lederjacke. Wischte ihr beim Tango um die Waden wie ein wildgewordener Kehrbesen. Absolute Klasse. Bruno konnte stundenlang zuschauen. Und dann immer das Theater hinterher in irgendeiner Kneipe!

»Ingo, du siehst einfach toll aus!« machte Bruno aus seinem Herzen keine Mördergrube.

»Komm mir doch nicht damit!« schrie Ingo verzweifelt. Sie war von Natur aus schon immer hysterisch. »Ich bin fast Anfang Vierzig!«

»Trotzdem! Du bist bezaubernd!«

»Das kannst du als Mann nicht nachvollziehen!«

»Ich werde ja wohl noch sagen dürfen, daß eine Frau erst ab vierzig ganz ausgereift wunderbar sein kann!«

An dieser Stelle wurde Ingo regelmäßig wild. Oft war Lovely Rita dabei, auch eine Tangotänzerin. Auch Anfang Vierzig. Auch ein Bild von Weib. Zum Hinknien. Die war genauso hysterisch.

»Ja, dann schaut euch doch an!« rief Bruno emphatisch.

»Das machen wir jeden Tag!« riefen die beiden.

»Komm, wir gehen, Ingo!«

»Das halten wir nicht aus!«

»Aber bleibt doch!«

Ein paar Häuser weiter fand er sie im *Gnosa* wieder, einer Hamburger Schwulenkneipe.

»Bruno, bitte keine Komplimente!«

Es war zum Haareausreißen!

Die Aussicht, daß Jockel schwul war, machte Bruno mit einem Schlag fröhlich. Er schwang sich endgültig vom Sofa und eilte in die Küche, um sich einen Kaffee zu machen. Von dort ging er ins Bad, schlürfte dabei aus der Kaffeetasse, die er auf dem Klodeckel abstellte. Dann rasierte er sich. Das *Eau Sauvage Extrême* After-shave duftete wie schon lange nicht mehr. Das Wasser unter der Dusche machte Freudensprünge auf seiner Haut. In dieser Stimmung eilte Bruno zur Bank.

Er ging an den Kundenschalter, an den er immer ging. Schon seit vielen Jahren. Zu Frau Schlamm. Bruno und sie waren sozusagen in der Bank gemeinsam groß geworden. Wie lange war das eigentlich her?

»Guten Morgen, Herr Paul . . .«

Frau Schlamm hatte in ihrem Blick etwas Eigenartiges. Als sei sie überrascht, Bruno zu sehen. Doch das konnte seine gute Laune nicht trüben. »Frau Schlamm, wie lange kennen wir uns eigentlich schon?«

In Frau Schlamms Blick schlich Mißtrauen. Als verlangte Bruno etwas Unstatthaftes.

»Dreißig Jahre . . . wieso?« sagte sie.

»Ach, nur so . . . fiel mir gerade eben so ein . . . als ich Sie sah . . .«

Bruno lachte entspannt. Frau Schlamms Blick schien zu frösteln.

Was hat die nur?

»Frau Schlamm . . .«

»Ja . . .?«

Die guckt ja, als hätte sie mich noch nie gesehen.

»Ist Ihnen was, Frau Schlamm?«

»Nein . . . nein . . . Was kann ich für Sie tun?«

Ihre Blicke straften sie Lügen.

»Alles, meine liebe Frau Schlamm . . . alles.«

Bruno lachte. Immerhin wollte er einen Kredit! Nicht, daß er seine Bonität bezweifelte! Aber man wußte ja nie! Frau Schlamm kicherte auch etwas gewürgt.

»Frau Schlamm, ich benötige einen Kredit.«

Das Gesicht von Frau Schlamm wurde abrupt hölzern. Ablehnung auf der ganzen Ebene!

»Einen Augenblick, Herr Paul!«

Sie erhob sich.

»Den ich möglichst schnell abzahlen will«, konnte Bruno gerade noch hinterherrufen.

Frau Schlamm ging zu einem Herrn an einem großen Schreibtisch, mit dem sie flüsterte. Sie zeigte mit dem Finger auf Bruno. Der Herr schaute auf ihn, nickte mehrmals mit dem Kopf, machte ein ernstes Gesicht und erhob sich. Er näherte sich Bruno. Allein. Frau Schlamm blieb am Schreibtisch stehen. Mit einem gefaßten Ausdruck im Gesicht.

»Herr Paul, worum handelt es sich?« sagte der Herr mit der Stimme eines Bestattungsunternehmers.

»Ja ... äh ... wie ... ich will einen Kredit aufnehmen.«

Der Herr hüstelte, wie das Bestattungsunternehmer auch immer machen, bevor sie den Hinterbliebenen die Endsumme des Begräbnisses präsentieren.

»Herr Paul, darf ich Sie recht verstehen, daß Sie einen zweiten Kredit aufnehmen wollen?«

»Einen ... wie bitte? Wovon reden Sie?«

Der Blick des Herrn senkte sich, verweilte einen kurzen Moment auf Brunos Schuhen und hob sich wieder. Der Blick bohrte sich jetzt tief in Brunos Augen. Als stünde eine Gewissensfrage bevor. Wie früher in der Schule. Wenn Bruno etwas ausgefressen hatte und der Klassenlehrer ihn fixierte, um seine verdorbene Seele zu erforschen. Bruno wurde ganz blümerant.

»Sie haben doch heute morgen schon einen Kredit von über fünfzigtausend von uns bewilligt bekommen ...«

Frau Schlamm hatte sich auch wieder genähert. Wenn auch zaghaft. Sie nickte in einem fort mechanisch. Als hätte man ihr ein Pendel eingebaut.

»Heute morgen, Herr Paul ... Sie hatten diesen wunderschönen bunten Schal ... Sie und Ihre Frau ...«

Sie lächelte verquer. Dreißig Jahre Vertrauen gingen den Bach runter. Frau Schlamm verleugnete ihn! Ödnis kroch unter Brunos Schädeldecke. Jemand stopfte Watte in sein Hirn, die jeden Gedanken erstickte.

»Was . . .?« krächzte er.

Der Herr schlug die Hände zusammen und sagte: »Sie haben doch heute morgen um neun mit Ihrer Frau die Bank betreten und einen Kredit beantragt, den wir selbstverständlich bewilligten. Ihre Frau hat unterschrieben, sie ist ja zeichnungsberechtigt. Ihre Hand, Herr Paul, war ja mit einem dicken Verband umwickelt, wir haben das Geld bar ausbezahlt! Aber Herr Paul! Wir bewilligen Ihnen natürlich gerne einen zweiten Kredit! Überhaupt kein Problem . . .«

Der Mann strahlte ihn an wie einen Irren. Frau Schlamm sagte, mit dem Nicken am Hals – *Ticktack, ticktack*, dachte Bruno: »Diese pinkfarbenen Hosen und das blaue Leinenjackett mit dem bunten Schal drüber standen Ihnen so gut! Ich habe noch zu Herrn Backes gesagt, die Frau Paul sieht so erblüht aus . . .« An dieser Stelle kicherte Frau Schlamm verschämt. »Als wäre sie schwanger . . .«

»Ja . . . ach so . . .«

Bruno drehte sich um und ging langsam auf den Ausgang zu. Er glaubte, dort nie anzukommen. Bestimmt wieherten Herr Backes und Frau Schlamm jetzt in seinem Rücken vor Vergnügen. So ein schenkelklopfendes stummes Wiehern mit Riesenhörnern auf den Knien, die ihm Amanda aufgesetzt hatte. In der Preisklasse von fünfzigtausend Mark. Jetzt war er ruiniert. Blamiert bis auf die Knochen. Ein seelenloses Geschöpf, über das sich Frau Schlamm nach dreißig Jahren belustigen durfte. Ein anderer Bruno lief herum. Einer namens Jockel. In pinkfarbenen Hosen. Der sein Konto plündern durfte. Mit Amanda Arm in Arm. Er, Bruno, war die Witznummer im Trio. Der Clown, der in der Manege einer Bank gerade vorgeführt wurde.

Bruno passierte die Drehtür. Ihm war ganz weich in den Knien, als er draußen auf dem Bürgersteig stand.

Erst mal tief Luft holen! Die Watte aus dem Kopf kriegen! Also jetzt mal ganz langsam, Bruno! Punkt für Punkt! Nochmals tief durchatmen. Bruno, sagte sich Bruno, du bist zwar ein unangepaßter, aber angesehener Rechtsanwalt, dem die Klienten nicht unbedingt in Scharen zulaufen. Trotzdem! Bestimmte Dinge mußt du dir nicht gefallen lassen. Denke an den Melkschemel, der zu Hause unter deinem Schreibtisch steht. Der steht nicht umsonst da! Das Rhonetal runter, bis die Luft wieder sauber ist! Genauso ist es. Er war der Urenkel seiner Ururgroßmutter.

Bruno machte ein paar Schritte wie nach einer Vollnarkose. Blieb stehen. Ihm war schwummerig.

Also das mit den fünfzigtausend hätte sich ja erledigt. Fertig. Basta. Das war nun mal Amandas impulsive Art. Auch deswegen liebte er sie. Darauf hatte er sich eingelassen. Na schön.

Er machte wieder ein paar Schritte und landete vor einem Friseursalon. Er sah durch die Scheiben ganze Batterien von Dauerwellenmaschinen, in denen die Köpfe der Frauen bis zum Kinn steckten. Lauter Ameisen, dachte Bruno, mit ganz dünnen Ärmchen unter den dikken Köpfen.

Wie er so auf die Apparaturen in dem Friseursalon starrte, ein paar von den Ärmchen blätterten in Illustrierten, fühlte Bruno einen heiligen Zorn in sich hochsteigen. Er hatte ja immer viel Verständnis aufgebracht für Amandas Eskapaden. Wenn sie oft tagelang verschwunden war! Spurlos! Nie hatte er gefragt! Wo warst du und so! Nie! Egal! Schnee von gestern.

Aber daß dieser aufgedonnerte Hüftschwenker mit seiner Identität durch die Gegend scharwenzelte und sein

Konto plünderte, das ging doch ganz entschieden zu weit! Das war Seelenmord! Existenzgefährdend! Als wäre er in Auflösung begriffen! Wo sollte das denn aufhören?

»Herr Paul, Sie waren doch gerade eben da! Mit Ihrer Gattin! Der Tisch ist jetzt leider besetzt! Herr Paul, das Gericht hat doch längst entschieden! Gratulation! Sie haben den Prozeß gewonnen! Aber Herr Paul, Ihre Zahnwurzelbehandlung ist doch längst fertig! Herr Paul, daß Sie Vater werden! In dem Alter! Darf man denn gratulieren? Wir fühlen so mit!«

Diese dämliche Frau Schlamm eben. Diese alte Jungfer. Wahrscheinlich trocken wie Dörrobst. Als wenn Amanda noch schwanger werden könnte! Mitte Vierzig.

Oder?

Verdammt!

Die wird doch nicht ...?

Bruno betrat den Friseursalon. Es war ein reiner Damensalon. Die in den Elektrohauben brutzelnden Haarwellen und Kopfhäute rochen irgendwie penetrant ranzig. Als sei das Haarfett angebrannt. Ein durchgestiltes Designprodukt Marke Fitness blondgrün kam auf Bruno zu.

»Was kann ich für Sie tun?«

Ein unsichtbarer Mechaniker bewegte die Mechanik des Produkts. Ein Lächeln vibrierte.

»Sagen Sie«, meinte Bruno und zeigte auf die Dauerwellenmaschinen, »Wie hoch können Sie die Temperaturen in diesen Maschinen einstellen?«

Der Mechaniker bediente Scharniere und Winden. Das Design schien amüsiert. »Das würden Sie nicht aushalten.«

»Wirklich nicht?«

»Die Hitze kann Verbrennungen dritten Grades erzeugen.«

»Sehr interessant«, sagte Bruno, »Vielen Dank für Ihre liebenswürdige Auskunft.«

»*You're welcome.*«

»Ja, natürlich.«

Bruno verließ den Salon.

Er ging jetzt eilig die Kantstraße runter. Richtung *BarbarBar.* Er ging immer schneller. Rannte fast. Als wollte er weglaufen von dem Gedanken, den er im Kopf hatte. Diesem Jockel eine Dauerwellenmaschine überstülpen. Ihm vorher eine mehrstufige Schmachtwelle ins volle Haar legen. Bruno hatte eine Halbglatze. Das war der einzige Unterschied zwischen ihnen. Wahrscheinlich trug der Mensch ein Toupet. Ihn dann unter die Haube schieben. Hitze einstellen. Die Hitze Stufe um Stufe steigern. Ihn langsam verkochen lassen. Gallertmasse. Die zappelnden Ärmchen festbinden. Wie er schrie, der Mensch! Mensch . . .

Bruno blieb abrupt stehen. Er keuchte vom schnellen Gehen und lachte leise über die Vorstellung, seinen Rivalen in einer Elektrohaube verschmoren zu lassen. Die Brutalität des Vorgangs berührte ihn zu seiner Überraschung nicht. Er dachte an den Armeerevolver von Frau Goldschmidt. »Ich glaube, ich könnte es tatsächlich tun«, murmelte er. Die Furcht, im Schatten seines Rivalen zu verschwinden, war verflogen.

Er schlenderte entspannt den Rest der Kantstraße runter und bog in die Krumme Straße ein. Er konnte die *BarbarBar* sehen. Es war kaum anzunehmen, daß Anton und Marcella schon da waren. Obwohl ihm das lieber gewesen wäre. Aber sie waren ja erst um fünf verabredet.

Bruno fühlte sich wieder besser, als er die Bar betrat.

Sie war eins seiner Lieblingscafés. Besonders samstags. Man konnte auf dem Markt gegenüber einkaufen, sich dann treffen in der Bar, reden, quatschen, Wein trinken, den Frauen nachschauen im Sommer, wenn sie in ihren Röcken vorbeiwippten. Jeder kannte die meisten. Eine der wenigen Ecken in Berlin, wo man den Tag ohne Gewissensbisse heiter und gelassen vertrödeln konnte. Hier war Bruno oft.

Anton überragte alle. Das runde Tischchen, an dem er saß, wirkte winzig. Die zwei Espressotäßchen darauf puppenstubenhaft niedlich. Anton saß auf zwei Stühlen. Für jede Pobacke einen. Neben ihm saß, den Rücken halb zur Tür hingewandt, eine Person mit Haaren wie die Sonne. Ganz weit standen sie ab und leuchteten durch die *BarbarBar.* Die Trägerin dieser Pracht wirkte zwergenwüchsig klein neben ihrem Gefährten. Wahrscheinlich baumelt sie auf dem Stuhl mit den Beinen, dachte Bruno. Die beiden ungleichen Personen schauten jede für sich in eine andere Richtung. Antons Blick war unbeweglich, und sein Haar lag unverändert glatt an. Der Scheitel grad wie mit dem Lineal gezogen. Eine Statue, in der eine Stimme ohne Ausgang herumlief. Erreichbar nur über Telefon. Seine Augen hatten Bruno erfaßt. Die Haarpracht drehte sich um. Es war Marcella. Bruno schaute sie ganz verblüfft an. Das war ja wie beim Zauberer. Ihr Mund warf ihm ein Lächeln zu und entblößte eine Reihe kleiner, sehr weißer Zähne. Die Lippen waren dunkelrot geschminkt. Die wasserblauen Augen leuchteten über den breiten Backenknochen und einer Stupsnase. Ich war doch nicht besoffen gestern abend, dachte Bruno, als er dieses ihm völlig unbekannte, reizende Wesen sah. Seine Intuition mußte gestern abend Breitseite gehabt haben. Es war eindeutig die Stimme von Marcella, die rief: »Bruno, komm her, wir haben dir einen Stuhl freigehalten.«

Bruno drängte sich an den Tischen vorbei. Wo hat die denn ihre Haare gelassen, überlegte er, als er sich dem Paar näherte. Da sitzt ja eine ganz andere Person. Doch die Haare von gestern entpuppten sich als Mütze, die jetzt über dem freien Stuhl hing. Die Situation war Bruno nachgerade peinlich. Er bemühte sich, das Flechtwerk nicht zu berühren, als er sich setzte.

»Da seid ihr ja schon!« begrüßte er die beiden. »Das ist ja ein Zufall!«

»Moment, ich nehme sie weg«, sagte Marcella und stopfte die Mütze in einen kleinen Rucksack. »Schön, daß du gekommen bist.«

»Ich habe dich eben erst gar nicht erkannt. Ich hielt gestern abend die Mütze hier für deine Haare. Wunderbar, daß wir uns so treffen.«

Sie roch nach dem gleichen Parfum, das Amanda am Tag ihres Kennenlernens trug. Das verwirrte Bruno. Sein erster Eindruck von Marcella im *Gainsbourg* war kein guter gewesen. Und der täuschte ihn selten. Aber jetzt wirkte sie attraktiv und ausgesprochen erfrischend.

Anton schaute Bruno an, zeigte sonst aber keinerlei Reaktion. Bruno wußte nicht so richtig, wie er mit seinem sprachlosen Gegenüber umgehen sollte. Er kannte seine Handynummer nicht. Er hätte sonst einfach mal anrufen können.

»Hallo, Anton, wie geht's denn so?«

Statt dessen versuchte er einen Scherz.

»Hallo Anton, wo bist du gerade? In Miami? *Give me a call ...*«

Das klang etwas angestrengt. Marcella lachte. Anton rührte sich nicht. Kein Zucken im Gesicht. Nichts.

»Der hat mir doch gestern abend eine Menge über sich erzählt«, wunderte sich Bruno.

»Ach, Anton hat dir gestern abend gesagt, daß er nur über Handy ...«

»Ja.«

»Hi.«

Swantje war mit ihrem Bestellblock aufgetaucht. Bruno bestellte einen Milchkaffee. Sie sah verheult aus.

»Was ist?« fragte Bruno.

»Ach dieser Scheißkerl«, fluchte sie.

»Mach dir nichts draus ...«

»Sagst du so ...«

Sie schneuzte in ein Taschentuch. Heute abend würde sie wieder im *Gainsbourg* bei Matthes auf der Matte stehen und ihm unter dem Pullover den Rücken kraulen. Das war alles an Haut, was sie von ihm kannte.

»Tjaaaaa ...«, sagte Bruno gedehnt und schaute Anton erwartungsvoll an, als Swantje mit ihrem Endlosleid abgeschwirrt war. Er hätte Marcella anschauen müssen, um etwas zu erfahren. Anton saß immer noch da wie ein Klotz und war ganz bestimmt der falsche Adressat. Er wollte Marcella aber nicht anschauen. Sie verwirrte ihn. Er war heute schon verwirrt genug. Andererseits hätte er nur zu gerne am Hals von Marcella nach dem Parfum von Amanda geschnuppert. Nimm doch mal kurz das Haar von deiner Kehle. Da roch Amanda am besten. In der Mulde am Hals.

»Ganz ohne Umschweife ...«, sagte Marcella, aber da kam auch schon der Milchkaffee. Das ging ja schnell.

»Hackebreit«, sagte Swantje.

Es klang so endgültig.

»Du kennst doch Matthes«, brummelte Bruno.

Der Milchkaffee schwappte über, als sie ihn auf das Tischchen stellte.

»Warum mache ich das bloß?« Sie zog die Nase hoch.

»Keine Ahnung, Swantje, keine Ahnung«, sagte Bruno

und schaute Marcella an. Und nur Marcella. Denn Swantje wäre imstande gewesen, hemmungslos und auf der Stelle die Litanei ihrer Beziehung zu Matthes zu singen. Bruno kannte sie auswendig.

»Ach ja«, seufzte sie. Eine Bestellung lockte sie weg vom Tisch.

»Die hat's nicht leicht«, sagte Marcella.

»Jaja«, sagte Bruno und dachte, du mit dem Anton auch nicht.

»Was hat dir Aykut über uns erzählt?«

»Nicht viel«, sagte Bruno. »Anton sei in die Luft geflogen.«

»Grrchmöömmch«, machte Anton, hob das Espressotäßchen und schlürfte daraus, obwohl es leer war.

»Wie ...?«

Marcella lachte.

»Anton will einen neuen Espresso.«

Antons Grunzer klang eher empört und nicht nach einer neuen Bestellung. Sie machte anscheinend alles für ihn. Eine Fuchtel war sie schon. Bruno würde ja wahnsinnig werden bei so viel Abhängigkeit.

»Ja, stimmt das denn nicht?« fragte Bruno.

»Die Bombe? Ja, doch ... schon ... halb.«

»Wie halb?«

»Anton ist Mitbesitzer einer Privatbank, mit Sitz in Locarno und New York. Sein Bruder machte krumme Geschäfte. Wir vermuten, Schwarzgeld. Es gab in der Tat einen Anschlag. Er schlug Anton auf die Stimme.« Sie kicherte und hielt die Hand vor den Mund. »Es hat ihm die Schüssel unterm Hintern weggeschlagen. Die Bombe ging im Keller hoch. Direkt unter ihm. Da war er Anfang Zwanzig. Er hat Glück gehabt, daß ihm nicht mehr passiert ist. Wir leben von seinem Vermögen. Aber Anton ist kein Banker. Unser Geschäft ist ein anderes.«

»Grrrchhchrroööö.«

»Was will Anton jetzt?« fragte Bruno Marcella, ohne Anton anzusehen.

»Anton hat Hunger«, erklärte sie ihm das Gegrunze.

Bruno nahm einen Schluck von seinem Milchkaffee und ließ sich die geschlagene Milch langsam über den Gaumen rinnen. Sie redeten über Anton wie über einen Debilen. Der hätte sich ruhig etwas Mühe geben können. Wenn er gewollt hätte, hätte er wahrscheinlich ganz normal ein Gespräch bestreiten können. Was übers Handy geht, geht auch so. Aber es war ja bequem für ihn. Anton grunzt. Marcella springt.

Bruno dachte an Antons intimes Geständnis im *Gainsbourg*. Warum erzählte er ihm das? Anton hatte ihn nie zuvor gesehen! Erzählte der jedem von dem Unglück, das zwischen ihm und Marcella stand? Von ihrem Haß, – ja, Haß hatte er gesagt, auf Handys? Selbst im Bett? Obwohl, im Bett mit dem Handy in der Hand sich gegenseitig befummeln ist ja auch blöd. »Marcella, ich liebe dich.« – »Ich dich auch, Anton«, flüstern sie ins Handy und küssen die grünlich beleuchtete Armatur. Vielleicht gab es aber auch nicht mehr viel zu fummeln nach der Explosion? Wenn es schon die steinerne Kloschüssel zerfetzt hatte, was war dann erst mit Antons Weichteilen passiert? Das war alles kompliziert. Bruno mochte keine komplizierten Paare. Die rissen alles an sich. Wie in einen Reißwolf.

»Also ganz ohne Umschweife. Wir müssen unbedingt Kontakt zu Frau Goldschmidt kriegen«, sagte Marcella. »Eine Therapie für Anton ist dabei ein zu vernachlässigender Nebenaspekt.«

Das hatte Marcella aber klar auf den Punkt gebracht. Als verfügte sie über ihren Partner wie über einen Geschäftsvorgang. Sein Unglück lief am Rande. Der kriegt seine Handyverbindung mit Marcella nie hin, dachte Bruno, und nachts im Bett schon mal gar nicht. Sein Mißtrauen ihr gegenüber, das verschwunden war, meldete sich wieder. Sie war ihm eine Spur zu forsch. Anton saß immer noch unverrückbar da. Bruno wartete schon auf den nächsten Grunzer. Und was ging die beiden seine Goldschmidt an? Bruno hatte wieder schlechte Laune. Am liebsten wäre er gegangen.

»Grrrchmmörrch.«

Jetzt reichte es Bruno.

»Anton, mir geht dein Gegrunze auf den Sack. Nimm dein Handy und mach's Maul auf.« Diese frontale Direktheit hatte Bruno von der Knappes, Amandas Partnerin, gelernt. Anton reagierte nicht.

»Du kennst doch Antons Situation.«

Marcella legte beschwichtigend ihre Hand auf Brunos Unterarm. Ungewollte Berührungen waren diesem ein Greuel.

»Man darf ihn nicht überfordern«, verlieh sie ihrer Berührung Nachdruck.

»Halt doch einfach mal die Klappe, Marcella. Vielleicht redet er dann.«

Bruno war genervt. Sie zog die Hand zurück. Aus ihrer Tasche kramte sie eine Puderdose. Sie puderte sich. Bruno stand kurz vor einer Krise. Aufstehen und gehen. Das wär's. Aber das ging nicht ohne Gesichtsverlust. Er mußte weiter den Wilden markieren. »Also, Anton, nimm dein *fucking* Handy und sag was. Aber ein bißchen plötzlich.«

Brunos Grobheit zeigte keine Wirkung. Sie klang auch wenig überzeugend. Anton blieb, wie er war. Er machte nur ein winziges Schnütchen. Dann zog er im Schneckentempo die Espressotasse zu sich und spielte mit ihr. Er trillerte sie auf der Untertasse wie einen Kreisel, indem er sie zwischen Daumen und Zeigefinger klemmte und dann, *plliinngg*, kurz und schnell schnippste. Das brachte die Tasse auf der Untertasse in scheppernde Drehbewegungen. *Klack-kläck-klöck* trillerte die Tasse auf der Untertasse erst schnell, um dann nach ein paar lahmen *Klack-klöcks* wieder zum Stillstand zu kommen. *Blob.*

Bruno wußte, dieses Spiel würde Anton jetzt stundenlang treiben. Das würde er mit Sicherheit nicht aushalten. Geräusche dieser Art trieben Bruno in den Wahnsinn. Es fehlte nur, daß Marcella jetzt noch pfiff oder schmatzte im Rhythmus des *Klack-klack*. Dann wäre alles aus. *Klack-kläck-klöck* machte die Tasse wieder, um nach ein paar schnellen Drehungen auszutaumeln.

Die Situation war festgefahren. Marcella saß mit dem Gesicht da, das alles wußte, aber nichts mehr sagte, weil es ja alles gesagt hatte. Als Variante hob Anton nach dem letzten Kreiseln die Tasse hoch und kippte sie um. Sie lag jetzt mit der Öffnung nach unten auf der Untertasse. Wieder schnipste er sie zwischen Daumen und Zeigefinger. Die Tasse trillerte jetzt viel schneller. Der schmale Tassenrand war dafür offenbar viel geeigneter als der massivere Tassenboden. Das Trillern klang jetzt auch im Ton bedeutend höher und hektischer. Bruno glaubte, den Anflug eines Lächelns in Antons Gesicht zu erkennen. Daß beim Trillern der Kaffeesatz wegspritzte und ihm den Dufflecoat bekleckerte, störte Anton nicht. Schließlich hob er die Tasse hoch und vertiefte sich in den Restkaffeesatz auf der Untertasse. Er malte mit dem Zeigefinger Zeichen in die braune, schleimige Masse. Er schien völlig entrückt. Die *BarbarBar* existierte nicht für ihn.

Marcella hatte ein Bein über das andere geschlagen und wippte mit dem übergeschlagenen Bein im Rhythmus des Klackerns der Espressotasse. Ihr Schuh wogte durch die Luft wie ein Schaukelschiff. Dabei schaute sie durch das Fenster auf die Straße, als tobte da das wahre Leben. So konnte es nicht weitergehen. Bruno hatte es mit zwei Neurotikern der schwereren Art zu tun. Er nahm Anton die Untertasse samt Tasse weg und stellte sie auf das Serviertablett von Swantje, die gerade vorbeikam.

»Wollt ihr noch was?«

»Nein«, sagte Bruno.

Marcella erhob sich.

»Wo ist die Toilette?«

»Um die Ecke«, sagte Bruno.

»Mußt du auch zur Toilette?« fragte Marcella Anton. Der zog mit der Unterlippe wieder sein Schnütchen.

»Na, dann eben nicht ...«

So viel Eigenständigkeit hätte Bruno ihm gar nicht zugetraut. Marcella zwängte sich zwischen den Tischen durch zur Toilette. Dabei würdigte sie Bruno keines Blikkes. Als wäre er schuld an Antons Widerborstigkeit, sie aufs Klo zu begleiten.

Kaum war sie seinem Blickfeld entschwunden, holte Anton sein Handy aus der Manteltasche, zeigte mit dem Zeigefinger auf Brunos Mantel und wählte. Bruno angelte sein Handy aus den Innentaschen seines Mantels hervor. Es klingelte. Bruno drückte auf die Empfangstaste.

»Ja?«

»Hier ist Anton.«

Der saß ja wohl gegenüber.

»Und?«

Anton öffnete die beiden obersten Schnallen seines Dufflecoats und zog sich den Mantel fast bis zu den Ohren. So konnte man das Handy nicht sehen. Er genierte sich und sprach auch sehr leise. Seine Stimme klang dadurch verschwörerisch. Als käme sie weither aus dem Äther.

»Hör mir zu, ehe Marcella zurückkommt. Sie erträgt es nicht, wenn ich rede. Sie ist eine wundervolle Frau. Es ist so: Alle reden von Wolf. Keiner davon, daß er sich den Gen-Pool als primäre Rohstoffressource zugänglich macht. Er ist im Begriff, eine globale biowissenschaftliche Industrie, eine nie dagewesene Macht über die riesigen biologischen Ressourcen unseres Planeten aufzubauen. Er hat die Kartierung der schätzungsweise hunderttausend Gene, aus denen das menschliche Genom besteht, abgeschlossen. Er kann die menschliche Art, Tiere, Pflanzen, vollständig neu entwerfen. Er plant eine rein profitorientierte eugenische Zivilisation. Er nennt das natürlich anders. Er verspricht die Unsterblichkeit. Die Heilung aller Krankheiten. Das ewige Glück. Er will sich die Patente für praktisch alle hunderttausend menschlichen Gene sichern, die Konstruktionspläne der menschlichen Rasse, die Baupläne sämtlicher Zellen, Gewebe und Organe, die den menschlichen Körper ausmachen, in seine Verfügungsgewalt bringen. Darüber hinaus will er sich die Patente für Zehntausende von Mikroorganismen, Pflanzen und Tieren aneignen. Das gibt ihm die Macht, die Bedingungen zu diktieren, unter denen zukünftige Generationen, unsere Kinder und Kindeskinder, leben werden. Wolf wird der erste Diktator der Biogenetik sein. Alles bisher Dagewesene verblaßt dagegen. Hitler ist gegen ihn ein Gartenzwerg. Wolf plant einen gigantischen Handelsmarkt. Der Erde wird die zweite Schöpfungsgeschichte beschert. Dieses Zusammenspiel von Genen und Gentechnologie, von genetischer Diagnostik und Genchirurgie beim Menschen, von Patenten auf Lebensformen und Profitinteressen wird unsere Welt in den nächsten zwanzig Jahren auf unfaßbare Weise radikal verändern. Mit dieser Unfaßbarkeit operiert Wolf. Die allerwenigsten wissen, was auf sie zukommt. Es übersteigt ihre Vorstellungskraft. Daher keine Widerstände. Die Zeit rast und überrollt uns alle. Es geht wahnwitzig schnell. Wie sich darauf vorbereiten? Er und seine Helfershelfer bilden die neue Elite, die die Evolution bestimmt. Das müssen wir verhindern. Hilf uns! Die Menschheit ist in Not!«

Bei diesem flammenden Appell kam Marcella auch schon von der Toilette zurück. Anton klappte seinen Mund zu und stopfte das Handy in seinen Dufflecoat. Die beiden oberen Schnallen schloß er wieder akkurat. Marcella setzte sich. Sie hatte natürlich gesehen, daß Anton das Handy bedient hatte. Doch sie ignorierte es. Sie widmete sich wieder dem Geschehen auf dem Trottoir. Draußen regnete es heftig. Auf den Pflastersteinen spritzten kleine Fontänen. Menschen unter Regenschirmen hasteten vorbei. Autos fuhren durch Pfützen.

Anton hatte gegen Ende seines Vortrages immer schneller und eindringlicher gesprochen. Ein Überlebender morst einen letzten Hilferuf, dachte Bruno. Vor dem letzten, endgültigen Angriff. Vor dem Untergang. Bruno erinnerte sich an die letzten Appelle der ungarischen Aufständischen 1956 in Budapest. Er hatte sie als Kind im Radio gehört. Immer wieder wurden die gleichen Signale ausgestrahlt. Die Welt hörte hin und unternahm nichts. Bruno wird diese Stimme, die in die Welt um Hilfe rief, niemals vergessen.

Aber er saß hier in der *BarbarBar* . . .

Anton machte nach seinem dramatischen Appell wieder einen auf abwesend. Marcella schmollte immer noch. Weil Anton die Espressotasse fehlte, spielte er mit seinen Fingern. Verknäulte sie ineinander und verbog sie. Eben war er noch die dramatische Stimme an die

t. Sendestation Radio Dufflecoat. Jetzt war er wieder esend und der Depp. Sendepause. Brunos Anflug von Ergriffenheit war vorbei. Die Situation war zu grotesk. Der Schock in der Bank saß ihm auch noch in den Knochen.

Bruno schloß die Augen und wartete, bis ganz bestimmte Schlieren auf seiner Regenbogenhaut tanzten. Die silbrigen sternförmigen, die nach allen Seiten wegspritzten. Jetzt waren sie da. Mit einem inneren Ruck brachte Bruno sie zum Stehen. Gebändigte Explosionen ruhten auf seiner Iris. Frei zur Betrachtung. Jetzt war er um einen Millimeter neben sich getreten. Um diesen Millimeter rückte die Welt in traumhafte Ferne. Dieses Mittel der Streßminderung beherrschte Bruno schon als Schüler. Auf dem Berg über der Tafel zu sitzen, um millimetergenau ins Klassental zu schauen, was der Mathematiklehrer da an Unfug trieb. Bruno behält immer die Nerven, hieß es von ihm. Egal, wie hart es kommt. Ganz falsch. Er legte zwischen sich und die Welt nur diese klitzekleine Distanz von einem Millimeter. Das geschah fast automatisch. Als arbeitete ein Katalysator in ihm, der sich ganz von selbst einschaltete, wenn die schadstoffverseuchte Luft in Bruno eindringen wollte.

Auch jetzt war das so. In der *BarbarBar.* Die Schadstoffdichte war enorm. Wie im Kino war es. Wie in einem schlechten Spielfilm von Til Schweiger. Wie in einem Psychothriller. In dem er mitspielte. Als Komparse. Anton war der Gute. Wolf der Böse. Marcella eine Agentin zwischen den Linien.

Bruno brauchte diesen Millimeter in der *BarbarBar* wie die Luft zum Atmen. Oder seine Grenzen begännen sich in Windeseile aufzulösen. Die Felle schwömmen ihm weg. Die Geschichte auf der Bank mit dem Kredit war schon hart genug gewesen.

Und jetzt noch das. Dieser Anton. Bruno fühlte sich, als hätte sich ein Berg auf seine Brust gewälzt. Er wußte nicht, in welchem Fach er Antons flammenden Appell unterbringen sollte. Was hatte das mit seinem Leben zu tun? Natürlich hatte er von Biogenetik gehört. Aber das waren Geschichten weit weg. In zweihundert Jahren würde da mal was sein. Was ging ihn das jetzt an? Er hatte andere Probleme. Das war alles viel zu groß für ihn. Es klang so dramatisch. Dem fühlte er sich im Moment nicht gewachsen, wie er da saß in der *BarbarBar* mit diesen beiden Chaoten.

Bruno überlegte, wie er sie am schnellsten wieder vom Hals bekäme. Er mußte pausenlos an Amanda denken. An diesen Jockel, der sein Konto plünderte. Seine Existenz ruinierte. Ihm die Frau wegschnappte. Das war das Loch in seinem Leben. Nicht diese futuristischen Ergüsse von Anton.

Der beschäftigte seine Finger inzwischen anderweitig. Er hielt sie unter das kleine Tischchen und knackte mit ihnen. Als knackte er mit den Zähnen Pistazien auf, so knackte es. Es war scheußlich. Marcella wühlte unterdessen wieder in ihrer Handtasche. Es war das reinste Kindertheater, das die beiden veranstalteten. Jeder bemühte sich so gut er konnte, den anderen zu ignorieren.

Was suchte die eigentlich? Die Tasche war mindestens ein halbes Dutzendmal umgepflügt. Der halbe Inhalt lag auf dem Tischchen. Lippenstifte, Puderdose, Schlüssel, Stifte, kleine Papiertütchen, deren Inhalt nicht ersichtlich war. Endlich förderte sie ein winziges Papiergeviert zu Tage. Sie entfaltete es und reichte es Bruno. Die Utensilien auf dem Tisch räumte sie in ihre Tasche zurück. Es war ein Zeitungsartikel, den Bruno in der Hand hielt. Er war durch die Zusammenfalterei so zerknittert, daß er die Buchstaben kaum entziffern konnte. Es war auch nicht nötig. Es war der Artikel über das Computergenie, das sich erschossen hatte. Bruno hatte ihn im *Zwiebelfisch* gelesen. Fragend schaute Bruno Marcella an. Die nahm den Artikel, knüllte ihn wieder zu einem Kügelchen zusammen und schnipste ihn in die Tasche zurück.

»Oliver K. war ein Top-Mann«, sagte sie. Sie sagte das, als hätten Oliver und sie schon im Kindergarten gemeinsam auf dem Töpfchen gesessen.

»Ja, und . . .?« fragte Bruno.

»Er handelte mit Daten, die ihn nichts angingen.«

»Ja . . .?«

»Er wollte den DNA-Chip von Wolf knacken. Den Gen-Pool.«

»Du glaubst, deswegen . . .?«

Bruno war jetzt felsenfest davon überzeugt, 007 käme gleich persönlich an den Tisch. Mit einem Tütchen voller Pistazien, die er knackte. Eine Pistazienschalenspur zog sich durch die *BarbarBar* hinter 007 her. »Hallo, Anton«, sagte 007. »Hallo 007«, sagte Anton, und sie tauschten die Pistazien wie Geheimdokumente. Als Anton die letzte 007-Pistazie knackte und sich den grünen Kern in den Mund schob, sprengte diese ihm wie eine Handgranate den Schädel weg. Deutlich sah man seine Stimme befreit davonflattern. Im Vorbeifliegen streckte sie Marcella die Zunge heraus, die jetzt sagte: »Das ist doch möglich, ja . . . Wolf traue ich alles zu.« Bruno schreckte hoch aus seinem 007-Tagtraum. Er mußte sich zusammenreißen. Sonst würden aus dem einen Millimeter zwei. Das war ihm zu riskant. Zwei Millimeter hätte er nicht mehr im Griff.

»Woher willst du das wissen?« sagte er daher rasch.

»Oliver hat offen über sein Vorhaben gesprochen. Im Hacker-Café haben sie Wetten abgeschlossen, ob er es schafft.«

»Hat er es geschafft?«

»Probiert hat er es. Das steht fest. Jetzt ist er tot. Das ist doch kein Zufall ...«

»Du meinst, Wolf ...«

»Ich meine gar nichts. Ich weiß nur, eine Menge Leute sind unglaublich scharf auf diesen Chip. Wer den hat, hat die Welt. Bis jetzt hat nur Wolf ihn. Der geht doch über Leichen ... ja was glaubst denn du ...«

Sie sagte das, als sei Bruno ein verblödeter Hund, der nicht wußte, was alle längst wußten. Bruno ärgerte sich.

»Woher weißt du das alles? Gerüchte gibt es genug. Jedes Millennium, das zu Ende geht, hat sein Endzeitszenario. Von der Weltformel und vom Weltuntergang und vom Messias und vom bösen Antichrist und vom allerletzten Tralalala ...«

Bruno schnaubte durch die Nase. Außerdem hatte er Hunger. Und miese Stimmung.

Marcella runzelte die Stirn. Es schwang etwas Verachtung in ihrer Stimme, als sie sagte: »Bruno, wenn ein Riesenkonzern wie der von Wolf ein Mega-Programm mit Riesengewinnspannen auflegt, das schlagartig alles radikal verändert, spricht sich das rum. Die publizieren doch. Da wird ein Irrsinnsforschungsaufwand betrieben. Das kannst du nicht unter dem Teppich halten. Man muß nur hinhören und -gucken. Wenn man will ...«

»Vielleicht will ich gar nicht hinhören ...«

»Ja, dann ...«

Marcella zuckte resigniert mit den Schultern, lehnte sich zurück und schaute an die Decke. Ihr Mund zitterte leicht. Anton hielt seine dunkelbraunen Augen geschlossen. Bruno fühlte sich wie ein Schwein, das am Vorabend der Menschheitsdämmerung die Menschheit in den Orkus fahren ließ.

»Wir wollen den Chip!«

Marcella sagte das mit einer lässig zur Decke geworfenen Handbewegung, die einen Moment in der Pose verharrte. Dann ballte sie die Faust, aus der der Zeigefinger auf Bruno zuschnellte. Wie das Messer aus dem Schaft. Mit einer Härte, die er ihr nie zugetraut hätte, sagte sie: »Wir müssen ihn kriegen! Ganz egal, wie!«

Bruno mußte schielen, so dicht war Marcellas Fingerspitze vor seiner Nase. Einen derart auf ihn zugespitzten Finger empfand er als ausgesprochen aggressiven Akt. Er mußte sich bezähmen, nicht hineinzubeißen. Marcellas Lippen waren ganz schmal. Sie fixierte ihn über die Fingerspitze wie über die Kimme eines Gewehrs.

»Und es ist deine verdammte Pflicht, uns dabei zu helfen!«

Wie Gewehrkugeln schossen die Worte aus Marcellas Mund und schlugen in Brunos Nasenspitze ein.

»Was willst du denn mit dem Chip?«

Statt zu antworten, schnaubte Marcella, verdrehte die Augen und ruderte mit den Händen in der Luft herum. Sie rang nach Atem.

»Bist du blöd, Mann? Sag, daß du es nicht bist! So blöd kannst du nicht sein . . .«

Ermattet sank sie gegen die Lehne ihres Stuhles und warf den Kopf ins Genick. Die Arme hingen an ihrer Seite schlaff herunter. Man konnte auf ihrem Hals deutlich den Kehlkopf sehen. Er hob und senkte sich heftig.

Anton hatte in der Zwischenzeit eine neue Masche gefunden. Er ließ Fünfmarkstücke auf der Tischplatte trillern. Bruno hätte sie ihm am liebsten einzeln um die Ohren gehauen. Anton brachte es auf sechs Fünfmarkstücke, die er umeinander kreiseln ließ. Es war für Bruno ganz unerträglich. Selbst der zwischen ihn und die Welt gelegte Millimeter wurde von dem Geklimpere, wenn die Geldstücke austaumelten und umkippten, mühelos durchschlagen. Bruno dachte intensiv an die köstlich gefüllte Kalbsbrust seiner Großmutter. Die erhoffte Trance blieb aus. Statt dessen kramte Anton noch weitere Geldstücke aus seinem Dufflecoat. Jetzt wollte er ein Einpfennigstück in Gang setzen. Das aber flutschte zwischen seinen Fingern weg. Anton verfolgte die Flugbahn des Kupferstückes, das durch die *BarbarBar* segelte und am anderen Ende des Raums landete. Wenn der jetzt das Pfennigstück suchen geht, flippe ich aus, dachte Bruno. Anton hatte aber noch ein Einpfennigstück. Der Typ ist doch total bekloppt.

»Du mußt uns mit Frau Goldschmidt bekannt machen«, ließ sich Marcella wieder vernehmen. Ihre Frage hinderte Anton daran, das andere Pfennigstück auf der Tischplatte tanzen zu lassen. Gespannt schaute er Bruno an. Euch huste ich was, dachte der ergrimmt. Seine Sitzungen bei Frau Goldschmidt waren tabu. Bruno wollte sie mit nichts vermengen, was nicht dazugehörte, und die beiden mit ihrem theatralischen Gehabe gehörten eindeutig nicht dazu. »Laßt euch doch einfach einen Termin geben . . .«

Anton warf das Pfennigstück von der einen Hand in die andere. In einem nervösen Tempo. Marcella berührte wieder Brunos Unterarm. Er zog ihn zurück. Sie ließ nicht locker. Wie ein Eichhörnchen hüpfte die Hand zurück auf den Arm. Bruno bekam fast Pickel auf dem Gemüt.

»Bruno, Wolf ist bei Frau Goldschmidt in Therapie. Sie weiß Dinge über ihn, die wir nicht wissen. Wir sollten sie wissen.«

Marcellas Hand fing an, Brunos Arm zu kneten.

»Was gehen mich die Patienten meiner Therapeutin an?«

Brunos Widerspruch machte das Kneten nur noch intensiver.

»Wir müssen Wolf mit allen Mitteln einkreisen, ihn an die Öffentlichkeit zerren, das Psychogramm eines modernen Diktators zeichnen, es veröffentlichen, zeigen, was er tut, was seine Absichten sind ... die Menschen wachrütteln ... dafür brauchen wir den Chip ... die Protokolle seiner Analytikerin ... ist das denn so schwer zu begreifen?«

Marcellas Hand knetete jetzt Brunos Arm wie der Bäcker den Schrippenteig. Bruno schüttelte die Hand weg.

»Du meinst, Frau Goldschmidt sagt, meine Lieben, hier sind alle meine Aufzeichnungen über Wolf, nehmt sie, geht hin und veröffentlicht sie, auf daß die Welt gerettet werde. Das kannst du doch nicht wirklich glauben ...« Mein Gott, wer hat mir bloß diese Trulla geschickt? Bruno hielt es kaum noch aus auf seinem Stuhl.

»Genau das tue ich«, sagte Marcella, »Frau Goldschmidt ist die Frau dafür.«

»Dann ruf sie an. Ich bin da überflüssig.«

»Du kennst sie. Sie kennt dich. Das macht es leichter.«

»Wißt ihr, was ihr habt? Die Penetranz von Blutegeln. Mir reicht's.«

Bruno kramte aus einer der vielen Innentaschen seines Mantels einen zerknüllten Zehnmarkschein. Er warf ihn auf den Tisch.

»Zahlt für mich mit. Wenn ihr was von Frau Goldschmidt wollt, ist das allein euer Problem. Laßt mich damit in Ruhe. Sorry.«

Bruno verließ die *BarbarBar.*

»Geld liegt auf dem Tisch«, rief er Swantje noch zu.

»Bis heute abend im *Gainsbourg*«, rief Swantje.

Ob er abends noch ins *Gainsbourg* gehen würde, wußte Bruno nicht. Draußen regnete es immer noch in Strömen. Er schlug den Kragen seines Mantels hoch und versuchte sich vor dem Regen zu retten, indem er von Balkonvorsprung zu Balkonvorsprung und von Markise zu Markise eilte. Sein Handy klingelte. Er kramte es hervor.

»Ja?«

Es war die Stimme von Anton.

»Bruno, jetzt sei doch nicht beleidigt. Ich verstehe ja, daß du deine Therapeutin da raushalten willst. Aber sie ist die einzige, die wirklich über Wolf Bescheid weiß.«

Bruno räusperte sich. Am liebsten hätte er das Gespräch abgebrochen. Doch seine Neugierde war stärker. Er trat mit dem Rücken dicht an die Hauswand, vor der er stand, um nicht naß zu werden. Die Markise über ihm tropfte.

»Woher zum Teufel wißt ihr das alles? Ich denke, ihr seid vorgestern erst in Berlin gelandet?«

Anton machte eine Pause.

»Ich verstehe deine Frage«, antwortete er schließlich, »aber so leid es mir tut, beantworten kann ich sie dir nicht. Das wäre zu gefährlich.«

»Tickst du noch ganz richtig?« fauchte Bruno. »Ich soll dir einen Gefallen tun, und du beantwortest keine Fragen!«

Wieder entstand eine Pause.

»Manchmal geht es eben nicht. Informanten wollen nicht genannt werden.«

»Wenn du nicht redest, läuft zwischen uns gar nichts.«

Bruno steckte das Handy in seinen Mantel zurück.

Die Welt hatte sich gegen ihn verschworen. Davon war Bruno an diesem verregneten Nachmittag vollkommen überzeugt. Nichts hätte ihn von dem Leid, das in seiner Brust saß, abbringen können. Erst das Debakel auf der Bank. Dann diese beiden Gestalten aus Locarno, die ihn anscheinend für einen nützlichen Idioten hielten.

Aykut hatte ja seltsame Verwandte. Bruno stolperte weiter durch den Regen. Er glaubte, haltlos in die Straßenrinne zu stürzen, und von dem Regenwasser in den nächsten Gully geschwemmt zu werden.

In der Kantstraße winkte er ein Taxi. Er war klitschnaß. Ein Taxi hielt. Er stieg ein.

»Kurzstrecke Kamminer Straße.«

Der Taxifahrer maulte.

»Immer diese Kurzstrecken.«

»Ich hab' sie nicht erfunden.«

Der Fahrer bog nicht in die Leibnizstraße ein. Er fuhr weiter die Kantstraße runter.

»Kurzstrecke reicht nicht«, sagte der Taxifahrer nach einer Weile. Der Taxameter hatte die Fünfermarke übersprungen.

»Sehe ich selbst. Sie fahren ja auch falsch. Ich kenne die Strecke. Es reicht immer.«

»Wollen Sie sagen, ich bescheiße?«

»Tun alle. Besonders die aus dem Osten.«

Der Fahrer war aus dem Osten von Berlin. Das sah man. Woran man das sah, wußte Bruno auch nicht.

Das Taxi hielt scharf am Bordstein.

»Sie können ja aussteigen.«

»Wollen Sie mich rausschmeißen? Das melde ich sofort Ihrer Innung. Dann sind Sie Ihren Taxilappen aber los. Und dann auch noch falsch fahren.«

Der Taxameter stand auf 9.70, als das Taxi vor Brunos Haustür hielt. Bruno gab ein Fünfmarkstück für Kurzstrecke und stieg wortlos aus. Er war hinten eingestiegen. Rechts. Er ließ die Wagentür offen. Der Taxifahrer fluchte. Er konnte den Griff der Tür nicht erreichen und mußte aussteigen, um sie zu schließen. Er warf Bruno das Fünfmarkstück hinterher. Der bückte sich und steckte es wieder ein. Es war ein blödes Spiel.

Bruno betrat den Hausflur. Er hatte noch nicht nach der Post geschaut. Das machte er jetzt. Unter den Briefen war ein braunes Couvert. Die Adresse war mit ausgeschnittenen Buchstaben geschrieben. Ohne Absender. Bruno öffnete den Umschlag. Darin war ein Foto. Es war ein ganz normales Schwarzweißfoto. Auf dem Foto sah man einen jungen Mann, der auf dem Rücken lag. Der junge Mann trug ein weißes Hemd. In der Brust hatte er eine Schußwunde. Bruno drehte das Foto um. Auf der Rückseite stand ebenfalls mit ausgeschnittenen Buchstaben geschrieben: *Das war Oliver K. Sie sind Bruno Paul.* Sonst stand da nichts. Da mußte auch nicht mehr stehen. Es war ja eindeutig genug. Man schmiedete Komplotte gegen Bruno. Inklusive Morddrohungen. Was sonst bedeuteten diese ausgeschnittenen Buchstaben? »Ich bin noch, was dieser junge Mann nicht mehr ist«, rief Bruno in den dunklen Hausflur. Das Licht war ausgegangen. Das Rufen klang wie das nächtliche Pfeifen im Wald. »Aber noch bin ich Bruno Paul!«

Bruno steckte das Foto in eine Innentasche seines Mantels. Langsam stieg er die Treppen zu seiner Wohnung hoch. Dieser Tag konnte ihn nicht leiden. Er war ihm ganz gemein mit einem Drecklappen über das Gesicht gefahren. Bruno verfiel in Selbstmitleid. Aber er besaß auch die Kunst, an diesem zu genesen. Das wußte er, als er die Tür zu seiner Wohnung aufschloß. Ob sein Selbstmitleid allerdings eine Morddrohung beschwichtigen konnte, das wußte er nicht, weil er in einer solchen Situation noch nie gewesen war.

Er ging schnurstracks in das Wohnzimmer, ohne den nassen Mantel auszuziehen, knipste die Deckenlampe an und setzte sich in seinen großen Ledersessel, um dort Zwiesprache zu halten.

Geduldiger Zuhörer war ein zweiter großer Hirschgeweihfarn, der über ihm hing. Seit zwanzig Jahren schleppte Bruno diese Geräte mit den bizarren langfingrigen Blättern von Wohnung zu Wohnung. Die Farne wuchsen, ungestört von allem, ganz beharrlich Blatt um Blatt. All die vier Jahreszeiten hindurch taten sie das mit großer Zuverlässigkeit. Solange die beiden Farne wachsen, kann mir nichts passieren, war Bruno felsenfest überzeugt. Er pflegte sie mit aller Sorgfalt. Wenn er sie in der Badewanne duschte, sang er ihnen ein Lied. *Maikäfer, flieg ...*

Er hatte schon versucht, beide Farne in einem Zimmer unterzubringen. Doch sie waren zu groß. Jeder Farn brauchte seinen eigenen Platz genau in der Mitte der Zimmerdecke, um sich nach allen Seiten voll entfalten zu können.

Außer dem Sessel und dem Farn gab es in dem Zimmer nur noch einen großen Tisch aus Teakholz mit acht verschiedenen Stühlen. Den sollte das Leben bevölkern. Meistens war der Tisch leer.

»Hallo, Kumpel«, sagte Bruno und schloß die Augen. Er suchte nach den Worten, die sein bedauerliches Erdendasein am besten beschreiben würden. Der Farn schwieg und warf seine langfingrigen Schatten über Bruno. Dazu drehte er sich kaum merklich. Bruno spürte es trotzdem. Kurz darauf war er eingeschlafen. Das war das Ende der Zwiesprache.

3. Kapitel

Bruno wird frühmorgens von Frau Dr. Miriam Roth in seinem Anwaltsbüro aufgesucht. Sie erzählt von einem Totschlag, verläßt dann aber fluchtartig die Wohnung. Ein Toter auf einem Foto, den sie nicht kannte, hat sie doch erschreckt.

Bruno wußte, daß er jeden Moment aufwachen würde. Das genoß er. Zwar schlief er noch, ganz entspannt, wie Schlafende es tun, sein Geist aber, längst munter, bereitete das unmittelbar bevorstehende Erwachen mit der Behutsamkeit eines Kammerdieners vor. Sein Leben lang derart in den Tag geleitet, war aus Bruno nie ein Morgenmuffel geworden. Zumal der Kammerdiener seines Schlafes immer in Begleitung einer Fee auftauchte. Amanda schaffte diesen Übergang nie. Noch Stunden nach der ersten Tasse Kaffee konnte sie in völliger Abwesenheit auf dem Küchenstuhl sitzen. Sie rauchte eine Zigarette nach der andern und war nicht ansprechbar. »Ich bin nicht da«, sagte sie dann. An diese anwesende Abwesenheit hatte sich Bruno nie wirklich gewöhnen können.

Auch an diesem Morgen freute sich der noch schlafende Bruno auf das Wachwerden. Es war ja nur ein ganz kurzer Korridor, der Schlaf und Leben voneinander trennte. Das Momentchen aber, in dem er diese Strecke durchmaß, war ein hellsichtiges. Von fast zeitloser Unbeschwertheit. Bruno konnte das Leben durch ein Brennglas betrachten, das von einer Fee gehalten wurde, nachdem der Kammerdiener es behaucht und mit einer blütenweißen Serviette gereinigt hatte. Die Fee raunte ihm ins Ohr, wovor Bruno sich tagsüber hüten müsse. Oder sie schnalzte mit dem Finger, und ein Knoten war geplatzt, von dem Bruno gar nicht wußte, daß er ihn einschnürte.

»Bruno«, sagte die Fee an diesem Morgen. »Wofür, glaubst du, will die den Chip, he? Na? Was meinst du? Nur einen Diktator entlarven? Wer ist sie? Eine kleine Idealistin? Oder eine Idiotin? Die dir ans Leder will? Da steckt doch noch was ganz anderes dahinter! Ich spüre es in meinen zarten Flügeln, die ganz außergewöhnlich vibrieren!«

»Meinst du Marcella?«

»Natürlich Marcella! Du Dürmel!«

»Sag es mir«, bat Bruno.

Die Fee umschwirrte Bruno mit brummenden Flügeln. Einer ihrer Vorfahren mußte ein Maikäfer oder eine Hummel gewesen sein. Sie hob zu einer Rede an, und Bruno spitzte die Ohren, um zu hören, was sie ihm zu sagen hatte.

RRRRrrrrrinnnkkkkkk . . .

»Dieses Klingeln ertrage ich nicht«, stöhnte die Fee und schwirrte davon. Bruno würde nie erfahren, was Marcella nach Ansicht der Fee mit dem Chip noch bezweckte, außer einen Diktator in spe zu entlarven. Was könnte das gewesen sein, was sie ihm mitteilen wollte? Bruno blieb auf der Andeutung seiner Fee sitzen. Das frustrierte ihn. Denn er selbst war ja auch argwöhnisch. Gerade erst mit dem Flieger aus Rom gelandet, waren sie zwar bestens über alles informiert, die Beantwortung entsprechender Fragen aber verweigerten sie.

RRRRRrrrrriiinnnnnkkkkk . . .

Die Türklingel war verdammt laut. Es hatte keinen Zweck, die Augen weiter geschlossen zu halten. Das war kein Spuk, der vorüberging.

RRRRRRRRrrrrrriiinnnnkkk . . .

Bruno schlug die Augen auf. Er lag in seinem Sessel unter dem Hirschgeweihfarn. Die Beine hingen schlaff über dem Boden. Der Hintern war eingeschlafen. Es muß ein neues Bett her, nahm sich Bruno vor. In der eigenen Wohnung herumzuvagabundieren ging zu weit. Der Mantel roch miefig und war noch feucht vom Regen.

RRRRRRRRrrrrrrriiinnnnkkk . . .

Mein Gott, ja. Bruno schaute auf die Uhr. Noch nicht einmal neun war es. Wer konnte das sein? Der Regen stand immer noch in Schnüren vor dem Fenster. Bruno erwartete nach dem gestrigen Tag nur das Schlimmste, als er an die Tür ging. Sollte er überhaupt aufmachen? Todsicher waren es Amanda und Jockel, die auf den Klingelknopf drückten. Mit dem Anspruch auf Brunos gesamte Habe. Auf ihrer Stirn stand geschrieben: Wir wollen deinen Ruin! Oder es war sein Mörder! Mörder klingeln aber nicht. Jedenfalls nicht so ausdauernd. Das ganze Haus könnte ja zusammenlaufen. Ein Mord geschieht lautlos. Im verborgenen und hinterrücks.

Die Kingel dagegen war lärmend laut. Sie schnarrte grell und blechern. Als haute jemand mit zwei Löffeln einen Trommelwirbel auf einen Eimer. Das war kein Meuchler, das waren die beiden Blutsauger, die ihm endgültig den Rest geben wollten. Nach seiner Vernichtung würde Bruno umgehend Isolierband kaufen gehen, um den Klöppel der Klingel zu stoppen. Dann konnten die auf den Klingelknopf hämmern, wie sie wollten. Nie mehr würden sie die Fee vertreiben. Was die Fee ihm bloß sagen wollte? Hätten diese Beutelschneider nicht ein paar Sekunden später klingeln können? Bruno gähnte und zögerte mit dem Aufmachen.

RRRRRRRRRrrrrriiiiiiinnnngggkkk.

Es war nicht zum Aushalten. Bruno drückte, immer noch gähnend, die Türklinke runter und zog die Tür auf.

Das Gähnen blieb ihm im Halse stecken. Das war ja eine Erscheinung, die da vor seiner Tür stand am frühen Morgen, höchst erbaulich.

»Wollen Sie gerade gehen?« fragte sie.

»Gehen? ... äh ...«

Ihre grauen Augen musterten ihn sorgfältig von oben bis unten, und sie runzelte die Stirn.

»Sie sind der Rechtsanwalt Bruno Paul?«

Mit einem Blick vergewisserte sie sich noch mal auf dem Messingschild, ob sie auch die richtige Klingel gedrückt hatte.

»Dem Schild nach zu urteilen, bin ich hier doch richtig?«

Ihre Skepsis machte Bruno verlegen. Gleichzeitig ärgerte sie ihn. Warum sollte eine ruinierte Existenz wie er keinen regenfeuchten Mantel anhaben und miefen wie ein toter Hund? Er konnte ihn nicht wegzaubern. Außerdem hatte er mit dieser Erscheinung, die vor ihm stand, nicht gerechnet. Er hatte ein räuberisches Paar erwartet oder Schlimmeres, das auf sein Äußeres bestimmt keinen Wert gelegt hätte. Aber jetzt stand geradezu eine Offenbarung vor ihm, die genausogut die Fee hätte sein können, die gerade vertrieben worden war.

Mein Gott! In diese grauen Augen konnte man reinspringen. Der Mund mit der vollen Unterlippe war von einem kaum merklichen Lächeln leicht gekräuselt. Als wehte ein Spottwind über ihr Gesicht. Sie trug ein rundes, flaches Hütchen, das ein zarter Schleier zierte. Taubengrau. Bis knapp über die Nasenwurzel gezogen. Was die Augen irrlichtern ließ. Als schiene die Sonne auf das Wasser durch die Blätter der Büsche am Ufer. Bruno hatte noch nie einer Frau durch einen Schleier in die Augen geschaut. Er war betört.

Bruno fühlte unter ihren prüfenden Blicken einen Erklärungsnotstand. Anstatt die Verlegenheit zu ignorieren und den Anblick zu genießen, suchte er nach einer passablen Erklärung für sein Äußeres. Das machte ihn nur noch verlegener.

Das war auch ein Punkt, über den er sich mit Amanda ständig in der Wolle hatte. »Bruno, steh doch zu dem, der du bist. Immer bist du dabei, dich zu entschuldigen. Als wärst du der häßlichste und dümmste Kerl von der Welt. Das bist du nicht. Du bist ein Kümmerling!« Na, die hatte gut reden! Sie hatte ihn doch gerade sitzengelassen und war auf und davon mit seiner schöneren Ausgabe!

Bruno, denk an den Melkschemel deiner Ururgroßoma! sagte sich Bruno. Kein Denken an die Vorfahren half. Gleich bin ich ein einziger Knoten, hielt Bruno die Luft an, in der Hoffnung, daß ein vorübergehender Atemstillstand die Knotenbildung aus unergründlicher Verlegenheit verhindern könnte. »Herr Paul«, bemerkte ja auch Frau Goldschmidt zu dieser eigentümlichen Knotenbildung in Brunos Inneren, »Sie müssen sich nicht laufend rechtfertigen für Dinge, die keinen etwas angehen. Sagen Sie einfach, was los ist.«

Sein Kopf wußte das alles nach drei Jahren Therapie. Seine Stimme allerdings hörte er sagen, als gehörte sie nicht ihm: »Nein ... Zeitung holen ... nein ... Brötchen ... Zeitung und Brötchen ... nein, Fee weg ... egal ... Mist ... kommen Sie rein. Das heißt ... Moment mal ... was wollen Sie eigentlich?«

»Ich brauche einen Rechtsanwalt. Sie sind doch einer?«

Morgens um neun war eine Kanzlei im allgemeinen zugänglich. Bruno trat daher einen Schritt zurück, um das aparte Wesen im Trenchcoat, das auf der Fußabtretematte stand, samt Hütchen und Schleier in die Wohnung zu lassen. »Wollen Sie einen Kaffee?«

»Wenn Sie einen haben ...«

War das ein Timbre!

»Hier rein ...«

Bruno führte die Dame ins Büro. Ihre samtige Stimme verursachte ein angenehmes Frösteln auf seiner Innenhaut. Das überraschte Bruno, lebte er doch in Trennungsschmerz. Es freute ihn, daß seine Gefühle nicht völlig abgetötet waren. Er hatte schon gefürchtet, er müsse nun ewig in dieser inneren Dumpfheit dahinvegetieren.

»Es ist etwas kühl hier«, sagte sie und blieb in der Mitte des Raumes auf den weißen Wölkchen des Kelims stehen. Sie schaute in den Himmel über sich. Ein Engel fliegt auf einer Wolke zu den Wolken, dachte Bruno, als er sie musterte. Die Kurve ihres Halses stach scharf von der weißen Wand ab. Sein Frösteln wollte nicht aufhören. Eine Gänsehaut lief ihm vom Kopf über den Nacken bis zum Steiß.

»Silvio Caduff ... aus Basel ...«, sagte sie und drehte sich um die eigene Achse, um den ganzen Himmel zu sehen. »Der Maler mit der kleinsten Galerie der Welt ... am Barfüßerplatz ... direkt neben dem Eingang der *Rio Bar* ...«

Bruno war begeistert. Seine Fee war tatsächlich nur durch eine andere vertrieben worden. Die *Rio Bar* in Basel, wo er manches Mal mit Silvio versackte, dem Maler, der manisch das Leben über die Tische spie und Wolken und Giraffen malte, die mit ihren langen Hälsen durch den bewölkten Himmel pflügten.

»Sie kennen Silvio ...?«

»Ja ... ja ... wir sind Freunde.«

Sie war ihm sofort sympathisch. Wer mit dem Wahnsinn von Silvio konnte, konnte mit der Welt.

»Mit Zucker ...?«

»Wie? ... Ja ... und Milch ...«

»Auf dem Sofa ...« Bruno deutete auf das Sofa. »Nehmen Sie doch Platz. Wollen Sie nicht erst ablegen?«

»Nach dem Kaffee ... ich fürchte, sonst friere ich noch mehr ...«

»Sofort ...«

Bruno eilte in die Küche und stellte das Kaffeewasser auf. Den Mantel hängte er an den Fenstergriff. Dann rannte er ins Schlafzimmer und wechselte das Hemd. Vom Schlafzimmer rannte er ins Bad, zog dort das Hemd wieder aus, um sich wenigstens unter den Achseln zu waschen. Dann zog er das Hemd wieder an. Im Spiegel sah er, daß das Hemd Wasserflecken hatte. Er hatte sich zu schnell abgetrocknet. Im Schlafzimmer war kein frisches Hemd mehr. Er zog einen ärmellosen Pulli über das Hemd. Das war keine Lösung. Der Pulli betonte allzusehr seinen Bauch. Wie eine Kugel sprang der in den Spiegel. Unmöglich! Er zog den Pulli wieder aus. Jacken hatte Bruno keine mehr. Die Motten hatten ihm alle zerfressen. Riesenlöcher. Er fand noch ein dunkles Gilet, das die Hüften etwas schlankte. Es paßte beim Zuknöpfen gerade noch. Es stand ihm gut, besonders zu dem weißen Hemd.

In der Küche pfiff der Wasserkessel. Bruno rannte hin. Die Filtertüten waren alle. Mist. Er rannte zum Klo. Dort wickelte Bruno ganz vorsichtig Klopapier von der Rolle. Blatt für Blatt. Acht Stück. Die Klorolle ratterte immer so laut. Wie eine Mähmaschine. In der Küche legte er den Kaffeefilter mit dem Klopapier aus. Es funktionierte. Manchmal, wenn der Kaffee zu fein gemahlen war, verstopfte er das dünne Klopapier. Oder das Papier riß und verschlammte mit dem Kaffee in dem Filter zu einer Kloake. Diesmal lief alles glatt. Er stellte zwei Tassen auf ein Tablett, legte Löffelchen dazu, außerdem Zucker und Milch in entzückenden Behältern und eilte damit in sein Büro.

Sie hatte den Trenchcoat geöffnet, die Beine übereinandergeschlagen und lehnte sich entspannt und lässig gegen das Sofa. Sie lag fast da wie hingegossen. Unter dem Trenchcoat trug sie ein Wollkleid, taubengrau wie das Hütchen. Ein schwarzer Lackgürtel betonte die Taille. Nur drei Knöpfe und der Gürtel hielten das Kleid geschlossen. Neben sich auf das Sofa hatte sie eine mit bunten Perlen bestickte Stofftasche mit einem Bügel gestellt. Das alles sah Bruno, der es nicht gewohnt war, in seinem Büro Klienten zu empfangen, geschweige denn, zu bewirten, mit einem Blick. Er wurde konfus. Aber nicht nur, weil Eindringlinge in seinem Büro so selten waren. Er sah noch mehr. Das Bettzeug auf dem Sofa war nicht abgeräumt gewesen. Wie auch! Seit Amandas Auszug nächtigte er dort. Weil nie ein Klient kam, ließ er es immer so liegen, wie es war. Sie hatte es zusammengefaltet und diskret neben das Sofa gelegt. Bruno ignorierte es einfach. Er konnte jetzt auf die Schnelle nicht erklären, warum ein gestandener Rechtsanwalt in seinem Büro auf dem Sofa nächtigte. Welchen Eindruck würde sie von ihm bekommen? Es war ihm alles äußerst peinlich.

Und wo sollte er das Tablett abstellen? Da war kein Tischchen, auf dem er es hätte abstellen können. Keine Ablage weit und breit. Da blieb nur der Schreibtisch. Mit dem Melkschemel darunter, der dort plötzlich völlig deplaziert erschien. Er stellte das Tablett auf dem Schreibtisch ab und goß den Kaffee in die Tassen. Da lagen ja Meilen zwischen dem Tisch und dem Sofa, die er garantiert über den Wolken verstolpern würde. Und nun das Wetter. Gegen Abend ziehen Kaffeewolken auf.

»Wie viele Stücke Zucker?«

»Zwei ... und etwas Milch ...«

Bruno brachte ihr den Kaffee ans Sofa. Ohne Überschwappen. Sie nahm ihn und rührte ihn mit dem Löffel um. Das leicht scheuernde Rührgeräusch des Löffels am Rand der Kaffeetasse irritierte Bruno. Es gab Menschen, die rührten, ohne je wieder aufzuhören. Zwischendurch klopften sie auf den Rand der Tasse, um Kaffeetropfen abzuklopfen, die meistens schon vorher, vor dem Klopfen, abgetropft waren. Trotzdem wurde geklopft. Kein Mensch wußte, warum sie das taten, zumal sie sofort weiterrührten, um dann, endlich, mit einem langgezogenen Schlürfen den Kaffee zu trinken. Dieses Schlürfen raubte Bruno in der Regel den letzten Geschmacksnerv. Das war das Ende des besten Kaffeearomas, das eben noch duftend aus der Tasse in die Nase geschwebt war.

Sie rührte nur ganz kurz, und ein Schlürfen kam auch nicht. Aber wohin mit der Kaffeetasse nach dem ersten Schluck? Sie schaute sich suchend um. Bruno nahm das Tablett vom Schreibtisch und stellte es vor sie auf den Teppich.

»Wenn es Ihnen nichts ausmacht ...«

»Aber nein ... ich mag leere Räume.«

»Leere Räume haben mehr Objekthaftigkeit ...« sagte Bruno. Warum rede ich diesen Blödsinn? dachte er. Er hatte diesen Satz auf einer Vernissage des Künstlers Raphael Rheinsberg gehört, der weltweit, mit Vorliebe in Berlin, wo er wohnte, große Säle mit skulpturellen Winzigkeiten von hohem Wert zu besiedeln pflegte. »In der Oper glotzen sie doch auch mit dem Fernglas auf die Titten, warum nicht hier?« pflegte der Künstler über die Diskrepanz von Raum und Objekt zu sagen.

Sie stellte die Tasse auf das Tablett zurück, eine chinesische Lackarbeit mit Blumenmustern. Bruno steuerte aus Gewohnheit auf seinen Schreibtisch zu, um sich auf seinem Melkschemel niederzulassen. Das würde aber blöde aussehen. Er auf dem Melkschemel mit dem Kinn gerade über der Tischplatte! Die Knie angezogen wie ein Geißbock kurz vor dem Absprung. Also das ging auf keinen Fall. Er würde ja aussehen wie ein Idiot.

»Bruno, du kannst so keine Leute empfangen«, hatte Amanda schon immer gesagt. »Es kommt ja nie einer«, war seine Antwort. Klienten traf er überall, nur nicht hier. Obwohl ein Messingschild an seiner Tür hing. *Bruno Paul, Rechtswlt.* Warum der Graveur den Berufstitel so verkürzt hatte, war aus ihm nicht herauszukriegen gewesen. Im übrigen hatte Bruno längst sein Büro. Lange vor diesem unmöblierten, in dem er gerade stand. Mit einer beunruhigenden Frau im Rücken. In den Innentaschen seines Mantels war alles vorhanden, was er brauchte. Sein mobiles Büro hatte ihn noch nie im Stich gelassen.

Bruno kam der Gedanke, im Wohnzimmer einen anderen Stuhl zu holen und neben den Dreibeiner zu plazieren. Doch diese Schmach konnte er seinem Melkschemel nicht antun. Ihn womöglich noch mit einem Fußstups beiseite befördern. Als wäre er gar nicht da. Das wäre stillos gewesen. Verrat. Ein Tritt in den Hintern seiner Urururgroßmutter. Die würde ihm einen Kinnhaken aus dem Jenseits verpassen.

Schließlich setzte sich Bruno doch auf den Melkschemel. Sie hob gerade wieder die Tasse vom Tablett und führte sie an die Lippen. Bruno war hingerissen. Sie trug ganz durchsichtige Netzstrümpfe mit einem filigranen Muster. Ihre Fußfesseln darunter schimmerten hell. Auf seinem Melkschemel saß er fast in Augenhöhe mit ihren Knien. Er sah alles ganz genau. Sie hatte wohlproportionierte Waden, die sich unter dem Wollrock andeuteten. Nicht diese saftlosen Glimmstengel, die wie zahnlose Enterhaken aus den Röcken schossen. An ein Bein gehörte eine Wade. Wie in ein Maul ein Gebiß.

»Sie kochen einen guten Kaffee . . .«

»Wer hat mich Ihnen empfohlen? Oder ist es Zufall, daß . . .?«

»O nein, Frau Goldschmidt sagte, Sie wären der richtige Mann für mich.«

»Ah, ja.«

Frau Goldschmidt kreuzte schon wieder Brunos Weg. Er versuchte möglichst gerade zu sitzen, um den niedrigen Schemel etwas auszugleichen. Die Hände verschränkte er im Schoß seiner angezogenen Beine. Er hatte kurz überlegt, die Arme auf die Schreibtischplatte zu legen. Doch das hätte den Hals noch kürzer gemacht, als er ohnehin schon war.

Bruno war hoffnungslos verfuselt. Normalerweise waren ihm solche Überlegungen fremd und reiner Klimbim. »Du rennst manchmal durchs Leben wie ein Stadtpenner ohne Kompaßnadel«, mokierte sich hin und wieder Amanda. »Bleib doch einfach mal stehen, und guck, wo du bist.« Da war was dran. Aber die hatte ja jetzt ihren astreinen Jockel, der fremde Konten plünderte.

Vor ihm saß eine Augenweide, die seinen Verstand mit einem Schlag wegknipste. »Was Besseres als das kann dir im Moment doch gar nicht passieren«, war Brunos Unverstand genauso begeistert wie er selbst.

»Was kann ich für Sie tun?« fragte er. Seine Stimme

klang leise und unbeteiligt. Professionell. Er mußte Eindruck schinden!

»Mein Name ist Dr. Roth, Miriam Roth. Ich bin die Leiterin eines Assessment-Unternehmens. Der *Leader Ship Consulting GmbH.*«

Sie holte eine Visitenkarte aus ihrer Tasche und legte sie neben die Tasse auf das Tablett.

»Wir bilden Führungskräfte aus. Für spezielle Gebiete. Mit einem extrem hohen Streßaufkommen. Wir trainieren Streßbeherrschung und Durchsetzungsvermögen unter sehr schwierigen Bedingungen. Unser Ausbildungskreis beschränkt sich auf Elitewissenschaftler und -manager. Wir sind ein ausgesprochen elitärer Verein.«

Sie sagte das ganz sachlich. So nebensächlich hingesprochen, als wäre sie die Vertreterin eines Kaninchenzüchtervereins. Bruno nickte mit dem Kopf und wartete, daß sie weitersprach. Bis jetzt war nur ihre Erscheinung aufregend. Sie hob den Schleier von den Augen und nestelte ihn über den Rand ihres flachen Hütchens.

»Wir sind eine Tochtergesellschaft des Wolf-Konzerns. Den Sie bestimmt kennen . . .«

Bruno nickte zustimmend mit dem Kopf. Der Wolf-Konzern war ihm gestern schon über den Weg gelaufen. Jetzt saß er vor ihm auf dem Sofa. Wäre Brunos Verstand nicht weggeknipst gewesen, hätte der ihm gesagt: »Bruno, alles, was auch nur im entferntesten mit Wolf zu tun hat: Vorsicht! Denke an das Foto in deinem Briefkasten!«

Mein Gott, ja! Das Foto! Was es bedeutete, hatte er sich in aller Konsequenz ja noch gar nicht klargemacht! Er war ja sofort in seinem Sessel eingeschlafen! »Laß die Finger von der Frau, das sagt dir das Foto . . . wenn du sie nicht läßt, dann . . .«, hätte ihm sein Verstand eindringlich eingeschärft, wenn er nicht ausgeknipst gewesen wäre. Dafür wallten die Hormone, die den Unverstand ins Feld schickten: »Bruno, sie braucht deine Hilfe!« Bruno wußte noch gar nicht, welche Hilfe sie brauchte. »Mach dir keine Sorgen«, sagte der Unverstand, »du kriegst das hin!« Bruno wollte es hinkriegen. Er wollte schon immer Retter sein. Wer nicht retten will, wird kein Rechtsanwalt! Nur Pfarrer und Ärzte retten gleichermaßen!

Das war ja auch sein häufiges Problem mit Amanda. Nur ein Nebenkonflikt zwar. Nichts Dramatisches. Aber dennoch. Amanda war sehr selbständig. Sie wollte als Frau nie gerettet werden. Nie glitt sie aus bei vereistem Trottoir, nie blieb sie mit leerem Benzintank irgendwo in der Wallachei liegen, nie sagte sie: »Bruno, jetzt hilf mir doch mal!« Immer war sie taff. Perfekt. Unnahbar. Ihm dann aber mangelnde Einfühlung vorwerfen. Ihm vorschwärmen von seinem Doppelgänger.

»Er ist so anschmiegsam im Bett ... Bruno, ach, wir werden das auch noch schaffen«, hatte sie ihm noch ein paar Tage vor ihrer endgültigen Trennung ins Ohr geflüstert. Die Haare in seiner Ohrmuschel kitzelten jetzt noch, wenn er genau hinfühlte. Aber sie konnte sich – nach diesem Spruch! – anstrengen, wie sie wollte. Nichts rührte sich mehr bei ihm. Selbst nach zehn Jahren Knast wäre da tote Hose. Kastriert hatte sie ihn! Ihre Hände konnten seine Lenden berackern wie Windmühlen! »Du willst mich nicht mehr, du willst mich nicht mehr!« hatte sie gejammert, als sich nichts mehr regte. Ja wie auch? Sie war verwöhnt! Ha! Schwumm, stand das Ding sonst! Aber jetzt, nach dieser Ansprache!? Als steckte er bis zur Hüfte in einem Eisblock: Nichts mehr! *Niente!* Ihn mit diesem Heini zu vergeichen! Ihm im Zieleinlauf hinterherhecheln dürfen! »Bruno, lauf, du schaffst das schon!« Ja, die spinnt ja wohl!

Brunos Gast hatte die Tasse wieder auf dem Tablett abgestellt. Bruno schreckte aus seiner Geistesabwesenheit auf. Es war ihm peinlich. Ein abwesender Mann war ein ungalanter Mann.

»Oh ... Entschuldigung ... es war spät ... ein Fest ... Hochzeit von engen Freunden ... Türken ... der viele Raki ... Möchten Sie noch einen Schluck Kaffee?«

Bruno griff sich an den Kopf, als brummte der Schädel, und verzog das Gesicht.

»Danke, nein ...«, wehrte sie ab.

Der Film seiner erotischen Niederlage lief weiter. »Bruno, du redest Schammes«, wand sich Amanda immer nur, wenn er das Thema seiner nie beanspruchten Ritterlichkeit ansprach. Sie verstand ihn nicht. Nie fehlte ein Nagel in ihrer Wand. Ihr Fahrrad hatte nie einen Platten. Das machte Bruno hilflos.

»Bruno, deine Qualitäten sind doch ganz andere.«

»Ja, aber welche, Amanda?«

»Wenn du das nicht weißt ...«

Bruno seufzte an seinem Schreibtisch. Frau Roth betrachtete ihn aufmerksam. Wieder war er abgewichen! Jetzt aber! Reiß dich zusammen! Sie spielte mit den Fingern an dem hochgeschlagenen Schleier. Mit einem amüsierten Lächeln, wie es Bruno schien. Der versuchte sich zu konzentrieren. Amanda quasselte immer noch in seinem Kopf. Einfach nicht hinhören.

»Wie kann ich Ihnen helfen?«

Sie wandte ihren Blick ab, das amüsierte Lächeln verschwand, und sie fixierte angestrengt die abgestellte Tasse auf dem Tablett, als wäre da die Antwort auf seine Frage versammelt. Dann hob sie rasch wieder den Kopf und sagte: »Im Verlauf eines Assessments, das ich verantwortlich leitete, ist es zu einem tödlichen Unfall gekommen. Ein Teilnehmer erstach einen anderen. Das Opfer der Attacke war nicht mehr zu retten. Eine Anklage wegen Beihilfe zum Totschlag erwartet mich. Die Staatsanwaltschaft hat mit ihren Ermittlungen bereits begonnen. Ich brauche einen Rechtsanwalt.«

Sie knetete ihre Hände bei dieser kurzen Schilderung. Sie war sichtlich nervös.

»Wer führt die Ermittlungen?«

»Eine Staatsanwältin Bretz.«

Die kannte Bruno.

»Da sitzen Sie aber erst mal ganz schön in der Patsche. Wenn das alles stimmt ...«

»Und ob es stimmt.«

Ihre Augen verloren sich zwischen den Wolken des Kelims ... Das klang nicht sehr souverän.

Brunos Unverstand flüsterte: »Sie braucht deine Hilfe! Schau doch mal hin! Wie sie dasitzt! Zusammengesunken! Warum wohl trägt sie einen Schleier? Weil sie sich die Augen ausgeweint hat.«

Davon konnte Bruno zwar nichts sehen, im Gegenteil, die Augen glänzten. Wie seine Fahrradlampe nicht besser leuchten konnte. Aber sein Unverstand bedrängte ihn und flüsterte mit Nachdruck weiter in sein Ohr: »Wahrscheinlich hat sie eine von Ehrgeiz zerfressene Karrieristin als Staatsanwältin. Von der Sorte elender Parvenü, der sich hochgeboxt hat. Voller Haß auf natürliche Auswahl. Eine Spießerin voller hinterfotziger Winkelzüge. Sie braucht einen erfahrenen Rechtsanwalt. Einen mit allen Wassern gewaschenen. Nur du kommst in Frage.« Gegen diese kategorische Feststellung wehrte sich Bruno nicht. Obwohl er die Staatsanwältin ganz anders einschätzte als sein Unverstand. Aber Frau Dr. Roth saß wirklich wie ein hilfloses Küken mit einem Schleier am Hut auf seinem Sofa. Wenn Bruno nur genau gewußt hätte, was ein Assessment war. Wie konnte er ihr seine Hilfe angedeihen lassen, wenn er das nicht wußte?

»Einen Moment bitte ...«

Bruno ging in die Küche, wo sein Mantel hing. Er fischte sein Handy aus einer der Innentaschen und wählte die Nummer von der dicken Knappes. Die wußte ja immer alles. Sie hob auch gleich ab.

»*Rrrrchhschhhtt ...*«, machte es erst einmal.

»Bist du am Schlotzen?« fragte Bruno. Wahrscheinlich hatte die Knappes gerade das Stanniolpapier eines Mon Chéri in die Gegend gerotzt. Ihre Zunge war in der Fähigkeit, die süße Kirsche im Mund aus dem Papier zu pellen, hoch entwickelt. Mit ebenso bemerkenswertem Druck expedierte sie das zum Kügelchen eingerollte Papier wieder ins Freie. Wenn sie wollte, mit hoher Treffsicherheit.

»Was willst duuuuu denn? Amanda ist nicht da ... Jockeldi Jockelda hahahaha ...«, röhrte es.

»Vergeude deinen Charme nicht, ich hab's eilig ...«

»Haben wir alle, Süßer ... *rrrrchhschttt ... plliiinng ...*« Ein Stanniolkügelchen war irgendwo auf Metall geprallt.

»Was ist ein Assessment?«

»Oh ...?«

»Weißt du's?«

»Was kriege ich dafür? ... einen Zungenkuß? ... *rrrchhrscht ... wwffhhtt ...*«

»Elisabeth, eine Klientin sitzt auf meiner Couch ...«

»Eine mit Pickeln, die keinen anderen findet als dich?«

»Sag's mir bitte ...«

Sie knurrte, als knurrte ein ganzes Wolfsrudel. Wahrscheinlich wuchtete sie gerade ihre gewaltigen Arschbacken in ihre Schreibtischstuhlspezialanfertigung. Eine Art Panzer mit offenem Panzerturm, aus dem sie ihre

Kügelchen schoß. Ein gewaltiges Quietschen war zu hören. Das war die Hydraulik ihres Gefährts. Es war ein umgebauter Kamerawagen. Ein *Panther*, der in seinen guten Tagen einen Kameramann und seine Kamera durch die Studios bugsiert hatte. Jetzt bugsierte er die fette Knappes durch Amandas Filmproduktionsbüro. Sie war Amandas Partnerin und die Seele des Geschäfts. Die Hydraulik des *Panther* konnte ihre Fettmasse von 105 Kilo mit Leichtigkeit bis zu zwei Metern in die Höhe stemmen. So gelangte die Knappes in rasanten Schwenks an alle Akten und Regale in der Weite ihres Büros. Wo früher die Kamera montiert war, waren jetzt PC, Modems, Fax und Drucker angebracht. Die Knappes holte tief Luft: »Also, mein Süßer. Ein Assessment ist ein Rollenspiel zwischen verschiedenen Personen ... wird in Firmen angewandt ... zum Beispiel, um Führungskräfte zu selektieren aus dem Rest der Belegschaft ... in der Regel haarige Sache ... nach dem Prinzip knallharte Konkurrenz ... sehr effektiv ... geht oft über die Belastungsgrenze der Teilnehmer hinaus ... Streßbelastungen beispielsweise sollen getestet werden ... ganz abgeschotteter Zirkel von Teilnehmern ... der Aufbau eines Assessment eine komplizierte Sache ... eine Art Roulettespiel ... kommt öfters zu Ausrastern ... ach übrigens, man bedankt sich für die Absage.« *Klick*. Aufgelegt.

Bruno schuldete ihr noch ein Essen, das er abgesagt hatte. Elisabeth war offensichtlich sauer. Sie ließ sich sonst schwer von einem Schwätzchen abbringen. Das Essen mußte er nachholen.

Bruno ging in sein Büro zurück. Miriam Roth hatte ihren Trenchcoat ausgezogen und auf das Sofa gelegt.

»Ist Ihnen doch warm geworden?«

Bruno lehnte sich gegen die Kante seines Schreibtisches. Er hätte sich auch neben sie auf das Sofa setzen können. Das Möbel war lang genug. Aber er traute sich nicht. Ein Rechtsanwalt setzte sich gegenüber. Ein ordentlicher Sessel mußte her. Am besten zwei. Einer hinter den Schreibtisch und ein anderer vor das Sofa. Dazwischen würde er ein flaches Tischchen stellen. Obwohl, der freie Ausblick vom Schreibtisch auf das Sofa ohne Sessel war auch nicht schlecht. Noch nie in seinem Leben hatte Bruno über die Einrichtung seines Büros als Büro nachgedacht. Der Raum reichte ihm zum Träumen auf seinem Melkschemel. Hier kamen ihm die besten Ideen. Andere Möbel würden da nur stören. Nun saß diese Person aber da mit ihrem Anliegen. In seinem Büro. Wegzaubern konnte er sie nicht.

»Wie kam es zu diesem Unfall?« fragte er.

»Wie es dazu kam ... oh ... gute Frage ... warum tötet jemand jemanden?«

»Ich meine, wer ...«

»Wer beteiligt war?«

»Ja, wer?«

Sie zog die Stirn kraus, als wüßte sie nicht, wer beteiligt war. Dabei fixierte sie wieder die Kaffeetasse. Es war eine ganz gewöhnliche Tasse von Ikea. »Sehen Sie, es sollte eine Spitzenposition neu besetzt werden. Im Wolf-Konzern. Es geht um die Koordination von Gentechnik und Datenverarbeitung. Das eine geht ohne das andere nicht. Computer bilden das Kommunikations- und Organisationsmedium zur Handhabung der genetischen Informationen, auf denen die gentechnologische Industrie fußt. Der Wolf-Konzern ist da führend. Verstehen Sie?«

Bruno verstand gar nichts. Nur, daß ihm gestern in der *BarbarBar* Anton übers Handy einen entsprechenden Vortrag gehalten hatte. Und jetzt saß diese entzückende Lady vor ihm wie die Fortsetzung eines Romans, dessen erstes Kapitel Anton geschrieben hatte. Das Foto des Toten in seinem Briefkasten könnte das zweite Kapitel gewesen sein. Sie war Kapitel drei.

»Einen Augenblick«, sagte Bruno und rannte in die Küche. Er zog das Foto aus einer der Innentaschen seines Mantels, eilte zu ihr zurück und reichte es ihr. Es gab keinen Grund dafür. Es war eine Eingebung, die wie viele Eingebungen in der Sackgasse landen konnte.

»Kennen Sie den?«

Die Hand, die das Foto hielt, zitterte leicht. Mit der anderen, freien Hand zog sie sich wieder den Schleier vor die Augen. Sie tat das, als bemerkte sie diese nestelnde Bewegung nicht. Ihr Mund hatte jetzt einen ausgesprochen herben Zug. Es war kein allzu langer Blick, den sie auf das Bild geworfen hatte.

»Nein ... nein ... wer ist das?«

»Oh, das ist ein junger Mann, der erschossen aufgefunden wurde. Ein bekannter Hacker. Angeblich wollte er den Gen-Code des Wolf-Konzerns knacken. Eine Spielernatur, sagen die Gerüchte. Spielschulden. Soll ein Top-Mann gewesen sein. Ein Genie. Im Wolf-Konzern soll eine Spitzenposition in seinem Fach besetzt werden? Ich dachte, man kennt sich untereinander ... Sie ihn, er Sie ... nur eine Möglichkeit ... die mir eventuell weitergeholfen hätte ... ich fand dieses Foto gestern abend in meinem Briefkasten ... eine Drohung ... keine Ahnung, wer mir droht!«

Ihr Lachen klang etwas schrill. Wie kleine Äffchen sammelten ihre Finger die Visitenkarte auf dem Tablett wieder ein. *Schnapp*, machte der Bügelverschluß ihrer Tasche, als sie die Visitenkarte schluckte.

»Nein, nein, kenne ich nicht«, wiederholte sie, warf das Foto mit einer kurzen Bewegung auf den Teppich neben das Tablett, erhob sich, eilte zur Tür, drehte sich dort um und sagte in plötzlicher Hast: »Ich habe es mir anders überlegt. Tut mir leid, daß ich Sie bemüht habe.« Sie schlüpfte aus dem Zimmer, ehe Bruno auch nur einen Schritt auf sie zu machen konnte. Draußen hörte er die Wohnungstür ins Schloß fallen.

Bruno blieb für einen kurzen Moment regungslos stehen. Das Foto des Toten sah auf den blauen Wolken des Kelims aus, als segelte es in die Ewigkeit. Dann ging Bruno rasch in sein Wohnzimmer.

»Hallo, Kumpel«, begrüßte er den Farn. »Sei froh, daß du ganz alleine da oben hängst.« Er schnappte sich die Gelben Seiten, fläzte sich in den Sessel und schlug nach unter Ärzten. Er tippte auf Neurologie. Zahnärzte oder Dermatologen veranstalteten keine Assessments. Er hatte richtig getippt. *Dr. Miriam Roth* stand da, *Neurologie, Psychotherapie.*

Auf der anderen Seite des Sessels stand das Telefon. Kreise, die sich schließen wollen, müssen geschlossen werden, überlegte Bruno. Frau Goldschmidt war mit im Kreis. Sie hatte Miriam Roth zu ihm geschickt. Er wählte die Nummer seiner Therapeutin.

»Goldschmidt . . .«

»Bruno Paul . . .«

»Jaaa, Sieeee . . . sind Sie verschüttgegangen? Ja, wo stecken Sie denn?«

»Etwas fest«, sagte Bruno.

»Wollen Sie einen Termin?«

»Ich bitte darum.«

»Eilt's?«

»Sprint.«

»Dann kommen Sie doch mal morgen mittag um drei angesprintet. Freue mich. Muß auflegen. Kundschaft.« *Klick.*

Brunos frisch knospende Leidenschaft für Miriam Roth wollte auf dem Melkschemel, auf den er sich nach dem Telefonat gesetzt hatte, nicht recht gedeihen. Er blies über die Schreibtischplatte. Staubwölkchen wirbelten auf. Er wischte sie mit der flachen Hand weg, spuckte kurz ein paarmal aufs Holz und wienerte mit dem Ende seines Hemdärmels hinterher. So hatten die Soldaten früher ihre Stiefel auf Hochglanz gebracht.

Das Foto hatte in der Frau Doktor eine heftige Reaktion ausgelöst. Da konnte sie lügen, wie sie wollte. Sie kannte den Toten. Bruno pfiff durch die Zähne, stand auf und steckte das Foto in die Hosentasche.

Der Mantel in der Küche am Fensterhaken war wieder einigermaßen trocken. Er schlüpfte hinein. Er mußte mehr über Oliver K. herausfinden. Matthes war dafür der richtige Mann. Er hatte erzählt, daß er dem gleichen Hacker-Club wie Oliver angehörte. Matthes arbeitete als Bühnenmeister in der *Schaubühne*. Seine Aufenthalte im *Gainsbourg* finanzierte er über sein Hobby. Matthes spekulierte an der Börse. Er betrieb sein Hobby abends im Theater, während der Vorstellungen. »Da hast du massig Zeit.« Wenn er zwischen den Kulissen hinter der Bühne an seinem Laptop über Aktienkursen schwitzte, konnte er schon mal einen Handgriff vergessen. »Ich habe einmal in *Kunst* vergessen, eine Kulissentür zu öffnen. Udo Samel hatte deswegen seinen einzigen Hänger von allen Vorstellungen überhaupt, denn er mußte um die Kulisse rumlaufen, um für seinen Auftritt auf die Bühne zu kommen. Ich hab' in dieser Zeit zehn Mille gemacht. Ich hatte Aktien aufgekauft. Eine einmalige Chance. Von *Haitec*! So ein Computerladen in Frankfurt. War da mal auf Stippvisite. Wir sind der kommende Renner, hatte der Chef damals gesagt. Wir gehen demnächst an die Börse. Kaufen Sie! Ich habe gekauft. Die Büroleiterin, einsame Klasse, hatte mir, kurz bevor Samels großer Monolog anfing, über Handy Bescheid gegeben. Ich spüre das Vibrieren des Handys in meiner Hosentasche heute noch. Matthes, sagte die *Haitec*-Braut, abstoßen! Sofort! Da habe ich den Samel doch glatt verschwitzt! Hat mir zehn Mille gebracht! Das war ein Abend! Riesenbeifall! *Kunst* kam ja unheimlich gut an! Ich hab' dem Samel das erklärt mit der Tür. Der hat nur gelacht und war kein bißchen sauer.«

4. Kapitel

Bruno geht zur SCHAUBÜHNE. Matthes ist stocknüchtern und hat eine kleine Überraschung. In seiner Gesäßtasche. Mal eben so.

Alle Bühneneingänge, die Bruno kannte, waren kahl und in Beton gegossen wie ein Bunker. Mit dem Portier im Wächterhäuschen. Als müßten die Schauspieler sich die Bühne im Sperrfeuer des Publikums erst erkämpfen. Der Bühneneingang der *Schaubühne* war nicht anders.

»Ist Matthes da?« fragte Bruno den Portier durch das aufklappbare Loch mit Stahlrand in der Scheibe. Gegen den Beton gelehnt, standen im Gang zwei junge Männer, die rauchten. Der Portier las in seiner Loge Zeitung und hörte gar nicht hin, was Bruno sagte.

»Sag mal Matthes Bescheid«, sagte der eine junge Mann zum andern. Der drückte die Kippe auf dem Beton aus und setzte sich in Bewegung.

»Danke«, sagte Bruno.

»Die probieren gerade *Onkel Wanja*«, sagte der verbliebene junge Mann. »Die Breth ist einfach Klasse.«

Matthes ließ nicht lange auf sich warten. Er hatte seinen leicht wiegenden Gang wie immer. Manchmal glimmte das Internet in seinen Augen. Und er hatte ein uraltes Damenfahrrad, mit dem er nach vielen, vielen

Cachaças im *Gainsbourg* meistens vergeblich nach Hause zu fahren versuchte. Wenn er von den vielen Gläschen, die gelegentlich von Don Pedro aus Brasilien spendiert wurden, ganz besonders breit war, wollte er unbedingt mit dem Fahrrad zurück nach Worpswede fahren. Da stammte er her. Sofort und auf der Stelle runter vom Hocker mit Swantjes Hand unterm Pulli aufs Fahrrad stürzen und Richtung Worpswede radeln. Swantjes Hand unterm Pulli würde schon Gas geben.

»Hallo, Bruno, was gibt's?«

Bruno holte das Foto aus der Gesäßtasche.

»Kennst du den?«

Matthes erkannte ihn sofort.

»Na logisch.«

»Erzähl mal.«

»Ist tot. Weggepustet.«

»Weiß ich. Und? Warum?«

Matthes zögerte.

»Bruno, du bist ein netter Mensch, aber wir haben da ein Problem ...«

»Wer wir?«

Matthes zog die Tür auf und stupste Bruno ins Freie.

»Muß ja niemand zuhören.«

Es nieselte leicht. Tauben pickten auf dem Asphalt vor dem Bühneneingang herum. In einem offenen Schuppen gegenüber mit einem Wellblechdach auf Eisenstangen standen viele Fahrräder. Matthes hatte nur einen Blaumann mit einem ärmellosen T-Shirt an.

»Wo ist ein Problem?«

»Im Hacker-Club ... wie kommst du überhaupt an das Foto?«

»Hat mir jemand in den Briefkasten gesteckt ... soll eine Drohung sein.«

»Uns hat jemand das gleiche Foto in den Briefkasten gesteckt.«

»Mit dem gleichen Spruch?«

Bruno zeigte Matthes die Rückseite des Fotos. Der warf nur einen kurzen Blick drauf.

»Fast der gleiche.«

»Ja, und jetzt?«

»Oliver war einer heißen Sache auf der Spur. Die haben ihn umgelegt. Wir überlegen, ob wir an seiner Stelle weitermachen sollen.«

»Wer hat Oliver umgelegt?«

»Das können viele sein. Das ist es ja. Völlig unübersichtlich. Es hängt mit der Firma Wolf zusammen, allem Anschein nach. Wie steckst denn du da überhaupt drin?«

»Dieser dicke Anton von neulich im *Gainsbourg* will einen Gen-Chip vom Wolf-Konzern. Will die Menschheit retten. Ich soll da mitspielen. Bei mir zu Hause im Briefkasten liegt das Foto hier. Noch am gleichen Abend. Heute morgen kommt eine Klientin in mein Büro. Sie hat eine Totschlagsgeschichte am Hals. Keine Ahnung. Rate mal, für wen die arbeitet? Für Wolf. Sieht das Foto und verläßt fluchtartig mein Büro. Will aber angeblich auf dem Foto niemanden wiedererkannt haben. Na, hör mal! Die kannte Oliver. Da fresse ich einen Besen!«

Matthes trippelte mit seinen Füßen leicht auf der Stelle.

»Das macht mich nervös.«

»Killer machen nervös«, sagte Bruno, der am liebsten zwischen sich und die Welt einen Millimeter Abstand gelegt hätte. »Oder alles ist nur gesponnen.«

»Das Foto spricht ziemlich dagegen.«

Da hatte Matthes recht. Ein Killer bediente Briefkästen. Mit Sprüchen garnierte Fotos rutschten durch den Schlitz. Und zwischen allen Zeilen Wolf.

»Matthes, wo liegt das Problem?«

»Das Problem? Oliver war dran, Wolfs Mega-Chip zu knacken. Es wurden Wetten abgeschlossen, ob er's schafft.«

»Woher willst du wissen, daß es sich um den Gen-Chip handelte?«

»Weil er es gesagt hat. Bevor er sich auf dem Trip zu Tode rannte. Wir haben im Club Disketten mit Material von seinen Ergebnissen. Wir können gar nichts damit anfangen. Die Informationen auf den Disketten sind hochkompliziert. Wir können sie nicht einordnen. Uns fehlt das Fachwissen. Die Polizei wäre ganz happy, wenn sie das Zeug hätte. Die rennt doch durchs Gestrüpp ihrer Vermutungen ohne jeden Anhaltspunkt. Bei uns waren die auch. Logisch. Die CDs führen zu Olivers Mördern. Für die geht jemand über Leichen.«

Matthes fummelte an seiner Gesäßtasche herum und entnahm ihr einen CD-ROM-Umschlag. Damit wedelte er Bruno vor der Nase herum.

»Hier.«

»Was hier?«

»Das ist eine von den CDs.«

»Die trägst du einfach so mit dir herum?!«

»Jeder von uns hat eine. Auf jeder ist was anderes. Alle zusammen ergeben das Ganze. Gut verteilt ist am sichersten. Kopien liegen in einem Banksafe. Du siehst, wir nehmen die Sache ernst. Da strickt jemand mit ganz groben Maschen.«

»Was habt ihr vor?«

»Auf eigene Kappe weitermachen. Den Pfad zu Ende trampeln. Ohne Bullen. Sind wir Oliver schuldig. Das Risiko dabei ist schwer einzuschätzen.«

Er schwieg und fing an, sich eine Kippe zu drehen.

»Aber ein Toter mehr nutzt niemandem«, wandte Bruno ein.

Matthes leckte das Papier an und drehte die Kippe zu Ende.

»Da hast du recht, Bruno. Aber damit mußt du rechnen.«

Matthes drehte seine Kippen immer ganz lose. Die erste Hälfte brannte beim Anzünden einfach weg. Dann machte er einen tiefen Zug. Der ausströmende Zigarettenrauch zerwaberte in der Luft.

»Oder wie siehst du das?« meinte er und schaute dem Rauch nach.

»Jeder, der eine Kopie hat, ist gefährdet.«

»So ist es.«

»Reichen die Kopien in der Bank nicht?«

»Mit Kopien sind wir Lockvögel.«

»Wer alles hat eine Kopie?«

»Besser, du weißt es nicht.«

Die beiden standen fast Grau in Grau im Nieselregen auf dem glänzenden Asphalt. Eine Taube hackte die andere weg. Freßgier. Die ließ aber nicht ab von der halben Schrippe, die sie ergattert hatte. Der Brocken war viel zu groß für sie. Sie ließ ihn nach ein paar Metern fallen und bepickte ihn. Ihr Konkurrent kam kopfwippend eilig hinterhergetrippelt. Sein Kropf war voll. Rund und bauchig unter den kupferfarbenen Federn. Das sah man deutlich. Das Spiel wiederholte sich.

»Du hängst anscheinend genauso drin.«

»Sieht ganz so aus«, sagte Bruno.

»Schwuppdiwupp.«

»Genau.«

Matthes schnippte die Kippe weg.

»Warte einen Augenblick«, sagte er und ging ins Theater zurück. Die Taube mit den kupferfarbenen Federn hatte die Schrippe erobert. Sie war schlau. Sie legte den Brocken in eine kleine Wasserlache. Er löste sich auf. Ihr Schnabel pickte ins Wasser. Von der aufgelösten Schrippe blieb nichts übrig. Die beklaute Taube umtrippelte die Diebin im Halbkreis und gurrte aufgeregt. Sie hatte keine Chance.

Matthes war wieder da.

»Hier«, sagte er bloß, »nimm, und sage keinem was. Versprichst du's?«

»Hoch und heilig. Was ist das?«

»Eine Kopie von meiner CD. Habe ich schnell gemacht. Bruno, ich muß zurück. Melde dich, wenn du mehr weißt. Und zu keinem ein Wort?«

»Ehrenwort.«

»Du weißt, wo du mich findest. Man sieht sich.«

»Wer hat die CDs noch?«

»Wirklich besser, du weißt es nicht.«

Matthes verschwand im Bühneneingang. Bruno verstaute die Diskette in seinem Mantel. Genausogut könnte ich da ein Bömbchen deponieren, dachte er, und die Zündschnur raushängen lassen. Er verstand nicht, warum Matthes ihn in den Kreis der Eingeweihten aufgenommen hatte.

Wer von Matthes' Hackerfreunden könnte die Kopien haben? Das zu erfahren, kam nur Marc in Frage. Er gehörte bis vor kurzem zum inneren Kreis von Matthes' Hackerszene. Dann hatte es aus Gründen, die Bruno nicht kannte, Knies gegeben, und man trennte sich. Bruno erreichte ihn über Handy.

»Bin im *Dralles*. Aber beeil dich. Mittagspause.«

»Bin gleich da.«

Marc saß im *Dralles* auf einem Barhocker an einem der kleinen Tischchen, die so hoch waren, daß einem schwindelig wurde. Auf der Caféterrasse vom Funkturm war es nicht viel anders.

»Hallo, Bruno, was gibt's? Bin in Eile. Mittagspause. Und?«

Der hatte ja einen Ton drauf wie der Chef persönlich.

»Seit wann hast du Mittagspause? Du bist doch sonst noch tot um diese Zeit.«

»Neue Zeiten, mein Lieber. Nee, Edda hat gestreikt. Marc, entscheide dich. Nachtleben oder ich. Gut. Hab' ich mir'n Job gesucht. Zeitlich limitiert, aber allererste Sahne. Was willst du?«

Marc wickelte sich die letzten Spaghetti um die Gabel und verspritzte dabei Tomatensauce.

»Bruno, hier haste 'ne Serviette.«

Bruno tupfte sich die roten Sommersprossen vom Mantel.

»Jetzt red schon.«

»Ich habe da eine heiße CD-ROM. Müßte etwas diskret behandelt werden. Können wir da mal bei dir reinschauen?«

Marc kniff die Augen zusammen. Er schob sich langsam eine Nudel zwischen die Zähne. Sie hinterließ eine rote Schleifspur.

»Wieso? Du hast doch einen PC?«

»Das stimmt. Es ist eine sehr spezielle CD.«

»Speziell? Wie speziell?«

»Na ja, sage ich doch, sehr speziell.«

Marcs Augen verkrümmten sich zu Sehschlitzen.

»Bruno, jetzt sag's schon.«

»Hast du schon was gehört von Oliver K.?«

Marc fiel fast vom Hocker.

»Mit mir nicht . . . nee nee . . . Bruno, alles, aber das nicht. Zahlen!«

»Jetzt warte doch mal!«

»Bruno, ich hab einen Bombenjob bei Wolf. Ich will mit dem Chaotenhaufen nichts zu tun haben. Oliver, Matthes und Konsorten. Nee nee . . . ohne mich . . .«

Er zahlte und stürzte aus dem *Dralles*.

»Du schuldest mir noch was«, rief Bruno hinterher. Da saß Marc schon auf seiner Motoguzzi, startete, gab Gas, und weg war er.

»Bruno, eine Apfelschorle?« fragte Klaus hinter dem Tresen. Im *Dralles* war Bruno immer solide.

»Nein, heute nicht. Danke. Wollte nur Marc treffen.«

Bruno verließ das *Dralles*. Sturzbachartig setzte Regen ein. Bruno ging zurück ins *Dralles*.

»Klaus, einen Espresso, bitte.«

»Kriegst du.«

Bruno stützte sein Kinn auf eine Hand und schaute in den Regen. In Minutenschnelle entstanden große Pfützen. Durch die Wucht des Aufpralls explodierten die Regentropfen wie kleine Wasserminen. Durch die schwamm eine Krake namens Wolf. Wer ist eigentlich nicht in seinen Fangarmen, grübelte Bruno, jeder, der mir über den Weg läuft, ist mit ihm verbändelt. Klaus brachte den Espresso.

»Danke. Ich nehme nie Zucker.«

Klaus nahm den Zuckerstreuer wieder mit. Bruno trank den Espresso ganz langsam in kleinen Schlückchen. Was sollte er jetzt machen? Der ganze Nachmittag lag noch vor ihm. Er könnte nach Hause gehen und sich die CD-ROM anschauen. Aber darauf war Bruno nicht gerade erpicht. Bruno liebte einfache, klare Verhältnisse. Simple Mechanik. Eine Nähmaschine etwa mit Fußantrieb oder ein schönes Fahrrad. Das war übersichtlich und begreiflich. Eine Fahrradkette rollte über ein Ritzel, über ein Zahnrad mit Pedal. Fertig. Öl drauf, wenn die Kette im Winter rostete. Basta. Kein Lamento. Ein Computer dagegen war ein mit Gemeinheiten angefüllter Kasten. Ein falscher Knopfdruck, und er schluckte alles. Der Bildschirm rödelte nichtssagend hohnvoll: »Es gibt mich, aber du kommst nicht an mich ran! Ha!« Wie oft saß Bruno ohnmächtig vor diesem schwarzen Schweigen, das nur noch übertroffen wurde von Amandas Sprachlosigkeit, wenn sie sich gekränkt fühlte.

Apropos Amanda. Bruno fiel ein, daß er noch sein Visum nach China abholen mußte. Verfallen lassen wollte er es nicht. Obwohl aus der Reise mit Amanda nach Südchina über die Weihnachtstage ja nun nichts mehr werden würde. Sie wollten dort einen Freund besuchen, der sich als Arzt auf einer Baustelle in der chinesischen Provinz langweilte. Bruno überlegte. Er könnte ja auch alleine den Freund besuchen. Dafür brauchte er das Visum. Er entschloß sich, aufs Konsulat zu gehen. Er brauchte ein Erfolgserlebnis. Eine positive Stimulanz. Die letzten Tage waren doch sehr ereignisreich gewesen. Um nicht zu sagen: krisenhaft. Das Visum würde ihm ein Gefühl von ungebundener Weite, von Freiheit zurückgeben. Leben wie ein Vogel, oder sterben, dachte Bruno, als er das *Dralles* verließ und sich zu Fuß auf den Weg zum chinesischen Generalkonsulat machte.

5. Kapitel

Auf dem chinesischen Generalkonsulat bekommt Bruno eine Identitätskrise. Er sucht einenPrivatdetektivin auf. Die Krise steigert sich.

Auf dem Generalkonsulat mußte Bruno in einer weiträumigen, holzgetäfelten Vorhalle warten. In der Mitte der Halle stand eine große chinesische Vase mit Blumen. Das Gebinde in der Vase aus der Mingzeit, wie Bruno auf einem Schildchen neben der Vase lesen konnte, sah sehr attraktiv aus und steigerte sein Lebensgefühl. Es ging rasch, und Bruno wurde schon nach wenigen Minuten in das Zimmer gerufen, in dem die Visa ausgehändigt wurden. Der Apparat hier schien ja flott zu funktionieren. Bruno haßte lange Wartezeiten.

»Bitte, nehmen Sie Platz«, sagte der Konsulatsangestellte, der seinen Blick auf eine Akte gesenkt hielt, als Bruno eintrat. Die Einladung zum Sitzen sprach er aus, ohne den Kopf zu heben. Den hob er erst, als Bruno schon saß.

Zu Brunos Überraschung war es kein Chinese, sondern ein Deutscher mit einer Nickelbrille und Ärmelschonern, der da vor ihm an seinem Schreibtisch saß.

»Ja?« sagte der Beamte nur und hob die Augenbrauen.

»Was kann ich noch für Sie tun?« Der Beamte schien überrascht. Das wunderte Bruno. Wieso noch?

»Ich wollte mein Visum abholen«, sagte er.

»Das haben Sie doch schon abgeholt. Vorhin. Mit Ihrer Frau.«

Jetzt war es an dem Beamten, sich zu wundern. Er schaute Bruno neugierig an. Dem entfuhr der Satz: »Wie kommen Sie dazu, mir das Visum auszuhändigen, wo ich gar nicht da war, sondern ...«

Bruno hielt inne. Ihm wurde bewußt, was er da gerade formuliert hatte. Jetzt hilft nur noch eins, dachte er: Einen Millimeter plazieren zwischen mich und diesen Beamten. Das tat Bruno. Ganz cool verfolgte er, was sich jetzt abspielte.

»Wieso«, sagte der Angestellte. »Es war doch Ihr Visum? Wem sonst sollte ich es denn aushändigen? Wenn nicht Ihnen?«

»Na eben, mir«, sagte Bruno. »Vorhin der, das war ich nicht.«

»Sie haben Ihren Personalausweis vorgelegt!«

»Ich war es trotzdem nicht«, wiederholte Bruno kühl.

»Können Sie sich ausweisen, mein Herr?«

Das konnte Bruno nicht. Er hatte seinen Personalausweis nicht bei sich. Den hatte Amanda. »Bruno, gib mir deinen Ausweis, und dann hole ich die Visa gleich für uns beide ab«, hatte sie gesagt. Das hatte er ja völlig vergessen! Jetzt saß er ausweislos, bar jeder Identität vor diesem Angestellten! Amanda war mit Jockel vor ihm dagewesen, um die Visa abzuholen! Für diesen Angestellten war Jockel natürlich Bruno! Jockel hatte seine Identitätskarte hingelegt!

»Schalten Sie mal Ihren Verstand aus, und Sie werden merken, was los ist«, sagte Bruno, dessen cooles Ich, das in einem Millimeter Abstand danebenstand, bei diesen

Worten nur lakonisch grinste. Bruno hatte nicht die geringste Chance, diesem Angestellten die Absurdität der Situation auch nur annähernd zu verdeutlichen. Wie auch? Wie sollte Bruno ihm klarmachen, daß er es nicht war, der vorhin vor dem Beamten gestanden hatte, sondern ein anderer, der nur vorgab, er zu sein? Ohne Personalausweis, den nun mal Jockel hatte, konnte Bruno nicht beweisen, er zu sein. Er galt, ohne Ausweis, gar nichts. Der Angestellte war entsprechend erbost.

»Wollen Sie andeuten, daß ich blöd bin? Ich habe Ihnen Ihr Visum nach China ausgehändigt. Fertig. Aus. Der nächste.«

Bruno erhob sich und verließ wortlos das Büro. Er hörte den Angestellten noch murmeln: »Man sollte einen Arzt verständigen. Aus der Klapsmühle . . .«

Nie in seinem ganzen Leben hatte Bruno – ganz wider seine Natur – eine größere Sehnsucht nach bürokratisch geregelten Eindeutigkeiten verspürt als jetzt . Fast fluchtartig strebte er an der Mingvase vorbei auf den Ausgang zu. *Ein* Foto nur von ihm. So ein winziges, kleines Paßfoto. Für *ein* Visum. *Eine* Gebühr. Die ganz alleine er an der Kasse entrichtete! Oder sollte er etwa sagen: »Zwei Visa her. Eins für mich und eins für ihn«? Nein! Bruno erkannte in diesem Moment, als er das Generalkonsulat verließ, den Vorzug eines Beamten zur Feststellung einer unverwechselbaren Identität. Der Beamte als gottähnlicher, Gestalt, Wesen, Sinn, Charakter gebender Schöpfer! Denn: Bruno konnte sich wie Bruno fühlen, wie er wollte! Es nutzte nichts! Das andere Ich, Jockel!, hatte das Visum, den Personalausweis. Bruno war heimatlos. Nicht einmal eine Karteileiche war er, die man aus einer Schublade ziehen konnte. Die mit einer hingerotzten Entschuldigung: »Verzeihung, habe Sie doch glatt übersehen«, über den Schreibtisch gereicht wurde. Bruno war kein Rotzen mehr wert. Nicht einmal das. Er war gar nichts. Amanda würde mit dem anderen Ich nach Südchina fahren! Wie sollte er sie daran hindern? Bar jeder personalausweisfähigen Identität?!

Bruno stürzte weiter. Die Straße hinunter. Er war verwirrt. Konfus. Außer sich. Alle Logik versagte. Er lief an einem Lattenzaun vorbei. Jede Latte hämmerte ihm unter die Stirn: »Du bist du bist!« Jedes Auto, das vorbei sauste, brummte: »Du bist du bist!« Er lief über einen meterlangen Fußgrill, der die Front eines Kaufhauses zierte. »Du bist du bist ich bin ich bin!« echoten die eisernen Raster, auf denen seine Füße trommelten.

Bruno wurde süchtig nach sich selbst. Er winkte ein Taxi und sprang hinein.

»Savignyplatz«, sagte er.

Jeder Telefonmast, jeder Brückenpfeiler, jeder Mittelstreifen, jede Abfolge von irgendwas, das vorbeiflog, tikkerte in seinen Kopf »Du bist du bist«. Die Monotonie des schnellen Aufeinanders, das Stakkato »Du bist du bist« hämmerte ihm gleichzeitig in die Seele: »Du bist es nicht du bist es nicht.« Bruno war in dem Taxi auf der Flucht vor einer Doppeltheit seines Ichs, der er, das wußte er jetzt, nicht würde entkommen können, solange diese Doppeltheit existierte. Er mußte ihr ein Ende setzen. Jockel mußte weg. Endgültig.

»Bringen Sie mich zum Olivaer Platz«, korrigierte Bruno sein Ziel. Dort stieg er aus. Er kannte da eine Detektei, in dem gleichen Gebäude, in dem sich das Fitness-Studio befand, in dem er mit Amanda zweimal wöchentlich immer die wichtigsten Muskelpartien trainiert hatte. Er war schon einige Wochen nicht mehr im Training gewesen. Bruno überlegte, ob ihm Amanda mit seinem Doppelgänger auf dem Weg zur Detektei nicht begegnen könnte. Im Treppenhaus oder im Fahrstuhl. Amanda trainierte aber immer nur abends. Nie nachmittags. »Das paßt nicht in meinen Biorhythmus.«

Bruno betrat das Gebäude. Der Fahrstuhl brachte ihn in den fünften Stock. Die Detektei lag zwei Stockwerke über dem Fitness-Center. »Wer geht schon zu einer Detektei?« hatte er zu Amanda gesagt, wenn er das Schild *I. März – Privatdetektiv* auf der Fahrstuhlknopfleiste las.

»Schnüffelapparate«, fügte er verächtlich hinzu. Das käme für ihn nie in Frage! Deshalb war er froh, daß an diesem Nachmittag kein Fitness-Center-Mitglied im Fahrstuhl war.

Eine Detektei in einem anderen Gebäude wäre trotz allem unverfänglicher gewesen. Die Gefahr, Amanda zu begegnen, bestand trotz ihres Biorhythmus. Ein Rhythmus konnte sich ändern. Die Vorstellung, dicht an dicht gedrängt, in einem überfüllten Fahrstuhl Amanda und Jockel gegenüberzustehen, sozusagen Wange an Wange, ließ Bruno schaudern.

Dennoch stieg er im 5. Stock aus und steuerte auf die Tür der Detektei zu, neben die ein Messingschild in die Wand geschraubt war. Er war wild entschlossen, in seiner Verzweiflung, dem Ich, das sich seines Ichs peu à peu bemächtigte, auf die Spur zu kommen und, wenn es sein mußte, es auch auszurotten. Mit Stumpf und Stiel. Das Risiko einer Begegnung mußte er also eingehen.

Bruno klingelte. Ein Summer ertönte. Bruno drückte auf die Tür und trat ein. Er betrat einen Raum mit einem großen Schreibtisch, einem Panoramafenster mit heruntergelassener Jalousie, zwei Stühlen und einem Gummibaum, der sich über die ganze Breite des Fensters hinzog und den Rest des Lichtes schluckte, das durch das Rouleau in das Zimmer drängen wollte. Ein Büroblechschrank komplettierte die Einrichtung. Von der Decke hing eine einsame Birne, die mit ihren vierzig Watt das Ensemble spärlich beleuchtete. Den Boden bedeckte dunkelbraunes Linoleum. Ein Flickenteppich in der Größe eines Handtuches kämpfte verzweifelt gegen die Bräunnis an. Eine geöffnete Tür führte in ein Nebenzimmer. Man hörte Wasserrauschen.

»Sie können sich ja schon mal setzen«, ertönte eine Stimme. Es war eine Frauenstimme. Sie klang, als hustete Rübezahl persönlich durch ein mit Ruß gefülltes Ofenrohr. Bruno setzte sich auf den Holzstuhl vor den Schreibtisch. Von nebenan kam ein Gurgeln. Es gurgelte vom höchsten Diskant bis zum tiefen Bariton rauf und runter. Das Gurgeln mündete in ein kräftiges Spucken. Das Wasser rauschte immer noch. Ein Summen gesellte sich dazu. In der Türöffnung erschien eine Frau, die sich mit einer elektrischen Zahnbürste die Zähne putzte. Die Zahnpasta lief ihr aus den Mundwinkeln, während sie ihr Mundwerk schrubbte.

»Wollte nur mal gucken, wer da ist«, nuschelte sie und verschwand wieder.

»Bin gleich fertig«, röhrte sie aus dem Badezimmer oder was immer es war nebenan.

Das war ja unglaublich! Wie konnte eine so zierliche Portion Frau eine solche Stimme haben? Die war ja kaum dreikäse hoch! In Jeans und schwarzem Rollkragenpulli unter einer schwarzen Riesenlockenmähne. Mehr konnte Bruno in dem kurzen Augenblick, als sie in der Tür stand, in dem trüben Licht nicht erkennen.

»Wollen Sie auch eins?« fragte sie, als sie aus dem Bad kam. In ihrer Hand trug sie ein volles Wasserglas, in dem eine Tablette sprudelte. Sie setzte sich auf den anderen Stuhl hinter dem Schreibtisch. »Alka-Seltzer. Mann, war das eine Nacht . . .« Sie trank das Glas leer, kippte den Stuhl nach hinten und legte die Füße auf den Tisch. Sie trug Cowboystiefel. Mit Löchern in der Sohle. In den Löchern sah man die nackte Haut.

»Ja«, sagte Bruno.

»Dann bringen Sie mir auch noch eins mit.«

Bruno nahm das leere Glas und ging nach nebenan. Es war ein Minibad mit Dusche, Wasserbecken und Klo. Auf der Spiegelablage über dem Wasserbecken stand ein zweites Glas. Daneben das Alka-Seltzer. Bruno füllte beide Gläser. Ein Alka-Seltzer war genau das, was er jetzt brauchte. Er stellte die Gläser auf dem Schreibtisch ab, setzte sich wieder, nahm ein Glas, kippte ebenfalls seinen Stuhl zurück, legte die Füße auf den Tisch, und trank. Das leise Prickeln des sprudelnden Alka-Seltzers gegen seinen Gaumen war belebend und angenehm. Er schloß die Augen. Die Privatdetektivin I. März hatte eine beruhigende Ausstrahlung auf Bruno. Das passierte ihm selten. Bruno war eher hautscheu. Ständig trampelte jemand über seine Hautgrenzen, die der eigentlichen Haut ja weit vorgelagert waren. Hier konnte er seine Füße neben ihre auf den Tisch legen, ohne daß ihn diese Nähe auch nur im geringsten störte. Sie stupste ihn mit der Fußspitze ihres Stiefels an.

»Nicht einschlafen. Was ist los?«

»Was soll los sein?«

»Mann, Sie pfeifen aus allen Löchern Panik.«

»Sieht man das?«

Statt einer Antwort wickelte sie einen Kaugummi aus dem Papier und steckte ihn in den Mund. Dann kaute sie mechanisch und hörte damit auch nicht mehr auf. Dabei schaute sie Bruno an. Der wiederum schaute sie an, beziehungsweise er verfolgte das gleichmäßige Kauen ihrer Kiefer. Sie hatte eine weiße Haut und einen Kirschmund, der sich beim Kauen leicht mitbewegte. Es sah lasziv aus, was sie mit ihrem Kaugummi hinter diesen Lippen trieb. Plötzlich überfiel ihn eine furchtbare Müdigkeit. Er hätte auf der Stelle einschlafen können, so entspannend wirkte ihre ruhige Ausstrahlung. Er riß sich zusammen und sagte: »Ich sitze vor Ihnen, und es gibt einen anderen Teil meines Ichs, eine renitente Unperson, die mein Konto plündert, mir die Frau ausspannt und mein Visum nach China hat. Verstehen Sie?«

»Wir verstehen alles«, sagte der Kirschmund und kaute weiter.

»Das alles bedroht mich sehr. Es handelt sich um keine wahnhafte Abspaltung, keine manische Depression. Eine destruktive Seite meinerseits ist auch auszuschließen, obwohl ich auf einen Abgrund zusteuere, dem entgegenzusteuern mir immer schwerer fällt. Einen zwanghaften Wiederholungszwang mir unbewußter Ichansprüche, die sich halluzinativ anmelden in Form eines Doppelgängers, kann ich auch ausschließen. Ich mache seit drei Jahren eine Therapie. Nach drei Jahren wüßte ich das. Ich habe nicht die schizoide Persönlichkeitsstruktur, die zu einer völligen Fragmentierung meines Selbst führen könnte.«

Bruno spürte, wie er sich regelrecht berauschte an dem Wort-Labyrinth, das plötzlich in ihm war. Der Psycho-Jargon schlug in ihm Purzelbäume. Kurz mal in dieses Labyrinth aus Nonsens eintauchen, um befreit wieder aufzutauchen.

»Ich bin kein Ego-Puzzle, das libidinös nicht mehr zusammenhält. So eine Art Freisetzung des Todestriebes an den Rändern der Lebenscollage.«

Bruno geriet immer mehr in Fahrt.

»Ich bin kein Urknall meiner selbst, dem nur der Urschrei folgen kann. In mir ist kein ödipaler Zwang, jeden Chef abmurksen zu wollen und jede Sekretärin inzestuös zu schwängern. Die Mami an der Schreibmaschine im Büro. Nein!«

Bruno sah die Privatdetektivin folgenschwer an. Die schlug nur den unteren Fuß über den oberen und grinste breit. Dann kaute sie wieder auf ihrem Kaugummi und rollte dabei einen dicken Bleistift zwischen ihren Kirschmundlippen. Der Bleistift glänzte feucht. Bruno bekam unanständige Gedanken. Immerhin war es schon eine Weile her, daß er zum letzten Mal mit einer Frau zusammenlag. Er war ein treuer Mensch. Daher bereitete es ihm moralische Skrupel, als er merkte, wohin ihn seine Begierde trieb. Geradewegs über die Billigschreibtischplatte hin zu ihr. Wenn sie jetzt ihren Fuß über seinen legen würde, würde er sich, trotz aller Skrupel, gegen nichts wehren, sondern Stück für Stück unterwegs zu ihr seine Männlichkeit auflesen, die auf der Strecke geblieben war. Ihr Grinsen wurde noch breiter. Wieder stupste ihr Stiefel gegen seinen Schuh.

»Reden Sie weiter.«

»Um es auf den Punkt zu bringen: Ich will mir diesen anderen vom Halse schaffen. Egal, wie. Finden Sie alles über ihn heraus, was Sie herausfinden können. Er sieht aus wie ich. Bis auf das i-Tüpfelchen. Als sei er ein Klon von mir. Eine perfekte Täuschung der Natur. Er ist zusammen mit meiner Lebensgefährtin. Ich will sie wiederhaben. Hier ist ihre Adresse und hier meine Telefonnummer, alles, was Sie brauchen.«

Bruno schrieb alles auf einen Block, der auf ihrem Schreibtisch lag. Er fühlte sich nach der Suade wie befreit. Zumindest sein Kopf war wieder klar.

»Entschuldigen Sie das Gesabbel. Es mußte raus.«

Sie zog den Block an sich und las die Notizen.

»Alles im Preis inbegriffen. Dreihundert pro Tag plus Spesen. In Ordnung?«

»In Ordnung.«

Bruno war aufgestanden und an die Jalousie gegangen. Er bog sie ein wenig auseinander und schaute auf die Straße. Er hatte es gewußt. Unten standen Amanda und sein Doppelgänger und schauten hoch. Amanda redete und zeigte mit dem Finger genau auf ihn. Jockel grinste. Bruno fuhr zurück. Amanda zeigte Jockel das Fitness-Center.

»Da unten stehe ich«, sagte Bruno, »und grinse zu mir hoch.«

Die Privatdetektivin trat ebenfalls ans Fenster.

»Das sind die beiden«, sagte Bruno.

»Er sieht tatsächlich aus wie Sie«, sagte sie, »nur schlanker, frischer, besser. Sie müssen mal was tun. Zwei Stockwerke tiefer ist ein Fitness-Center . . .«

Bruno zog automatisch den Bauch ein. Sie ging zurück zu ihrem Schreibtisch.

»Ein Vorschuß für zwei Tage, wäre Ihnen das recht?«

Bruno schrieb ihr einen Scheck aus. Sie versenkte den Scheck in einer Schublade ihres Schreibtisches.

»Wollen hoffen, daß er gedeckt ist . . .«

Sie lächelte maliziös. Bruno schaute auf das braune Linoleum. Es sah aus wie plattgewalzte Hundescheiße.

»Ja, was denn sonst?« sagte Bruno und wollte gehen.

»Hier, meine Karte, falls Sie ein Verlangen nach mir haben.«

Sie gab ihm eine Karte. Bruno nahm sie und verließ das Büro. Im Fahrstuhl las er: *Ida März. Privatdetektivin. Auf alle Fälle für alle Fälle.*

Als er unten auf der Straße ankam, waren Amanda und Jockel nicht mehr da. Darüber war Bruno erleichtert. Auf der anderen Straßenseite standen zwei Telefonhäuschen. Darauf steuerte Bruno zu. Er wollte Miriam Roth heute abend noch einen Besuch abstatten. Beide

Telefonhäuschen waren besetzt von Kids, die sich wechselweise den Hörer reichten. Dem Gegickele und Gekreische nach zu urteilen, konnte das noch Stunden dauern. Bruno wollte nur die Adresse von Miriam Roth im Telefonbuch nachschauen. Die hatte er vergessen. Die Kids nahmen keine Notiz von ihm. Er öffnete eine der Telefonzellen und deutete zwischen ihnen hindurch auf die Telefonbücher, die da hingen.

»Laß den Opa mal gucken«, sagte eine Göre mit Nasenring und rückte eine Armbreite beiseite, so daß Bruno mit einer Hand in dem Telefonbuch blättern konnte. »Eeehhh, mach dich doch nicht so breit«, sagte die, die gerade am Hörer hing. Sie wollte Brunos Arm mit dem Hintern wegstupsen. Der war gerade bei ›R‹ angelangt. Durch den Stupser fiel er auf ›O‹ zurück. Zwei Schultern rückten jetzt zusammen und versperrten ihm die Sicht. Er blätterte mit der Hand, ohne sehen zu können, bei welchem Buchstaben er angelangt war. Bruno drängelte seinen Kopf zwischen die Schultern. »Der Opa nervt«, quäkte die Stimme der Hörerhalterin. Brunos Hand wedelte sich in dem Telefonbuch wieder vor bis ›R‹. Endlich: *Dr. Miriam Roth. Neurologie, Psychotherapie. Sybelstraße 60.*

Vom Olivaer Platz bis zur Sybelstraße konnte Bruno laufen. Das war nicht weit. In der Sybelstraße lebte auch der Maler Jarry aus Dijon. Der malte schöne Bilder und greinte wie ein Kind, wenn er eines davon verkaufen sollte. Natürlich war er ständig pleite. Seine zweite Leidenschaft waren kostspielige Frauen, die sich auf Vernissagen einen leibhaftigen Maler angeln wollten und sich rudelweise auf ihn stürzten. Jarry war jedoch eher schüchtern. Das reizte die Frauen um so mehr. Er konnte sich nur retten, indem er allen erlag. »Jarry, wo sind denn deine Bilder?« fragte ihn Bruno, wenn die Wände in Jarrys Wohnung mal wieder voller quadratischer Flecken waren. »Alle verkauft«, sagte Jarry dann mit zitternder Unterlippe und schaute einer unsichtbaren Mücke hinterher, die gerade vorbeisummte. In einem Anfall von Paranoia hatte er alle Bilder unter sein Bett geräumt. Gerne stapelte er sie auch in Schränken. Dann lagen Hemden, Hosen, Unterwäsche wie Flüchtlinge auf den Stühlen und Tischen herum und berichteten vom angeblichen Käufersturm, der über sie hereingebrochen war und alle Bilder außer Haus geweht hatte. »Weißt du, wenn sie verkauft sind, muß ich auch keine Angst mehr haben, daß sie einer kaufen will«, tröstete sich Jarry jedesmal selbst. »Jarry, dir muß ja das Herz bluten!« »Die Seele, Bruno, die Seele!« Dabei schauten die Schinken wie Scheintote unter dem Bett hervor.

6. Kapitel

Miriam Roth berichtet nur zögerlich. Bruno ist in eine Verschwörung geraten.

Links vom Hauseingang in der Sybelstraße befand sich ein Blumenladen, vor dem Alpenveilchen und Azaleen in Töpfen blühten. Bruno dachte an Beerdigung. Er hoffte auf einen Fingerzeig von Miriam Roth. Ihr Name stand auf der Klingelleiste. Die Haustür war offen.

Bruno zog es vor, erst an der Wohnungstür zu läuten. Da war er dichter am Objekt. In eine geöffnete Tür konnte man den Fuß stellen. Hier unten konnte er das nicht. Die Ärztin wußte etwas, und er wollte wissen, was sie wußte. Einen Streifen Aufklärung am Horizont seiner Niederlagen hatte er dringend nötig. Bruno stieg die Treppen hoch.

Im dritten Stock war er am Ziel. Er drückte auf die Klingel. Der rote Läufer auf allen drei Etagen war ziemlich abgewetzt. Irgendwoher roch es nach Kohl. Auf der zweiten Etage klagte Jimi Hendrix »Hey Joe«. Der Mann, der ihm auf der Treppe begegnete, hatte in seinem Einkaufsnetz leere Bierflaschen. Bruno hatte sich die Bleibe von Miriam Roth mondäner vorgestellt.

Als sich nichts rührte, läutete Bruno ein zweites Mal. Wieder nichts. Bruno probierte es ein drittes Mal. »Ja?«

sagte es dicht hinter der Tür. Ganz rasch kam das. Es war ihre Stimme. Sie mußte da schon eine ganze Weile gestanden haben. Lauschend. Mit angehaltenem Atem.

»Hier ist Bruno Paul. Ich möchte Sie sprechen.«

»Weswegen?«

»Nicht durch die Tür.«

Die Tür öffnete sich vorsichtig. Eine Kette war vorgelegt. Eine Gesichtshälfte von Miriam Roth erschien. Sie wirkte ängstlich.

»Wollen Sie mich nicht reinlassen?« Bruno stellte vorsichtshalber den Fuß gegen die Tür. Sie schaute ihn durch den Türspalt nur fragend an.

»Sie kommen in mein Büro, erzählen mir was von einem Totschlag, sehen das Bild eines Toten, den Sie angeblich nicht kennen, und rennen erschreckt weg. Ist das nicht merkwürdig?«

Sie reagierte immer noch nicht.

»Ich habe das Gefühl, wir hängen beide in der gleichen Tinte. Könnte das sein?«

Das schien sie zu überzeugen. Sie löste die Sperrkette und öffnete die Tür.

»Kommen Sie rein ...«

Sie führte ihn in ein karg möbliertes Zimmer. Bruno setzte sich in einen der beiden Sessel. Eine schmale Liege und ein Biedermeiersekretär vervollständigten die Ausstattung des Raumes. Am Fenster stand eine Stechpalme. Sie hatte ihn offensichtlich in ihr Therapiezimmer geführt.

»Ich muß mich nicht auf die Liege legen?« versuchte Bruno zu scherzen. Dabei war ihm unwohl zumute. Er hätte lieber in einem anderen Zimmer gesessen. Dieses Zimmer betonte ihren Status als Therapeutin. Bruno war nicht als ihr Patient hier. Er fühlte sich in eine Rolle gezwungen. Sie verschanzte sich hinter der Maske ihrer

Arbeit. Sie hatte ihm gegenüber in dem anderen Sessel Platz genommen. Die Jeans und der dunkelblaue Baumwollpulli standen ihr gut. Sie schaute ihn fragend an.

»Also, warum sind Sie abgehauen?«

Sie zögerte mit der Antwort. Statt dessen zog sie die Beine unter sich. Mit den untergeschlagenen Beinen kauerte sie in ihrem Sessel wie in einer Muschel. Ihre grauen Augen schauten nach wie vor direkt auf Bruno. Sie atmete tief und sagte: »Ich kannte Oliver ... sein Tod war für mich ein Schock ... ich habe das gleiche Foto bekommen wie Sie ... ich hatte einen Rechtsanwalt gesucht, der mir hilft ... plötzlich waren Sie etwas anderes ... selbst ein Bedrohter ... nicht mehr neutral ... keine Hilfe ... kein Beistand ... es wurde mir zu kompliziert ... wollen Sie einen Kaffee?«

Bruno wollte keinen Kaffee. Er wollte, daß sie weiterredete.

»Ich höre Ihnen lieber zu. Woher kannten Sie Oliver?«

Sie atmete wieder tief ein und hielt den Atem an, als müßte sie ihn prüfen für das, was sie erzählen wollte. Der Atem entwich in einem sanften Bogen. Ihre Unterlippe zitterte leicht. Jetzt war sie leergepumpt und in sich zusammengesunken. So verharrte sie einen kurzen Augenblick. Dann machte sie einen neuen Atemzug und sagte: »Vor etwa einem halben Jahr kam Oliver zu mir. Ich kannte ihn nicht. Frau Goldschmidt hatte ihn zu mir geschickt ...«

»Goldschmidt?«

Allmählich erschien Bruno seine Therapeutin wie die graue Eminenz einer Verschwörung, in die er geraten war. Er konnte sich gegen diese Vorstellung, die ihm unangenehm war, nicht wehren.

»Ich weiß natürlich, daß Sie sie kennen. Durch die Empfehlung von Frau Goldschmidt kam ich ja zu Ihnen.

Es ist alles ein Kreislauf . . . Oliver war ihr Patient . . . ich übrigens auch . . . und Sie . . . und viele andere . . . das gefällt mir, wir sind eine Familie . . .«

Sie lachte unvermittelt und klatschte in die Hände. Fehlte nur noch, daß sie *Backe, backe Kuchen* sang. Bruno war nicht nach Lachen zumute. Schon wieder war seine Therapeutin mit im Spiel. An welchen Strippen in welchem Part, den er nicht durchschaute, zog sie? Die Sitzungen bei Frau Goldschmidt waren für Bruno ein unantastbarer Raum, der ihn schützte und der jetzt zerbröselte. Seine Haut bekam Löcher wie von Motten zerfressener Stoff. Aus den Löchern starrten Anton, Marcella, Oliver, Miriam, Matthes, Amanda, Jockel, die ihm alle nach dem Leben trachteten.

Seine Intuition zog am Seil des Sterbeglöckchens, als hätte Brunos letztes Stündlein geschlagen.

»Mordio! Mordio«, schrie sie, »man bringt uns um!«

»Du hast ja die komplette Paranoia«, versuchte Bruno sie zu beschwichtigen.

»Und du hast ein unnachahmliches Talent, uns in die Bredouille zu bringen«, antwortete sie.

»Was kann ich denn dafür?« wehrte er sich.

Bruno probierte den Millimetertrick. Aber der war viel zu kurz als Steg ans rettende Ufer, von wo aus er in sicherem Abstand alles hätte beobachten können.

Miriam hatte mit dem Händeklatschen aufgehört und den Faden wiederaufgenommen.

»Jedenfalls, Oliver stand hier vor der Tür. Er müßte mich dringend sprechen. Ich bat ihn herein. Er sprudelte geradezu über. Ich kam gar nicht dazu, zu fragen, wer er ist, woher er kommt. Ob ich nicht wüßte, daß im Wolf-Konzern ganz schlimme Sachen passieren. Nein, sagte ich. Das wäre unverzeihlich, meinte er, schließlich sei ich dort eine leitende Angestellte. Ich hätte nur über meine

Abteilung Überblick, sagte ich, nicht über das Ganze. Ich sei aber für das Ganze mitverantwortlich, sagte er, alles andere sei Drückebergerei. Er war sehr massiv und direkt.«

Sie atmete wieder tief durch und fuhr fort: »Er fragte mich, ob ich wüßte, was ein Algenist ist. Ich wußte es nicht. Er klärte mich auf. Ein Algenist ist heute das, was früher ein Alchemist war. Eine Art Hebamme, die der Natur zu ihrer vollendeten Geburt verhilft. Diese Vollendung hatte sich für den Alchemisten in Gold verkörpert. Gold war für den Alchemisten der Inbegriff von Unsterblichkeit und Vollkommenheit. Unantastbar. Gold war Natur im Idealzustand.«

Brunos Großmutter war eine große Märchenerzählerin gewesen. Er fühlte sich erinnert, und seine Zunge spürte den Geschmack des Lebkuchens und des Zimtgebäcks, das die Großmutter zu ihrem Märchenvortrag reichte.

»Wenn Sie mir jetzt noch erläutern könnten, was ein Algenist ist?«

»Ein Algenist schafft alles neu. Im Gegensatz zum Alchemisten will er nicht nur die eine einzige Natur vollenden, er will sie radikal durch eine neue ersetzen. Er wiederholt die Schöpfung. Die Konstante Mensch löst sich auf. Der Mensch, Sie, ich, alle! ist ein reines Ersatzteillager. Ein Algenist betrachtet die lebende Welt als pure Potentialität. Den Menschen, seine Erbmasse, als Steinbruch. Für den Algenisten sind Sie lediglich eine handliche Etikette einer bestimmten Art, die sich tausendfach mit anderen Etiketten neu kombinieren läßt. Sie werden zum Puzzle-Spiel. Alles ist kombinierbar. Der Goldene Zustand des Algenisten ist die optimale Effizienz. Durch gentechnologische Manipulationen der Grundsubstanzen kann der Algenist Nachbildungen existierender biologischer Organismen entstehen lassen, die den kopierten Originalen weit überlegen sind. Der Algenist ist der ultimative Ingenieur des neuen Lebens. Die Schöpfungsgeschichte wird durch ihn neu geschrieben.«

Anscheinend waren ihr die untergeschlagenen Beine eingeschlafen. Sie stemmte sich mit beiden Händen auf der Lehne des Sessels in die Höhe und streckte die Beine nach vorne. In dieser turnerischen Haltung verharrte sie einen Moment. Dann ließ sie sich in den Sessel zurückplumpsen.

»Wie finden Sie das?« fragte sie.

»Sehr sportlich«, sagte Bruno.

Sie lachte.

»Doch nicht das ... das ... von Oliver.«

»Sehr theoretisch«, sagte Bruno, »aber erzählen Sie doch weiter. Ich bin ganz gespannt.«

Er sah Anton in der *BarbarBar* vor sich sitzen, der ihm im Schutz seines Dufflecoats einen ganz ähnlichen Vortrag über das gleiche Thema gehalten hatte, an dem jemand anscheinend sehr interessiert war. Und der Oliver wahrscheinlich in die Brust geschossen hatte. Ganz reell. Nicht theoretisch. Und dieser jemand hatte ganz praktisch in Brunos Briefkasten ein Foto gelegt. Bruno war begierig, mehr über die Hintergründe seines potentiellen Ablebens zu erfahren.

Diese Begierde schien ihm ins Gesicht geschrieben. Frau Roth hatte jetzt die Knie fast bis ans Kinn gezogen. Mit den Armen umschlang sie ihre Beine. Als wollte sie sich in sich selbst verknoten. Sie sagte: »›Mit der Hilfe der Gentechnologie erlangen wir die Kontrolle über die vererbbaren Baupläne des Lebens. Ob ein vernünftiger Mensch auch nur einen Augenblick lang glauben könnte, daß eine solch nie gekannte Macht über die Ressourcen unserer Gene ohne beträchtliche Risiken zu haben sei? Nicht mißbraucht würde in ungeahntem Ausmaß? Alle KZs Hitlers verblassen gegen das, was kalkulierbar auf uns zukommt. Wolf ist der kommende große Führer. Dagegen kämpfe ich‹, sagte Oliver. ›Mit allen Mitteln. Mein stärkstes Mittel sind die Computer. Sie brauchen gewaltige Rechenmaschinen für ihre Machenschaften. Deshalb sind sie verwundbar. Denn ich bin der Meister dieser Maschinenwelt, in die ich eingedrungen bin, wie ein Wurm in den faulen Apfel.‹« Sie hielt für einen Moment inne und linste über ihre Knie auf die Zehenspitzen. Sie trug dunkelrote Wollsocken, an denen Wollfäden abstanden. Sie wackelte mit den Zehen.

»Hallo, Oliver«, sagte sie. Die Wollfäden wackelten wie zur Antwort. Dann wischte sie sich mit den Handrücken über die Augen. Bruno hatte nicht den Eindruck, daß zwischen den beiden ein bloßer Informationsaustausch über Algenisten stattgefunden hatte.

»Das war er tatsächlich. Ein Meister. Ein Träumer. Sie haben ihn sich geschnappt.«

»Wer sie ...?«

Sie zog die Nase hoch.

»Keine Ahnung ... sie ... von der Firma ... wer denn sonst ... er wollte ihnen die Tour vermasseln.«

»Haben Sie dafür Beweise?«

»Nein ... nein ... reine Vermutungen ... aber wer sonst sollte ein Interesse haben?«

Anton, dachte Bruno, oder Marcella, andere Konzerne. Jeder. »Wer den Chip hat, hat die Welt«, hatte Marcella in der *BarbarBar* gesagt.

»Was konkret wollte er von Ihnen?«

»Daß ich mitmache.«

»Wobei?«

»Wolfs Algenistenprogramm zu sabotieren.«

»Können Sie das Programm genauer beschreiben?«

Sie zögerte mit der Antwort und legte ihre Fingerspitzen aufeinander. Sie ließ die beiden Daumen umeinander kreisen, ehe sie antwortete: »Es geht um Unsterblichkeit.«

»Wie bitte?«

»Sie haben ganz richtig gehört. Es geht um die Fabrikation von Kindern zum Zweck der Unsterblichkeit. Der eigenen natürlich. Präzise: Herr Wolf bastelt daran, unsterblich zu sein. Silvester 2000 ist das vorgesehene Datum, an dem er seine Unsterblichkeit vorstellen will. Es klingt unerhört, aber er glaubt daran. An die ewige Verjüngung, die Selbsterhaltung durch Fortpflanzung. Das Kind selbst spielt dabei keine Rolle. Ganz gleich, um welchen Preis.«

Bruno erinnerte sich daran, was ihm die Knappes über Amandas Absichten erzählt hatte. Daß sie ihn rundum erneuern wollte wie einen abgefahrenen Pneu. Um zwei Reifen zu haben, die sie auf die Felge ihrer Lebenslust spannen könnte. Bei der Vorstellung legte Bruno seine Stirn in Falten. Amanda war zwar immer noch sehr attraktiv, doch ihre Karosserie stammte auch aus den Fünfzigern. Wer klopfte ihr das Blech glatt?

»Wie sollten Sie das tun?«

»Was meinen Sie?«

»Das Programm sabotieren.«

»Als Leiterin der Abteilung Assessment rekrutiere und selektiere ich die kommenden Führungskräfte. Die neuen Algenisten. Ich entwerfe die Methoden, die Programme. Die Raster, durch die sie fallen oder nicht fallen. Sie sind sehr ehrgeizig, diese Gralsritter der neuen Menschheit. Ich schnippe mit dem Daumen links, ich schnippe rechts. An der Rampe ihres Erfolges. Für den sie alles riskieren. Ich sollte die Führungskräfte in den Assessments als Kandidaten untauglich machen. Die Assessments so organisieren, daß sich die Führungskandidaten gegenseitig selbst schachmatt setzen. Wer bei mir in die Assessments kommt, der will ganz hoch hinauf. Ich bin seine ultimative Chance. Die sollte ich ihm gründlich vermasseln, meinte Oliver. Ich sollte den Absturz des Kandidaten ins grandiose Nichts organisieren.«

Sie hatte die Hände wieder fest um ihre Beine verknotet. Ihre Augen linsten über die angezogenen Knie wie die eines Scharfschützen über den Rand seiner Wehr. Zum Angriff bereit.

»Und Sie wollen von dem ganzen Algenistenkram vor Oliver nichts gewußt haben?«

»Nein ...«

»Sie haben schon viele kleine Algenisten in Führungspositionen gehievt, ohne zu wissen, daß es Algenisten waren?«

»Ja.«

»Moment.« Bruno richtete seinen Zeigefinger auf sie, jetzt wollte er es ganz genau wissen. »Wie wollen Sie denn Führungskräfte für eine Aufgabe auswählen, die Sie nicht kennen? Wie geht das?«

Sie antwortete prompt. Ganz gelassen. Die geht in keine Falle ohne wirklich guten Speck, dachte Bruno. Die tanzt auf jedem Glatteis. Er schaute auf ihre Jeans, die über dem linken Knie leicht ausgefranst war. Er sah dunkelblaue Fäden, die über das Knie liefen. Man hätte sie bestimmt auszupfen können.

»Ich bekomme sehr präzise Zielvorgaben. Gesucht werden Charaktere mit ganz bestimmten Eigenschaften. Diese Eigenschaften sind exakt definiert. Ich suche mit Hilfe von Assessments unter den Bewerbern möglichst optimale Kandidaten für den angemeldeten Bedarf aus. Ob sie dann eingesetzt werden, entzieht sich häufig meiner Kenntnis. Der Konzern ist viel zu groß, um einen Gesamtüberblick zu haben. Die Konzernstrategie der Algenie, ihre elementare Bedeutung, war mir nicht klar. Ich hatte mich gewundert über die zum Teil sehr ausgefallenen Zielvorgaben . . . das schon, ja . . .«

»Ausgefallen?«

»Ja . . . wie soll ich sagen . . . Es wurden Menschen mit hoher Intelligenz und Sensibilität gefordert, außerhalb jeder Moralität, die ihr Denken blockieren könnte . . . egal in welche Richtung das Denken geht . . . hochkarätige Denkmonster, Intelligenzbestien ohne jede Skrupel, die das Undenkbarste denken und entwerfen können . . . es waren faszinierende Menschen darunter . . .«

Sie verstummte. Ihr Gesicht rutschte noch weiter hinter die Knie, von wo aus sie Bruno mit einem Auge anlinste. Der sagte: »Und? Konnte Oliver Sie überreden, mitzumachen? Den faszinierenden Menschen ein Bein zu stellen?«

»Ja . . . kann sein.«

Sie ließ die Katze nicht wirklich aus dem Sack.

»Haben Sie ein Bein gestellt?«

»Vielleicht war ich deswegen bei Ihnen.«

»Jemand ist über das gestellte Bein zu Tode gestolpert?«

»Jemand ist gestolpert. Es stolpert immer jemand . . .«

»Sie wollen mir nicht sagen, ob Sie Stolperhilfe gaben? Als Olivers, sagen wir mal, Vertraute?«

»Alles ist eine Vertrauensfrage.«

Sie saugte sich jetzt mit den Lippen an der Oberfläche ihrer Hand fest. *Blob*, machte das Vakuum, als sich die Lippen wieder von der Haut lösten und einen roten Kringel darauf hinterließen.

»Was hat denn Frau Goldschmidt mit all dem zu tun?«

Sie war überrascht.

»Das wissen Sie nicht?«

»Nein.«

»Dann müssen Sie sie selber fragen ... ich dachte, Sie kennen ihre Theorie der Psychoanalyse als Analyse des Widerstands ...«

Diese Theorie kannte Bruno. Allerdings. Er hatte sie aber immer für Theorie gehalten. Jetzt dämmerte ihm, daß Frau Goldschmidt offenbar zu praktischen Nutzanwendungen übergegangen war.

»Heißt das, daß Sie Ihre, sagen wir mal, Sabotageaktionen mit Frau Goldschmidt abstimmen?«

»Habe ich gesagt, daß ich etwas sabotiere?«

»So gut wie.«

Sie schloß die Augen und überlegte. Sie wiegte sich dabei vor und zurück. In ganz kurzen Schwingungen. Ihr Gesicht war angespannt, und über der Nase hatte sich eine tiefe Falte gebildet. Sie kam zu einem Ergebnis und öffnete die Augen wieder, die jetzt direkt auf Bruno gerichtet waren.

»Was soll ich an der Sache vorbeireden. Nein, ich stimme nichts mit ihr ab. Ja, ich habe mitgemacht. Oliver hatte mich überzeugt.«

»Und bei Frau Goldschmidt haben Sie sich ausgesprochen?«

»Ich muß mit jemandem darüber sprechen können! Mit Frau Goldschmidt natürlich. Mit wem denn sonst?«

Sie lachte leise, ganz unvermittelt, und steckte ihren Kopf wieder zwischen die Knie. Einen Stich hat sie schon, daß sie jetzt anfängt zu lachen, dachte Bruno. Sie glich einem Schlangenmenschen aus einem Varieté, so verbogen, wie sie da vor ihm auf dem Sessel saß.

»Was genau ist passiert?«

»Ein Kandidat zieht im Assessment ein Stilett, öffnet

es und ersticht seinen ärgsten Widersacher. Er war auf der Stelle tot. Der Täter behauptet, sich an nichts erinnern zu können. Blackout. Er könnte sich nicht einmal mehr an den Beginn des Assessments erinnern. Er sagt, er habe wie unter Drogen gestanden. Jemand müsse ihm eine Droge verabreicht haben. Anders könne er sich das Entsetzliche nicht erklären.«

»Was wirft man Ihnen vor?«

»Ich mache ja mit den jeweiligen Kandidaten vor einer solchen Veranstaltung eingehende Tests. Sie werden auch auf psychische Anfälligkeiten hin getestet. Assessments sind extrem belastend. Da kann es durchaus zu einem psychotischen Ausbruch kommen, wenn eine Tendenz dazu besteht. Offensichtlich hatte der Täter eine solche Tendenz. Man wirft mir vor, ich hätte sie in den Tests erkennen müssen. Erstens. Zweitens: Ich hätte das Assessment viel früher abbrechen müssen. Man sagt, der psychotische Schub sei in seinem Frühstadium während des Assessments erkennbar gewesen. Man macht mich direkt verantwortlich.«

»Haben Sie es denn gesehen?«

Sie lockerte die Arme von ihren Knien, verschränkte sie hinter ihrem Kopf und lehnte sich in ihrem Sessel zurück. Den Kopf so weit wie möglich nach hinten gebogen. Die Beine waren im Schneidersitz noch immer unter ihr verschränkt. In dieser Haltung sagte sie: »Wenn ich jetzt ja sage, ist das so gut wie ein Eingeständnis zum Mord.«

Sie machte mit ihren Lippen Knallgeräusche, als platzten kleine Schrapnells. Sie hielt den Kopf immer noch nach hinten gebogen. Ihr Kehlkopf ruckelte bei den Geräuschen rauf und runter. Sie sagte: »Es gibt Videoaufzeichnungen von jedem Assessment. Man sieht alles ganz genau. Meine Ankläger haben recht. Man sieht es sehr früh, daß sich da etwas anbahnt. Ich hätte abbrechen müssen. Ich wollte aber nicht abbrechen. Ich dachte, ich hätte alles im Griff. Ich wollte ja den Absturz der Kandidaten. Eine Gratwanderung ist das immer. Ich konnte doch nicht ahnen, daß der ein Stilett mit sich rumträgt. Das ist der dritte Punkt, den man mir vorwirft. Wie konnte das passieren? Die Kandidaten werden vorher auf scharfe Gegenstände wie Messer, Gabeln hin gecheckt. Die Emotionalisierung in Assessments ist enorm. Man will nichts riskieren. Die Kunst ist ja gerade, die Kandidaten hochzupuschen und trotzdem im Griff zu haben. Das Adrenalin zum Fließen zu bringen. Den Kandidaten dopen, ohne daß er durchknallt. Der ist durchgeknallt . . . wumm!«

Sie schlug mit einem Knall die Hände zusammen, beugte sich vor und starrte Bruno mit weit aufgerissenen Augen an.

»Habe ich mich deutlich genug ausgedrückt?«

»Schuldig oder nicht schuldig?«

»Schuldig«, sagte sie und schaute wieder auf ihre Zehenspitzen. Diesmal wackelte sie nicht damit. »Für die schon. Was denn sonst? Ich hätte abbrechen müssen. Ich bereue nichts. Übernehmen Sie meine Verteidigung?« Das fragte sie mit ganz weicher Stimme. Bruno kamen fast die Tränen vor Rührung.

»Das muß ich mir erst noch überlegen«, sagte er. Ihre Stirn runzelte sich.

»Was gibt es denn da noch zu überlegen?«

»Eine Menge.«

»Ja, was denn, zum Teufel? Ich habe diesen Mann nicht umgebracht!«

Jetzt war sie empört. Die Stimme wie ein Peitschenknall. Kein weicher Zug mehr um die Lippen. Die waren dünn und schnurgerade.

»Sie sind ausgesprochen flexibel in Ihren Stimmungen«, sagte Bruno. »Das bringt mich auf etwas. Der Mann hatte ein Stilett. Sie haben nicht zufälligerweise dafür gesorgt, daß er es bei sich hatte?«

Ihr Oberkörper schnellte nach vorne.

»Sind Sie verrückt?«

»Nach all dem, was Sie mir über Sabotage erzählt haben, wäre das nur konsequent.«

»Ich habe doch gesagt, daß ich nichts von dem Messer wußte!«

»Erzählen können Sie mir viel. Das ist eine reine Schutzbehauptung, was Sie da sagen. Das müssen Sie den Geschworenen erst mal plausibel machen, daß Sie einerseits sabotieren und dadurch massiv gegen den ärztlichen Kodex verstoßen, indem Sie Ihnen anvertraute Leute in riskante Grenzsituationen bringen, andererseits aber an allem ganz unschuldig sein wollen! Wer soll Ihnen das denn abnehmen?«

»Ich bin keine Mörderin!«

»Doch. Das sind Sie. Sie hätten den Mann rausnehmen können. Sie haben ihn gewähren lassen. Sie wollten seinen Absturz! Sein Ende!«

»Dieses Ende wollte ich nicht!«

»Aber es ist passiert!«

Sie stöhnte und schlug die Hände vors Gesicht.

»Halten Sie es für möglich, daß der Mann unter Drogen stand?«

»Ja«, sagte sie, »anders kann ich mir das alles nicht erklären.« Ihre Hände verbargen immer noch ihr Gesicht. »Und jetzt fragen Sie bitte nicht, ob ich sie ihm verabreicht habe.«

»Doch, ich frage Sie. Also?«

»Nein, habe ich nicht.«

»Wieso sollte ich Ihnen das glauben?«

»Weil man den Kandidaten nicht töten muß, um ihn zu erledigen. Es reicht, wenn er zusammenklappt. Das war bis jetzt doch immer so!«

»Wie viele Kandidaten haben Sie denn bis zu diesem tödlichen Unfall so zur Strecke gebracht?«

Sie nahm die Hände herunter und sah Bruno wieder an.

»Einige. Ich habe ihre Karriere zerstört. Sie hassen mich.«

Die pathetische Tonlage beherrschte sie also auch.

»Halten Sie es für möglich, daß einer von Ihren Absturzkandidaten bei diesem Unfall die Finger im Spiel hatte? Aus Rache? Um Sie zu eliminieren?«

»Vielleicht. Ich weiß es nicht.«

»Und hat sich Ihr Auftraggeber nie zu den Pannen geäußert, die ausgerechnet in Ihren Assessments passiert sind? Das ist doch auffällig!«

»Nein. Sie haben nichts moniert.«

Bruno überlegte. Die Zurückhaltung des Konzerns in einer so wichtigen Sache fand er eigentümlich. Seine Intuition sagte ihm: »Bruno, laß die Finger davon. Du steckst selber in der Sache zu tief drin. Rette deine eigene Haut! Soll sie doch sehen, wie sie aus dem Schlamassel rauskommt!«

Das Argument seiner Intuition überzeugte Bruno. Aber kaum hatte sie ihn gewarnt, sagte sie flugs das Gegenteil: »Bruno, übernimm den Fall doch. Unbedingt!«

»Aber wieso denn plötzlich?« fragte Bruno zurück.

»Weil du eine Morddrohung am Hals hast, weil du drinhängst.«

»Ja und?« wollte Bruno von seiner Intuition wissen.

»Mein Gott«, stöhnte die, »du brauchst Informationen! Du Dämlack! Hol sie dir! Übernimm ihr Mandat! Dann hast du Akteneinsicht! Fingerzeige! Wer dein möglicher Mörder ist!« beschwor sie ihn und war schon wieder weg.

Na gut, dachte Bruno, wenn sie es sagt, und wollte schon den Mund aufmachen, als seine Intuition um die Ecke zurückgepest kam.

»Halt! Halt!« rief sie, »bloß nicht!«

»Ja, was denn nun?« Bruno wurde ungeduldig. Sie machte doch sonst nie solchen Zores! Was hat sie bloß?

»Dreh dich auf der Stelle um und kehrt marsch durch die Tür!« bedrängte ihn seine Intuition. »Du kommst sonst aus der Sache nie wieder heil raus!«

»Moment mal!« sagte Bruno, »jetzt muß ich doch ausnahmsweise mal meinen Verstand bemühen. Hallo, Verstand!«

»Ja?« rekelte der sich. Er schlief gerade. »Was willst du?«

»Was soll ich tun?« fragte Bruno. »Dies oder das?«

»Dies oder das? Wie dies oder das?« maulte sein Verstand. »Deswegen weckst du mich? Drück dich mal klarer aus!«

»Mein Gott, Bruno«, schaltete sich wieder die Intuition ein, »dein kümmerlicher Verstand taugt nicht mal als Putzfrau in einer deiner Gehirnwindungen! Übernimm das Mandat!«

»Mandat? Welches Mandat?« wollte der Verstand wissen, »ach so, das Mandat! Wofür hast du all die Jahre studiert, Bruno!? Das Mandat! Natürlich machst du das! Stante pede!«

»Du weißt doch gar nicht, worum es geht«, machte Bruno seinen Verstand auf dessen Mangel an Information aufmerksam.

»Ein Mandat nimmt man immer an! Das ist doch gar keine Frage! Wofür sonst habe ich mich all die Jahre bis zum Examen für dich gequält!«

»Das sage ich doch die ganze Zeit!« bekräftigte die Intuition den Verstand.

»Eben hast du ganz was anderes gesagt! Das genaue Gegenteil!« rief Bruno ihr zu.

»Aber jetzt sage ich, was dir dein Verstand sagt! Wofür hast du ihn?« rief die Intuition zurück.

»Gut«, sagte Bruno zu Miriam Roth. »Ich selbst würde es nicht tun, aber mein Verstand sagt mir, und auch meine Intuition, daß ich Ihr Mandat übernehmen soll.«

»Das ist nett von den beiden«, sagte Brunos neue Mandantin.

Bruno erhob sich von seinem Stuhl.

»Ich muß jetzt gehen. Mir schwirrt etwas der Kopf. Ich muß ihn erst ein wenig zurechtrücken.« Er bewegte sich auf die Tür zu. Alles fühlte sich steif an. Er blieb stehen, schon halb in der Tür. »Vielleicht haben ja die im Konzern schon vorher Wind bekommen von Ihren Eingriffen? Vielleicht haben die den Unfall inszeniert? Halten Sie das für denkbar?«

Bruno hatte sich zu ihr umgedreht.

»Nein«, sagte sie, »das halte ich nicht für denkbar.«

»Wieso?«

»Weil sie in einer Entwicklungsphase sind, glaube ich mal, in der sie keine Öffentlichkeit wollen. Ein inszenierter Unfall wäre ihnen zu riskant.«

»Und wie haben sie sich über die Pannen vorher geäußert?«

»Sagte ich doch schon. Gar nicht. Es gibt öfters Ausraster.«

»Sie glauben wirklich, die haben sich nichts dabei gedacht?«

»Nein. Die Ausraster wurden analysiert. Die Kandidaten waren eben ungeeignet. Streßanfällig. Es war reine Routine.«

Bruno ging. Er hatte seine Zweifel. Zu gerne hätte er mit einem Vertreter der Firmenleitung gesprochen. Vielleicht war der ja ganz anderer Ansicht.

Es schneite, als Bruno ins Freie trat. Die Ofenheizungen verdampften durch die Schornsteine Briketts. Der Schwefel machte die Luft ätzend. Es war kalt. Die Pisse gefror den Hunden an den Bäumen.

Bruno schlug den Mantelkragen hoch. Er tastete durch den Mantelstoff nach der CD-ROM von Matthes. Sie war noch da. Er spürte sie. Er würde jetzt zu sich nach Hause gehen und in die CD reinschauen. Vielleicht erzählte sie ihm, warum Miriam Roth und andere Kopf und Kragen riskierten. Und er, Bruno, das mittlerweile auch tat. Nicht zu fassen, dachte Bruno, dabei weiß ich nicht einmal, um was genau es geht.

»Bruno, wie schaffst du das nur? Immer wieder bis zum Hals im Wasser von anderen Leuten zu stehen?« würde Amanda jetzt fragen.

»Weil ich Rechtsanwalt bin.«

»Andere netzen sich nicht mal die Knöchel und sind äußerst erfolgreich. Du läufst seit zehn Jahren mit dem gleichen Mantel rum.«

Brunos Füße wurden naß auf dem Trottoir. In seinen Schuhsohlen waren große Löcher. Die Privatdetektivin hatte auch Löcher in den Schuhen. Sie hatten eine Art Seelenverwandtschaft. Das hatte Bruno doch deutlich gespürt, als ihre Füße gemeinsam auf dem Schreibtisch in ihrem Büro lagen. Er wünschte sich jetzt wieder so zu sitzen. Diesmal würde er seinen Fuß auf ihren legen. Bruno hatte das dringende Bedürfnis, getröstet zu werden.

In der Wilmersdorfer Straße war ein Schuhladen. Dort kaufte er sich ein paar neue Schuhe. Die alten ließ er im

Laden zurück. Sollten sie sehen, wie sie ohne ihn weiterkamen. Nach ein paar Metern ging er zurück in den Laden.

»Haben Sie meine Schuhe noch?«

»Ja.«

»Ich nehme sie doch mit. Eine Tüte reicht.«

Bruno konnte sich nur ganz schwer trennen. Ganz gleich, wovon. *Partir, c'est toujours un peu mourir ...*

7. Kapitel

Die unerfreulichen Begegnungen nehmen kein Ende. Bruno findet dabei unverhofft eine mächtige Bündnispartnerin.

Die Hausmeisterin hatte an der Decke des Fahrstuhls einen Adventskranz aufgehängt. Von dem hing viel Lametta herunter. Das Lametta spiegelte sich im Spiegel. Es reichte Bruno bis zu den Ohren. Er sah in dem Spiegel aus wie ein zerfetzter Rauscheengel. Die blinden Flecken zerstückelten das Bild. Nur da und dort blinkte der Engel durch. Bruno war, als schaute er an den blinden Flekken vorbei in den Weihnachtshimmel seiner Kindheit, aus dem ihm ein Engel namens Bruno entgegenflog. Bruno liebte dieses Spiegelspiel, das er jeden Tag in dem Fahrstuhl spielte. Mit Leichtigkeit konnte er noch viel mehr Engel losfliegen lassen als den einen. Er mußte nur sein Gesicht ein klein bißchen hin und her bewegen. Das Lametta und die Engel brachen sich tausendfach in den Spiegelstückchen, die zwischen den blinden Flecken übriggeblieben waren. Bruno wackelte ein paarmal mit dem Kopf. Der Himmel war plötzlich ungemein bevölkert. Wenn alle Engel mit einem Schlag losflatterten, wäre der Fahrstuhl voll mit ihnen. Tausend Engel, die alle wie Bruno aussahen. Die ihm fortwährend schmeicheln würden, wie schön es doch sei, als Engel mit dem Aussehen von Bruno in diesem Fahrstuhl herumflattern zu dürfen, von ihm befreit aus der Enge der blinden Flekken. Natürlich war es ein albernes Spiel. Doch die selbst hergestellten Schmeicheleien gingen Bruno wie Balsam über das lädierte Selbstbewußtsein.

Als Bruno das Scherengitter des Fahrstuhls aufratterte, sah er sofort, daß seine Wohnungstür nur angelehnt war. Ein zarter Lichtstreifen fiel durch den Türspalt auf den Boden des Flurs. Da war jemand in seiner Wohnung!

Was sollte er jetzt tun? Einfach eintreten? Und wenn sich ihm eine Hand mit einem Messer in die Brust senkte? Oder ihm einen Revolver an die Schläfe hielt? Er drückte im Treppenhaus das Licht an. Im Hellen sah die angelehnte Tür weniger gefährlich aus. Bruno gab sich einen Ruck. Kurz entschlossen betrat er seine Wohnung.

Es durchzuckte ihn, kaum hatte er die Wohnungstür aufgestoßen. Die Schubladen der Barockkommode im Vestibül waren herausgerissen. Der Inhalt lag über den Boden verstreut. Bruno erfaßte es mit einem Blick. Er erstarrte und lauschte. Er konnte nichts hören. Lediglich das Summen des Eisschranks in der Küche. Dann hörte er ein Räuspern. Es kam aus dem Büro. Ganz ohne Frage. Ein unterdrücktes Hüsteln folgte.

Bruno schlüpfte auf Zehenspitzen ins Badezimmer und zog dort die neuen Schuhe aus. Er hatte sich schon immer gewundert, warum Detektive und Gangster in Kriminalfilmen bei Verfolgungsjagden ihre Schuhe auf knarrenden Treppen oder in dröhnenden Hallen anbehielten.

Zwischen den Badetüchern des Handtuchschrankes lag ganz zuunterst eine Pistole. Sie war in ein gelbes Fensterreinigungsleder eingewickelt. Er hatte gehört, daß das Leder vor Rost schützt. »Du wirst dich beim Fensterputzen noch erschießen«, hatte Amanda immer gelästert. Welcher Unsinn. Noch nie in seinem Leben hatte Bruno Fenster geputzt. Der Dreck fiel doch von selber von den Scheiben. Ungetrübt von Schmutz flimmerten die blauen Wellen des Traumschiffs aus der gegenüberliegenden Wohnung ins Badezimmer, als Bruno unter den Badetüchern die Pistole suchte. Er konnte das Fernsehprogramm anstandslos mitverfolgen. Die Pistole war nicht da. Er hatte alle Badetücher durchwühlt. Mehrfach war er mit der Hand zwischen alle Lagen gefahren. Da war nichts. Auch kein gelbes Ledertuch. Sollte er sich irren? Hatte er die Waffe woanders deponiert? Nein! Er hatte die Pistole unter das weiße Handtuch mit den roten Punkten gelegt! Er konnte sich genau daran erinnern! Weil er dieses Badetuch nicht leiden konnte, hatte er es ganz nach unten gelegt. Wegwerfen wollte er es nicht. Es war von Amanda. Ganz furchtbar teuer und mit Seide durchwirkt. Man konnte sich damit abtrocknen, wie man wollte, man blieb immer naß. Das Badetuch hatte eine Aversion gegen Nässe. Es blieb trotz allen Rubbelns furztrocken. Es war das ideale Badetuch für eine Pistole, die zudem in ein gelbes Ledertuch gewickelt war. Besser konnte es einer Pistole nicht gehen. In diesem Badetuch lag sie trocken wie in den Dünen der Wüste Gobi. Jetzt war sie weg.

Wieder hörte Bruno Geräusche. Es war eine Art tiefes Orgeln und Gurgeln, das sich abrupt steigerte zum Diskant, auf der Spitze abbrach und verschwebte. Bruno lauschte regungslos, eine Hand zwischen den Badetüchern. Wer war da? Es rührte sich nichts mehr. Brunos Herz klopfte.

Zwischen den Handtüchern jedenfalls war keine Pistole. Bestimmt hatte Amanda sie weggeräumt. Wohin? Vielleicht ins Schlafzimmer. Das lag neben dem Badezimmer. Bruno stakste auf Zehenspitzen aus dem Bad ins Schlafzimmer. Da herrschte ebenfalls ein Riesendurcheinander. Der halbe Kleiderschrank war ausgeräumt. Brunos Anzüge lagen verstreut herum. Er wußte gar nicht, daß er so viele hatte.

Der Deckel der alten gotischen Truhe stand sperrangelweit auf. Darin waren seine Papiere verstaut. Bruno bekam Herzrasen. Seine Papiere waren ihm heilig. Die ersten Gedichte, Liebesbriefe, Zeugnisse, Verträge, Urteile, Artikel, alles lag in dieser Truhe. Eine stille Reserve Geld war auch darin. Der absolute Notgroschen. Und ein paar Aktien. Am liebsten hätte Bruno den Inhalt der Truhe in seinen Mantelinnentaschen immer bei sich gehabt. Gerade als er mit flatterndem Herzen auf die Truhe zuging, klingelte das Handy. Jetzt war alles verloren! Jetzt wußten sie, er war hier! Seine Hände griffen blitzschnell nach dem Handy. *Dingeldingeldeidüdüdü*, flötete es. Wo? Wo denn nur? Seine Finger hüpften durch die Taschen. *Dingeldingeldeidüdüdü*.

Endlich hatte er es! Es steckte im falschen Mantelfach.

»Ja?«

Leiser flüstern ging nicht. Bruno lauschte angestrengt nach nebenan. Da rührte sich nichts. Kein Laut wehte herüber. Glück gehabt. Oder lauschten die jetzt auch angestrengt? Mit gewetzten Messern in der Hand? Schlachtfertig?

»Bruno, hier ist Anton«, flüsterte es genauso leise zurück. »Was machst du denn, Bruno?«

»Nichts«, flüsterte Bruno. »Ich kann gerade nicht . . .«

»Warum kommst du denn nicht rüber?«

»Wie . . . was . . . rüber . . .?«

»Na, gleich nebenan. Wir warten auf dich. Auf deinem schönen Sofa. Wir freuen uns, dich zu sehen.« *Klick*.

Bruno eilte ins Badezimmer zurück, streifte sich wieder die Schuhe über. Das Leben war ein Irrenhaus. Der neue Schnürsenkel riß beim Zumachen. Wo waren denn die Ersatzschnürsenkel? Im Bad waren sie nicht. Bruno verknotete den gerissenen Schnürsenkel. Doch der Knoten ging nicht durch das Schuhloch. War das aber auch ein Mist! Die Schmach, in Strümpfen vor Anton zu stehen, wollte er sich nicht antun. Er knotete den Schnürsenkel wieder auseinander. Der Rest reichte gerade so. Er bekam mit den äußersten Enden einen Knoten hin. Bruno ging mit einer Stinkwut ins Büro, fest entschlossen, Anton zur Rede zu stellen. Was erlaubte der sich, einfach bei ihm einzudringen? Bruno war gewappnet und auf alles vorbereitet. Was sich ihm dann darbot, übertraf allerdings seine ärgste Phantasie. Seine Wut verschwand schlagartig. Er stand am Rande eines Schocks.

Auf dem Sofa saßen eng gedrückt nebeneinander Anton, Marcella, die fette Knappes und die Privatdetektivin. Anton saß am Sofaende, und seine rechte Hand baumelte lässig von der Lehne herunter. Marcella war nur ansatzweise zu sehen. Sie war versunken hinter Antons Dufflecoat und dem Wolfsfellmantel der überdimensionalen Knappes, die sich neben Marcella auf das Sofa gewuchtet hatte. Die Lippen der Knappes arbeiteten. Gleich würde ein Stanniolkügelchen Brunos Stirn treffen. Auf den Wölkchen des Kelims lagen schon etliche dieser Kügelchen. Ein Zeichen, daß dieses Team schon länger auf dem Sofa versammelt war. Ganz eingequetscht neben der Knappes, am anderen Sofaende, saß die Detektivin März. Sie trug eine Jacke aus Hasenfell.

Oder Katze. Oder Hund oder Ziege. Die drei Frauen grinsten wie die Honigkuchenpferdchen.

Bruno war sprachlos. Erschüttert. Er hatte mit allem gerechnet. Mit seinem Ende. Mit dem Aufschlitzen seiner Bauchwand. Doch mit diesem Quartett hatte er nicht gerechnet.

Die vier Personen waren in dem Sofa mit beschränktem Fassungsvermögen völlig ineinander verkeilt. Eine in Felle gehüllte Fleischmasse, die sich kaum mehr rühren konnte.

Unter dem Preßdruck der alles verdrängenden Knappesschen und Antonschen Masse müßten, assoziierte Bruno, aus den zarten Körpern von Marcella und der Detektivin März längst Wülste quellen, die dann aufplatzten. So, wie das mit Speck verdickte Blut aus der gekochten Wurst quoll, wenn man sie anstach. Mit dem Messer wurde der quellende Inhalt auf das in Champagner gedünstete Sauerkraut gedrückt. In dem Sauerkraut verbargen sich meist noch ganz viele andere Köstlichkeiten. Speckgrübchen, Kasseler Rückenkämme, Leberwürstchen, Bauchlappen und fast schwarzrote Boudains, die sich schlangengleich durch das herrlich duftende Kraut ringelten.

»Bruno, wenn du Streß hast, denkst du automatisch ans Fressen. Richtig pervers.« Da hatte Amanda recht. Bruno stoppte seine kannibalischen Freßphantasien.

»Da sitzen tief wurzelnde Aggressionen in Ihrem Urschlamm fest«, hatte Frau Goldschmidt diese kulinarischen Lüsternheiten ihres Zöglings auf der Couch in einer ihrer Sitzungen kommentiert. »Sie werden heftig bedrängt von Verlustängsten. Alles fressen wollen, um es nie zu verlieren.«

»Wie ... wie kommt ihr denn hierher?« stammelte Bruno, der sich weit wegwünschte.

Anton war reglos wie immer. Da hätte auch ein Schneemann im Dufflecoat sitzen können. Mit einer schwarzen, streng gescheitelten Perücke auf dem Kopf. Seine weiße Haut schimmerte unnatürlich wächsern.

Cchhhrrffffpht. Das Stanniolkügelchen zischte an Brunos linkem Ohr vorbei. In Windeseile hatte sich die Knappes ein neues Mon Chéri samt Hülle in den Mund geschoben. Ihre Zunge arbeitete emsig daran, den süßen Inhalt aus dem Stanniol zu popeln. In der Minute schaffte sie locker zehn Chéris. Der Rekord lag bei achtzehn verschossenen Kügelchen pro Minute. Die größte gemessene Flugweite bei 22 Metern achtundsiebzig. Diese Fertigkeit machte die Knappes jedoch nicht mundtot. Sie beherrschte das Schlotzen und Parlieren in einem Atemzug.

»Bruno«, röhrte sie mit ihrer rabenschwarzen Stimme. »Freu dich, o freue dich . . . deine Retter sind nah!«

Sie hatte schon immer einen eigenen Humor. Anders konnte sie ihr Innerstes nicht ins Äußerste verkehren. Es lag zuviel Fettmasse dazwischen. Bei sanften Tönen blieb die Seele stecken. Wie ein Auto, das mit halbem Gas in eine Schneewand fährt.

»Wer hat da in meinen Schubladen rumgewühlt?«

Pling. Das Stanniolkügelchen landete auf Brunos linkem Brillenglas.

»Elisabeth, laß den Quatsch! Also?«

»Jetzt setz dich erst mal. Wir sind getrennt gekommen, um uns vereint für dich zu schlagen. Bruno, klemm dir deinen Schemel unter die Backen. Die Kacke ist am Dampfen.«

Bruno trottete ergeben auf seinen Schreibtisch zu, angelte sich mit dem linken Fuß den Melkschemel und setzte sich. Er legte das Kinn auf die gefaltete Faust. Jetzt mit den Wolken wegfliegen. Nicht auf das Sofa gucken müssen, aus dem ihn bestimmt gleich böse Nachrichten anspringen würden. Kaum verdaubare Tiefschläge, die ihm die Knappes ganz brutal Stanniolkügelchen für Stanniolkügelchen rüberspucken würde. Bruno war mit einem Schlag sterbensmüde.

»Die rausgerissenen Schubladen, das war Amanda«, sagte die Knappes, deren Zunge schon wieder ein Mon Chéri umzüngelte. »Sie suchte die Lebensversicherungen, die ihr beide abgeschlossen habt. Mit diesen Versicherungen habe ich das Geld zusammen, rief sie. Sie ist gerade eben abgeschwirrt. Du hättest ihr eigentlich begegnen müssen.«

Das hätte ihm gerade noch gefehlt. Bruno vergrub sein Kinn in der Mulde seiner Faust. Nach Reden war ihm nicht zumute. Eher nach Gehäutetwerden. Sein Kadaver würde unter den Brücken der Spree mittellos dahinvegetieren.

»Wenn du dich nicht schnell darum kümmerst, ist deine Altersvorsorge weg. Schuld an allem ist dieser Jokkel. Der ruiniert auch unseren Laden. Amanda ist wie durchgeknallt. Sie läßt alle Filmprojekte sausen, die ich mühsam an Land gezogen habe. Sie redet nur noch von ihrem großen Coup. Dafür braucht sie Geld. Die versilbert, was sie kriegen kann. Wenn sie so weitermacht, kann ich demnächst stempeln gehen.«

Sie blies die Backen auf, ihre Lippen zitterten unter dem Luftdruck, und dann knallte das herausflutschende Stanniolkügelchen wie eine wütende Hummel hinter Bruno an die Wand. Bitterböse der Blick, der das Insekt bei seinem Flug verfolgte.

»Die spinnt. Weißt du, was die mit dir vorhat?«

Bruno wußte es nicht. Er wollte es auch nicht wissen. Er versenkte sein Kinn noch tiefer in der Mulde seiner Faust und legte sich den Daumen über den Mund wie einen Riegel.

»Der Jockel, sagte sie neulich zu mir, ist der ultimative Bruno. Wie meinst du das? fragte ich sie. Elisabeth, sagte sie zu mir – Bruno, guck nicht so blöd, sie sagte es allen Ernstes, ich kann doch auch nichts dafür! –, also, Elisabeth, sagte sie, stelle Bruno neben Jockel – ja! Ob es dir paßt oder nicht! Sie sagte es –, und du wirst schon sehen, was los ist. Was soll ich sehen? fragte ich. Mein Gott, rief sie, Jockel ist Brunos Super-Ausgabe. Jockel ist Bruno in Vollendung. Bruno ist vorher, Jockel ist nachher. Wie bei den Glatzen. Glatzen? fragte ich. Na, vor der Behandlung, nach der Behandlung. Ich verstand nur Bahnhof. Was hat denn Bruno mit Glatzen vorher und nachher zu tun? fragte ich sie. Sei doch nicht so begriffsstutzig, Elisabeth, regte sie sich auf, du kennst ja ihr cholerisches Temperament, Bruno hat doch eindeutig eine Glatze, einen Schmerbauch, er ist kurzsichtig, er frißt und säuft zuviel, das Fett drückt ihm das Zwerchfell aufs Herz, das macht ihn kurzatmig, das Gejapse nach Luft immer, nachts, im Bett, nicht zu ertragen! Und er ist vollständig bindungsunfähig, er leidet darunter wie eine Sau, würde das natürlich nie zugeben, das macht ja alles so ausweglos, nie kann man mit ihm reden, und schau dir im Vergleich dazu Jockel an! Ein Prachtexemplar! Als hätte man Bruno auf dem Reißbrett neu entworfen! Ein Schmuselappen, wie er im Bilderbuche steht! Ein Zärtlichkeitsmaniak ohne Ende! Dem nachts, morgens, immer! tausend Hände wachsen, die sich kraulend, labend, lüstern mit dir bergauf, bergab beschäftigen wollen!«

Die Knappes hielt inne und musterte Bruno. »Willst du hören, was sie noch gesagt hat?«

Der wäre am liebsten in das Loch seiner Faust gekrochen. Er wollte nichts hören von dem Vergleich mit diesem Wundermann. Es würde ihm ins Herz schneiden wie ein Messer. Es in fitzelkleine Stückchen filetieren. Bruno mußte sofort an Herzragout mit Kapernsauce denken. Man konnte das Herz auch durchdrehen im Fleischwolf. Zusammen mit Lunge. Ein Lungenherzhaschee aufgekocht auf fein gedünsteten Schalotten in Rotwein. Mit einem Hauch mageren Specks. Jetzt willst du schon deine eigenen Innereien fressen! Bruno mußte sich wegreißen vom Herzlungenhaschee, das es in Berlin in keiner Kneipe gab. Immer nur Buletten. »Da wird sich Ihr Hund aber freuen«, meinte neulich die Metzgerin, bei der Bruno ein Kilo Kutteln gekauft hatte. »Wieso Hund? Die esse ich.« Die Metzgerin würgte und hätte fast in die Auslage gekotzt. Ihm war gerade ähnlich zumute.

Die Knappes aber war gnadenlos und fuhr fort in ihrem Bericht.

»Sie sagte, noch ein paar Jahre, und wir haben es. In ein paar Jahren könnte man dich neu arrangieren. Stell dir das mal vor, Bruno! Glatze weg, Bauch weg, kein Freßzwang mehr! Sie hörte nicht auf, dich in den kühnsten Farben auszumalen. Ein bindungsfähiger, neu erblühter Bruno würde auferstehen. Ein ausgeformter, rundum erneuerter, verbesserter, leistungsfähiger Bruno wäre an meiner Seite, sagte sie. Auf der anderen Seite Jockel. Zwei perfekte männliche Wesen, die mit mir durchs Leben gehen. Sie war ganz außer sich. Beide wie der andere, sagte sie. Zwei vollkommen identische süße Männer. Ich hätte alles doppelt, schwärmte sie. Der Verlust des einen, im Todesfalle etwa, wäre doch viel leichter zu verkraften! Da ist ja noch der andere, der hinterbliebene! Weißt du, sagte sie zu mir ...« Elisabeth machte zur Bestätigung eine weit ausladende Geste mit ihren Armen, Marcella und die Privatdetektivin verschwanden vollends hinter dem Wolfsfell, eine Schamanin schien sich vor Bruno aufzutürmen, denn die Knappes hatte sich vom Sofa erhoben, »wenn Bruno wollte, könnte er. Aber er will nicht.« Amanda träumt davon, dich wie eine Maschine umbauen zu lassen. So ein Gen-Lifting, na und?! sagte sie, jede Putzfrau läßt sich doch heutzutage die Titten machen. Kein Scherz, ich schwör's dir, sie quasselte nur solches Zeug. Mir wurde ganz anders. Das alles können wir machen, schwärmte sie, bald, bald! Wir stehen kurz davor, Elisabeth, rief sie, du ahnst es nicht, wie kurz! Wir können in unseren Genen blättern wie in einem Buch! Es umschreiben, wie wir es wollen! Bis zur Unsterblichkeit! Zumindest fast!«

Die Knappes wedelte mit den Rockschößen ihres Wolfsfellmantels, als wollte sie vom Teppich abheben.

»Bruno, wir müssen ihr helfen! Sie ist vollkommen durchgeknallt! Dieser Typ hat sie völlig umgekrempelt!«

»Was soll ich nicht wollen? Umbauen? Was? Maschine?« entfuhr es Bruno. Er dachte an seinen ersten Märklinkasten von seinem Patenonkel, mit dem nur ein anderer Onkel baute. Er selbst durfte nie bauen. Der Onkel baute am liebsten Kräne, mit denen er auf dem Küchentisch Messer und Tassen rauf- und runterduddelte. Die Kurbel war viel zu klein für die dicken Finger des Onkels. Bruno durfte immer nur danebensitzen und zugucken. Dabei war es doch sein Märklinkasten. Weggehen durfte er auch nicht. »Bleib hier! Sonst kapierst du es nie!« rief der Onkel erbost und drückte den kleinen Bruno zurück auf den Stuhl. Aber was hatte diese Erinnerung jetzt hiermit zu tun? Mein Gott! Einmal riß der Faden mit dem Kranhaken, an dem die Lieblingstasse seiner Oma hing. Die Tasse zerschellte auf dem Küchentisch. »Bruno, ich hab dir doch gesagt, laß die Finger davon!« Der Onkel haute ihm auf die Hand, die ganz unschuldig auf der Tischkante lag. Ganz deutlich spürte Bruno den Schlag. Den ganzen Tag jammerte die Oma wegen der kaputten Tasse. Bruno plagten Schuldgefühle.

Alles Reden und Lamentieren half nichts. Der Onkel hatte ihn für schuldig befunden. Basta. Er war ein Kümmerling, den Amanda umbauen wollte. Es war kein Vater da, der allen mal kräftig Bescheid gesagt hätte: »Laßt den Bruno in Ruhe!«, und auch keiner, der dem Onkel den Märklinkasten entrissen hätte: »Laß die Finger davon, du alter Sack! Schäm dich!« Der Vater hatte ja Reißaus genommen.

Die Knappes ließ ihre Massen wieder auf dem Sofa nieder. Unter dem Wolfsfell zappelte es, als hätte das Fell Junge im Bauch. Marcella und die Privatdetektivin wurstelten sich hervor.

»Ida«, sagte die Knappes zur Detektivin, »erzähl du doch mal, was du über Jockel rausgefunden hast.«

Ida befreite sich mit Ruderbewegungen aus der Umklammerung der Knappes und schaffte es, bis nach vorne auf die Kante des Sofas zu rutschen. Es war, als hätten sie und die Knappes die Stimmen getauscht. Als stünde ihr die Knappes im Rachen und spräche synchron zu den Lippenbewegungen der Privatdetektivin. Sie hatten den gleichen dunklen Tonfall. Die halbe Portion kracht doch jeden Moment auseinander bei der Stimme, dachte Bruno, der über diesen scheußlichen Jockel gar nicht mehr erfahren wollte.

Bruno überlegte, auch wenn es nach Flucht aussah, einfach zu gehen. »Bleib sitzen und hör zu«, zwang ihn seine Intuition auf den Melkschemel zurück, von dem sein Verstand ihn gerade hochzwingen wollte.

»Bruno, verlaß dich in der Sache nur auf dich«, sagte der Verstand, »die da vor dir sitzen, ineinander verschraubt, auf dem Sofa, sind Plünderer. Jeder von denen will das, was der andere auch will. Es ist ein einziges gegenseitiges Sichbelauern. Ehe es zum Hauen und Stechen kommt. Jeder gegen jeden, erbarmungslos. Jeder von denen will den Gen-Chip!« »Ach Quark«, widersprach postwendend die Intuition, »dein Verstand hat schon immer geklemmt. Was will denn die Knappes mit dem Gen-Chip? Die ist hoffnungslos verfettet. Die wird Mon Chéris fressen bis an ihr Lebensende. Da kannst du ihre Gene tauschen, wie du willst. Bruno, höre dir alles an, was sie dir zu sagen haben. Du kannst nicht genug an Informationen kriegen. Entscheiden mußt du sowieso alleine.«

»Du bist wie ein verrätschtes Kräuterweib«, rief der Verstand, »Bruno, laß von allem die Finger weg, ehe es zu spät ist!«

»So ein Unverstand! Er hängt doch längst drin! Bis zu den Ohren!« regte sich die Intuition auf und pochte Bruno an die Schläfen, daß der rief: »Ich brauche unbedingt ein Aspirin!«

Marcella kramte sofort in ihrem Rucksack. Sie hatte ein Aspirin und schnipste es Bruno mit den Fingern zu. Die weiße Tablette zerbröselte bei der Landung auf der Schreibtischplatte. Die kleinen Stückchen waren angegilbt, wie immer, wenn Aspirin feucht und weich wurde. Bruno befeuchtete seinen Zeigefinger mit Spucke und tupfte das zerkrümelte Aspirin auf. Derweil balancierte die Knappes auf dem Gaumenzäpfchen der Privatdetektivin und sprach. Während ihres Vortrages saß Ida März kerzengerade auf der Kante des Sofas, ohne unter der Last ihrer Stimme umzuknicken.

»Man findet fast alle Informationen über diesen Jokkel im Internet. Der in Wirklichkeit Jonathan von Senden heißt. Ostpreußischer Adel. Von Beruf Genspekulant. Pflanzenjäger. Erwirbt biologische Schürfrechte, die er verkauft oder patentieren läßt. Ein moderner Pirat und Freibeuter. Von skrupelloser Intelligenz jenseits aller moralischen Werte. Bestens bekannt in Indien. In den

Urwäldern Südamerikas. Mehrerer Morde verdächtig. Es kam aber nie zu einer Anklage. Er hat mächtige Gönner.«

In die kolossale Ruhe Antons kam Bewegung. Er fingerte sein Handy aus dem Dufflecoat und tippte eine Nummer ein. Kurz darauf flötete das Handy von Bruno. Der unternahm nichts. Soll es doch flöten, wie es will. Statt dessen betrachtete er Anton, immer noch das Kinn in der Mulde seiner Faust vergraben.

Dingeldingeldeidüdü.

Nix da. Es machte Bruno Vergnügen, es klingeln zu lassen.

Dingeldingeldeidüdü.

Anton hatte sich schon gesprächsbereit in seinen Dufflecoat verkrochen.

Dingeldingeldeidüdü.

Wie eine Schildkröte streckte er den Kopf aus seinem Panzer und schaute fragend Bruno an. Der schaute ausdruckslos zurück.

»Jetzt nimm doch schon ab«, stöhnte die Knappes, die sich schon wieder ein Mon Chéri reingestopft hatte.

»Ich bin nicht da«, antwortete Bruno.

Dingeldingeldeidüdü.

»Aber wir alle sehen doch, daß du da bist.«

Bruno wollte das Spiel einfach nicht mitspielen.

»Mein Gott, Bruno!« stöhnte die Knappes, »jetzt spiel nicht auch noch verrückt!«

»Ihr meint wohl, jeder kann mit mir machen, was er will? Soll er seinen Mund aufmachen, wenn er mit mir reden will! Ja, verdammt noch mal! Bin ich denn sein Affe?«

Bruno war beleidigt und daher störrisch. Gen-Lifting! Jockel der ultimative Bruno! Das hatte ihn hart getroffen.

»Du erzählst mir den ganzen Schrott, als hätte das nichts mit mir zu tun! Brutal und völlig unsensibel! Hauptsache, du kannst auf deinen Mon Chéris herumkauen! Auf meinen Gefühlen derart roh rumzutrampeln!«

Bruno war empört und schaute aus dem Fenster. Da war nichts los. Es schneite. Weiße Flocken auf tristgrauem Grund.

»Aber Bruno! Ich bitte dich! Ich würde dem Jockel lieber heute als morgen ans Schienbein treten! Ich bin deine beste Verbündete!« schnaufte die Knappes. Vor lauter Aufgeregtheit sabberte sie. Sie hatte das Mon Chéri vergessen, das ihr braun aus den Mundwinkeln lief. Mit dem Handrücken wischte sie es weg. Das beeindruckte Bruno. Wenn die Knappes ihr Mon Chéri vergaß, dann war's ihr todernst mit dem, was sie sagte.

»Aber ich muß dir doch sagen, was los ist! Wie sollen wir denn sonst was unternehmen?«

Sie bekam unvermittelt einen hochroten Kopf und riß den Mund auf. Der Mund gierte nach Luft. Es röchelte. Die Augen traten hervor. Der Knappes war offensichtlich das Stanniolkügelchen in die Luftröhre geraten. So todernst sollte sie es nicht meinen! Das Gesicht begann sich zu verfärben. Der braune Saft sabberte ihr wieder über das Kinn. Das Gesicht voller Entsetzen über das Unvermeidliche. Helft mir doch, helft mir doch, schrien ihre Augen.

Da tat es einen furchtbaren Schlag. Anton hatte weit ausgeholt und drosch die flache Hand krachend auf den Rücken der Knappes. Die haute es vom Sofa. Bäuchlings landete sie wie eine Granate der Dicken Berta vor Paris auf den weißen Wölkchen des Kelims. Da lag sie. Man hätte die Bergketten der Vogesen vor das Sofa legen können. So gebirgig drapierte sie den Teppich. Die Berge hoben und senkten sich. Von der zierlichen Wolkenlandschaft umspielt, durch die eine Giraffe hüpfte. Ein tiefes »Danke, Anton, es war allerhöchste Zeit!« ertönte aus dem Berginnersten. Die Knappes stemmte sich mit den Armen hoch. Das Stanniolkügelchen lag vor ihr. Sie starrte darauf hinunter. »Ein Nichts, und so was reicht, dich ins Jenseits zu befördern«, sagte sie und schnipste das Kügelchen mit einem Finger weg. Sie kam auf die Knie, erhob sich und setzte sich wieder auf das Sofa zwischen Marcella und Ida.

»Anton, probier's noch mal. Ich weiß, daß er zu Hause ist.«

Anton mußte jetzt doch grinsen. Es war das erste Mal, daß Bruno ihn lachen sah. Er winkte ihm mit einer Hand zu. »Grrchhhmmöölkkrch«, grunzte Anton und tippte wieder die Nummer ein.

Dingeldingeldeidüdü.

Bruno fischte sein Handy aus der Innentasche und drückte die Taste.

»Ja? Hier Bruno! Mit wem spreche ich?«

Anton war wieder in seinen Dufflecoat abgetaucht und machte mit der freien Hand ein Victory-Zeichen. Die Knappes wollte sich ganz mechanisch ein Mon Chéri reinschieben, unterließ es aber im letzten Moment. Sie gab es Ida. Und Marcella bekam auch eins. Das waren einmalige Gunstbeweise. Anton sprach sehr hastig. Als wäre ein großer Hund hinter ihm her.

»Hier ist Anton. Unternehmensriesen finanzieren für von Senden ausgedehnte Expeditionen. Um ungewöhnliche und seltene genetische Merkmale aufzuspüren. Es sind reine Diebeszüge. Die umfassendsten der Menschheitsgeschichte. Mit traumhaften Gewinnen. Von Senden besitzt eine eigene Gen-Bank. Er ist ein Besessener. Er sammelt seltene Gene wie andere Briefmarken oder

Schmetterlinge. Im Moment ist er mit Wolf verbändelt. Etwas ist im Busch. Von dem wir nicht wissen, was es ist. Wir werden es rauskriegen. Victory!« rief er und machte wieder ein V-Zeichen mit der freien Hand.

Die Privatdetektivin bedeutete Anton in seinem Dufflecoat, daß sie gerne wieder das Wort hätte. Dieser beendete seinen hastigen Vortrag. »Mach's gut, Bruno«, sagte er noch in das Handy und schob seinen Kopf wieder aus dem Dufflecoat hervor. Mit dem ausdruckslosen Gesicht einer Schildkröte. Seine Stimme reiste wieder irgendwo ganz alleine durch die Welt.

Die Privatdetektivin rückte sich auf der Sofakante ganz vorne in Positur.

»Anton sagt die Wahrheit. Kennen Sie den Nimbaum in Indien? Es ist der Baum, der alle Leiden heilt. So sagt man in Indien. Er ist die Apotheke des ganzen Kontinents. Und dann kommt jemand und nimmt den Baum einfach mit. Jemand reißt Ihnen beim Zähneputzen einfach die Zahnbürste weg. Millionen Inder putzten sich mit den Ästen des Nimbaums die Zähne. Seiner antibakteriellen Eigenschaften wegen. Der Nimbaum schützte die Äcker, die Felder. Halt, halt! schreit einer. Schluß! Das ist allein mein Baum! Der Nimbaum war die Mutter von allen. Er beschützte, er heilte, er wehrte mehr als zweihundert schädigende Insekten ab. Der Extrakt des Nimbaums ist allen chemisch hergestellten Pestiziden weit überlegen. Ohne jede Nebenwirkungen. Über Jahrhunderte wurde das Wissen über den Nimbaum von Generation zu Generation vererbt. Das Wissen wuchs und wuchs, als hätte der Segen des Nimbaums nie ein Ende. Dann kam Jockel. Er riß den Baum gleichsam aus dem Boden, steckte ihn in einen Sack und nahm ihn mit. In ganz Indien gab es keine Nimbäume mehr. Eine mutterlose, verstörte, ihres Schutzes beraubte Gemeinschaft blieb zurück. Jockel schnürte den Sack ganz alleine für sich zu. Er filterte aus den Nimsamen den Bestandteil Azadirachtin heraus. Das Verfahren wurde von den amerikanischen Behörden patentiert. Was über Jahrhunderte alle Menschen frei und offen teilten, war jetzt in seinem patentierten Besitz. Die traditionelle Weisheit eines ganzen Kontinents wurde mit einem Federstrich wertlos. Und natürlich wollte Jockel den Sack mit dem Nimbaum auch ganz alleine wieder aufschnüren. Millionen indischer Bauern sollten den Baum nicht mehr nutzen dürfen. Sie sollten Jockels patentierte Extrakte kaufen. Erst massive Proteste haben die amerikanischen Behörden bewogen, die Patente zurückzuziehen. Ein anderes Beispiel: In Panama hatte dieser Jockel Blutproben von Guayami-Indianern gesammelt. Er verhökerte sie an eine US-regierungsabhängige Organisation. Die fand in der Zellinie einer Indianerin ein Virus, das möglicherweise für die Aidsforschung von Nutzen sein konnte. Dieses Virus wurde patentiert. Die genetische Privatsphäre eines Volkes war dabei ohne Belang. Allein der Profit zählte. An eine Gewinnbeteiligung der Indianer dachte niemand. Das Blut der Indianerin war nicht mehr ihr Blut. Es war patentiertes Blut. Es sollte der Firma Milliarden Dollar einbringen.«

Die Privatdetektivin kramte aus der Tasche ihrer Jeans einen Zettel hervor. Es war eine Notiz, die sie vorlas: »Die Guayami protestierten. Ganz offiziell. Es gab einen Kongreß, auf dem sagte ihr Vertreter: ›Ich hätte nie gedacht, daß Menschen Pflanzen und Tiere patentieren lassen würden. Das ist zutiefst unmoralisch und widerspricht in jeder Hinsicht dem Naturbild der Guayami-Indianer sowie unserer Stellung in der Natur. Menschenmaterial zu patentieren, menschliche DNA zu entnehmen und ihre Produkte patentieren zu lassen, verletzt die Unantastbarkeit des Lebens und verstößt zutiefst gegen unser Moralempfinden.‹ Dieser Mann ist kurz darauf ermordet worden. Obwohl jeder wußte, daß er in den Mord verwickelt war, konnte man Jonathan von Senden nichts nachweisen. Wollte man auch nicht. Eine Anklage wäre der US-Regierung zu peinlich gewesen. Sie unterdrückte in Panama alle Nachforschungen. Mit Erfolg. Dieser Mann ist eine Zentralfigur im Gen-Geschäft. Die Öffentlichkeit nimmt kaum Notiz davon.«

Marcella hielt es nicht mehr aus. Sie zappelte schon die ganze Zeit. Sie hüpfte wie ein Floh vom Sofa, kam auf Bruno zugerannt, und wieder stach ihr Zeigefinger auf ihn ein wie die Klinge eines aufgeklappten Stiletts.

»Es ist sehr wahrscheinlich, daß in weniger als zehn Jahren sämtliche hunderttausend Gene, das gesamte genetische Erbe unserer Art, patentiert und damit exklusives geistiges Eigentum multinationaler pharmazeutischer, chemischer und biotechnologischer Firmen sein wird. Einige wenige Konzerne werden Tausende von menschlichen Genen als ihr exklusives geistiges Eigentum für sich beanspruchen können. Das sind die neuen Diktatoren. Sie selektieren an der Rampe des Profits, ohne jede Rücksicht, ob dabei Milliarden Menschen zum Teufel gehen. Sie bestimmen den neuen Blutadel, den neuen Menschen, die überlegene Rasse, das neue Herrentum. Wer Geld hat, sein Gen-Lifting und das seiner Nachkommen zu zahlen, gehört dazu, wer kein Geld hat, der bleibt naturbelassen, ein Untermensch. Der Wolf-Konzern wird der erste sein. Oder warum, glaubst du, ist Jockel in Berlin? Der will mit Wolf ins Geschäft kommen. Die Frage ist nur noch, wie.«

Sie stand leicht vornübergebeugt wie ein Boxer vor Brunos Schreibtisch. Ihr Finger zielte auf seine Nase.

Schon in der *BarbarBar* sollte er von diesem Finger, aus dem die Wortkugeln flogen, erschossen werden.

Brunos Büro war gar kein Büro. Das wurde ihm jetzt schlagartig klar. »Was willst du mit all diesen Wölkchen?« hatte Amanda sich schon immer über seinen Kelim mokiert. Bruno wußte auch nicht genau, warum da lauter Wölkchen um ihn herum waren. »Der Silvio malt halt so.« Nur wußte Bruno nie, warum Silvio so malte. Aber jetzt wußte er es. Silvio Caduff aus Basel war in Wahrheit ein Raumschiffingenieur. Nur hatte ihm das Silvio nie gesagt. Der Schuft. Und Bruno hatte nie bemerkt, daß er in Wirklichkeit auf einer Reise durch das Weltall war. In einem Raumschiff, das Silvio für ihn gebaut hatte und das er immer für sein Büro gehalten hatte, in dem nie jemand saß. Ja, wie denn auch? »Bruno, du bist manchmal so seltsam. Du betrachtest mich wie aus einer Taucherglocke, die an mir vorbeischwebt«, sagte Amanda, wenn sie nachts Kuschelgelüste entwickelte. Und er ganz woanders war mit dem Kopf. Kein Wunder, daß das schiefging, daß sie so auf diesen Jockel abfuhr. Er war ja gar nicht da! Er war schon vor Jahrhunderten losgeflogen. Wahrscheinlich auf dem Melkschemel. Ein Kuhstall im Wallis war die Startrampe. Wie hätte er da mit Amanda kuscheln können? Seine Hände waren ja jetzt noch kuhtittenwarm von den Kühen im Stall. Amanda war nur eine schmale Zwischenstation gewesen. Ein Kometensplitter, der im Nu verglüht war. Vielleicht war sie auch nur eine Einbildung gewesen. Weltraumreisende halluzinieren ja. Wie in einer Zeitmaschine war er in einer unbekannten Welt angekommen. Das Sofa vor ihm war ein Ufo, das auch gerade in einer fremden Galaxie gelandet war. Zwei ganz dicke Ufowesen und zwei ganz dünne hatten es auf ihn abgesehen. Sie wollten ihn vernichten. Warum ausgerechnet ihn? Weil er so minderwertig war! Ersatzteilreservelager II. Völlig veraltetes Material. Zur Ausschlachtung freigegeben für Übungszwecke. Im Werkzeugkasten hatten sie zwei Robots, die aussahen wie Jockel und Amanda. Die ließen sie auf ihn los, um ihn umzubauen.

Gen-Lifting!

Bruno schielte auf die angezogenen Beine, die seinen Bauch zusammenpreßten. Nie hatte ihm Amanda gesagt, daß der Bauch sie störte. Im Gegenteil. Mein Wonnekügelchen, hatte sie immer gesagt. Ihr Ohr hatte sie darauf gelegt. Da gluckst es wie auf einer Geisterbahn, hatte sie gesagt. Nie hatte Bruno rausgefunden, warum es in seinen Därmen ausgerechnet gluckste wie auf einer Geisterbahn. Er fand Geisterbahnen furchtbar. Aber Amanda hatte es gesagt! Mit der Nagelspitze ihres Zeigefingers hatte sie dabei auf seinen Nabel getippt. »Hier wohnt der Obergeist.« Er war so empfindlich am Nabel und quiekte jedesmal wie ein Frischling im Unterholz. Und jetzt war ein Ufo auf einem Sofa, das aussah wie sein eigenes, in seinem Büro gelandet, das in Wirklichkeit ein Raumschiff war.

»Hört mal«, sagte Bruno, der nur etwas sagte, um in seinen Phantastereien nicht völlig die Orientierung zu verlieren, »warum seid ihr alle hierhergekommen? Ist das eine Verschwörung?«

»Nein, nein«, widersprach die Knappes, »es war reiner Zufall, daß wir uns hier trafen. Die Tür stand auf. Amanda räumte gerade in den Schubladen herum. Setzt euch, setzt euch! rief sie und wühlte weiter. Bis sie gefunden hatte, was sie suchte. Sie wedelte uns mit den Papieren noch zum Abschied zu. Wir fingen an zu reden und kamen natürlich auch auf Jockel zu sprechen.«

Sie schaute nach rechts und nach links, um Zustimmung zu erheischen.

»Genau so war es«, sagte die Privatdetektivin.

»Wir sollten überlegen, was wir tun können«, sagte Marcella, »oder wie siehst du das, Bruno?«

»So viele Zufälle gibt es doch gar nicht«, sagte der, »daß sie alle gemeinsam auf dem Sofa sitzen. Und eine davon wühlt auch noch in meinen Schubladen rum.« Er brauchte unbedingt einen Kaffee. »Wollt ihr einen Kaffee?«

»Gute Idee«, sagte die Knappes, »komm, ich helfe dir.«

Sie wuchtete sich aus dem Sofa und wartete an der Tür, bis Bruno bei ihr war. Das Wolfsfell stank scharf. Wahrscheinlich hatte sie wieder Lammfett in die Wolfshaare geschmiert. Gegen den Wind und das Wetter. Bei Feuchtigkeit entwickelte das Fett eine Duftnote, gegen die jeder ungewaschene Ziegenbock ein Stümper war. Die beiden gingen in die Küche. Bruno wollte gar keinen Kaffee kochen. Er wollte sich heimlich aus dem Staub machen. Dieses vollgestopfte Sofa, aus dem fürchterliche Nachrichten quollen, war unerträglich. Er wollte ins *Gainsbourg* gehen und dort einen Apérol trinken. Am Tresen stehen und sich wegträumen. Bis sich alles von selbst aufklärte.

Bruno setzte Wasser auf und stellte sich ans Fenster. Die Knappes kannte sich aus in der Küche. Sie schüttete Kaffeebohnen in die Kaffeemühle, setzte sich auf einen Stuhl und klemmte die Mühle zwischen ihre Knie. Sie begann die Kurbel der Kaffeemühle zu drehen. Die Kurbel blieb im Wolfsfell hängen. Sie öffnete den Mantel, so daß seine Schöße seitwärts fielen. Dann mahlte sie. Die Kaffeebohnen krachten im Gewinde der Mühle. Bruno liebte diese Kaffeemühle. Ihr Holz war von der Zeit ganz dunkel gebeizt. Die Kurbel und die Haube, unter der die Mechanik versteckt war, waren aus Bronze. Der Geruch des frisch gemahlenen Kaffees breitete sich in der Küche aus.

»Weiß der Teufel, wie sie an diesen Kerl geraten ist«, sagte die Knappes beim Mahlen, »er hat sie ganz kirre gemacht. Wenn das so weitergeht, ist die Firma bankrott. Sie steckt alles Geld in ein Projekt, ohne zu sagen, in welches. Bruno, hilf mir!«

Bruno sagte nichts. Sie mahlte. Das Krachen der splitternden Bohnen war etwas Handfestes. Es beruhigte. Die Hände in fette Ackererde stecken und sie darin drehen und wenden war dasselbe. Sie drehte noch an der Kurbel, als der Kaffee längst gemahlen war. »Mein Gott, mein Gott«, sagte sie zwischendurch. So kannte Bruno die Knappes gar nicht. Die war ja echt von der Rolle.

»Gib mir die Mühle«, sagte Bruno. Sie gab sie ihm. Bruno zog die kleine Schublade auf und roch an dem Kaffee. Ganz tief zog er den Geruch durch die Nase.

»Bruno, rede du doch mal mit ihr! Es geht ja auch um dich dabei!«

»Ich weiß, ich weiß«, sagte Bruno. Er brühte den Kaffee auf. Die Kunst war, das Wasser im Filter so hochsteigen zu lassen, daß es den Rand des Filters ganz bedeckte, ohne überzuschwappen. Wenn es überschwappte, drängelte es sich zwischen das Papier und die Filterwand aus Plexiglas. Dann floß der Kaffee nicht ab. Man mußte mit einer Gabel nachbohren. Es war alles reine Konzentrationssache. Doch diesmal lief der Kaffee wunderbar durch. Ganz einfach und ohne Kapriolen, obwohl es wieder Klopapier war, mit dem Bruno den Filter ausgelegt hatte ...

»Elisabeth«, sagte Bruno, »du kennst doch die Bretz?«

»Die Staatsanwältin?«

»Ja, die.«

»Und?«

»Ich fahre da jetzt hin.«

»Jetzt gleich?«

»Jetzt gleich.«

»Die ist doch um diese Zeit nicht mehr im Dienst. Es ist viel zu spät!«

»Ich werde sie schon erwischen.«

Bruno stellte den Kaffee, Tassen, Zucker und Milch auf das Tablett.

»Willst du mich nicht mitnehmen?« Die Knappes knöpfte schon ihren Wolfsmantel zu. »Ich bin mit meiner Maschine hier. Wir können überallhin.«

»Ich kann im Moment niemanden um mich haben.«

Bruno wollte bei dem Wetter auf keiner Harley Davidson durch den Berliner Schneematsch düsen. Die Nummer kannte er. Auf der Sitzbank der Harley war Platz in Briefmarkengröße. Man mußte sich tief im Wolfsfell der Knappes festkrallen, um nicht runterzufallen. Die Knappes war sichtlich enttäuscht über seine Ablehnung.

»Mich überrollt das alles«, versuchte Bruno zu erklären, warum er ohne sie loswollte. »Ich habe das Gefühl, ich werde immer weniger. Da läuft ein Kerl mit meiner Frau rum, der alles ist, was ich bin, nur viel besser. Der Gedanke macht mich wahnsinnig. Ich habe das Gefühl, ich bin für Amanda nicht einmal mehr eine Erinnerung. Ich bin ausgelöscht. Für sie nicht da. Er ist ja da. Meine bessere Ausgabe. Welchen Gedanken sollte sie an die mindere Ausgabe verschwenden? An mich? Ich glaube, ich träume. Es gibt mich, und ich laufe noch woanders herum. Zufall der Natur. Warum trifft er ausgerechnet mich?«

Die Knappes schüttete Kaffee in eine Tasse und reichte sie Bruno rüber, der sich mit dem Hintern auf dem Fensterbrett abstützte.

»Hast du ihn denn schon mal gesehen?«

Bruno schlürfte vorsichtig am Tassenrand. Das heiße Porzellan brannte auf der Unterlippe. Der Kaffee auf der Zungenspitze.

»Ja, schon mehrmals.« Bruno blies in den Kaffee. »Das ist es ja. Er verfolgt mich wie ein Phantom. Aber er ist keins. Komme ich irgendwohin, auf meine Bank, ins chinesische Konsulat, ganz egal! heißt es, Herr Paul, Sie waren doch gerade da! Was wollen Sie denn schon wieder? Ich werde zu meiner eigenen Lachnummer. Ich verkümmere zum lächerlichen Schatten meiner selbst! Stell dir das doch mal vor! Ich renne ganz woanders in Fleisch und Blut mit meiner Frau noch mal herum. Natürlich bin ich es nicht! Aber ich muß so tun, als wäre ich es! Weil dieser Mensch alle meine Felder besetzt! Ich muß ihn ernst nehmen! Oder er ruiniert mich vollends! Und dann sitzt ihr wie eine geballte Ladung auf meinem Sofa und quatscht ebenfalls von Jockel. Überall Jockel. Die ganze Welt nur Jockel. Ein Wahnsinnsjockel tobt durch die Welt, der mir als der bessere Bruno in den Arsch tritt! Der auf mich zurast wie ein Kampfbomber! Mir platzt der Schädel.«

»Was willst du denn bei der Bretz?«

»Wegen einer Mandantin. Die Bretz bearbeitet den Fall. Er hat was mit der ganzen Geschichte hier zu tun. Aber ich weiß noch nicht, was. Ich brauche den Anfang von einem Faden, um dieses Knäuel aufzuwickeln. Die Bretz ist mir noch was schuldig. Vielleicht hilft sie mir.«

»Ausgerechnet die.«

Die Knappes wurde hektisch. Sie suchte in ihrem Fell nach Mon Chéris. Sie hatte keine mehr. Bruno ging an den Kühlschrank. Da war noch eine Packung. Er nahm sie heraus. Sie war eiskalt. Er warf sie der Knappes zu.

»Hier.«

»Danke.«

Sie riß die Packung auf. Das Zellophan knirschte wie Schritte im Schnee. Sie war süchtig nach den braunen Kugeln. Sie stopfte sich gleich zwei davon rein.

»Bruno«, sagte sie, »wenn es hart auf hart ging, waren wir immer ein starkes Paar.«

Das stimmte. Und etwas Stärke konnte er im Moment gut brauchen. Die Knappes hatte starke Schultern mit stabilen Knochen, an die er sich schon öfters gelehnt hatte, wenn die Luft dünn wurde.

»Komm, gehen wir«, sagte er daher.

Das Sofa im Büro war bis auf die Privatdetektivin leer.

»Die beiden sind schon gegangen«, sagte sie. »Ich muß auch gehen.«

Bruno knipste das Licht aus.

»Wir müssen alle gehen.«

»Die hätten sich ja wenigstens verabschieden können«, sagte die Knappes.

»Wieso redet dieser Koloß von Mann mit dir über sein Handy?«

»Weil er auf dem Klo saß, als die Bombe im Keller unter ihm hochging.«

»Woher kennst du die beiden?«

»Die sind plötzlich aufgetaucht. Mit Aykut im *Gainsbourg*. Es sind Verwandte von ihm. Tauchen seitdem immer wieder auf. Die wollen das, was viele wollen. Wolfs Gen-Chip. Angeblich, um die Öffentlichkeit wachzurütteln. Ich weiß nicht, ob sie das wirklich wollen. Oder was sonst könnte es sein?«

Sie hatten die Wohnung verlassen und standen im Treppenhaus. Bruno wollte die Treppen zu Fuß runter. Die Knappes bestand auf den Fahrstuhl.

»Ich fahre doch so gerne mit dir in diesem Fahrstuhl«,

sagte sie und grinste. »Das weißt du doch, und wenn ich ewig hier stehe.«

Bruno wandte sich an die Privatdetektivin.

»Wollen Sie auch im Fahrstuhl mitfahren?«

»Nein, ich laufe lieber. Rufen Sie mich an? Oder brauchen Sie mich nicht mehr?«

Bruno wußte nicht, ob er sie noch brauchte. Sie wollte schon gehen.

»Doch, doch«, sagte Bruno. »Doch, ich muß mehr über diesen Jockel erfahren.«

»Nichts einfacher als das. Dann bis bald«, verabschiedete sich die Privatdetektivin und verschwand im Treppenhaus.

Bruno wußte, was ihm mit der Knappes bevorstand. Sie spielten das Fahrstuhlspiel schon lange. Die Knappes war ein Aas. Der Fahrstuhl kam angekeucht. Sie zwängten sich in die Kabine. Die Knappes zuerst. Bruno drückte sich hinterher. Er mußte den Bauch einziehen, damit das Scherengitter zuging. Der Fahrstuhl war zu eng für beide. Bruno spürte durch das Wolfsfell den atmenden Bauch der Knappes, der auf sein Kreuz drückte. Die Stockwerke glitten vorbei. Bruno drehte den Kopf zur Seite und schaute in den Spiegel. Aus den Augenwinkeln sah er ein Stück Nase zwischen den blinden Flekken. Ein anderes Stück Nase kam dazu. Und Lippenstücke, die nicht von ihm waren. Die flüsterten ihm ins Ohr, das hinter einem blinden Fleck im verborgenen lag: »Bruno, du bist ein ganz knubbeliges Mon Chéri, richtig zum Vernaschen.« Dazu kicherten die Lippenstücke. Bruno wurde im Takt des Kicherns gegen das Scherengitter gedrückt. Das klapperte rhythmisch. Das Fett im Wolfsfell stank animalisch. Dann blies ihm die Knappes ins rechte Ohr. Es kitzelte furchtbar. »Mensch, Elisabeth . . .« Bruno konnte sich nicht rühren. Ihr Bauch hielt ihn fest wie ein Schraubstock. Seine Kitzeligkeit war Brunos Achillesferse. Er fühlte sich wie durchgewalkt, als er endlich den Fahrstuhl verlassen konnte. Nie wieder würde er das Spiel mitspielen. Sollte die Knappes doch vor dem Scherengitter verhungern.«

»Elisabeth, das war das letzte Mal!«

»Du hast so süße Ohrläppchen. Da kann man nur draufblasen.«

Sie traten auf die Straße. Die Harley leuchtete knallrot in dem weißen Schnee. Als hätte sich Schneewittchen gerade in den Finger gestochen.

8. Kapitel

Die Fahrt zur Staatsanwältin gestaltet sich schwierig. Bruno erlebt dennoch eine Überraschung.

Es war wie immer. Bruno hatte kaum Platz auf dem Beifahrersitz der Harley. Er konnte die Knappes auch nicht mit seinen Armen umschlingen. Dafür war sie zu dick. Er konnte nur seine Hände unter ihren Achseln ins Wolfsfell krallen und sich ganz dicht an sie pressen. Er mußte seinen Kopf zur Seite drehen, um nicht in dem Fell zu ersticken. Bruno hatte es als Kind im Zoo immer bewundert, wie leicht und elegant die Affen mit ihren Jungen auf dem Rücken von Ast zu Ast sprangen. Er war sich sicher, daß er auf dem Rücken der Knappes kein anderes Bild abgab. Er malte sich aus, wie sie im Wipfel einer alten Eiche von Ast zu Ast sprangen oder von Buche zu Buche in schwindelerregender Höhe.

Sie fuhren die Heerstraße runter. Bruno war eng an die Knappes und ihr Fell gedrückt und hatte es schön warm am Bauch. Die Wolfshaare kitzelten in der Nase, doch Bruno wagte es nicht, zu niesen, aus Angst, den Halt zu verlieren und von der Maschine zu fallen. Am Rücken hingegen fror er. Als wüchse da ein Eiszapfen. Die Knappes fuhr ziemlich rasant. Die vorbeifahrenden Autos wirbelten den Schnee von der Straße. Brunos Arme wurden allmählich lahm.

Die Knappes bog in die Havelchaussee ein. Durch die dürren Äste der Bäume konnte man auf den zugefrorenen See schauen. Man sah die Schatten von Schlittschuhläufern, die in der Dunkelheit mit Taschenlampen und Laternen bewaffnet über das Eis huschten. Durch das tiefe Brummen des Motors drangen vereinzelt Stimmen, die sich auf dem Eis zuriefen.

Von hinten näherte sich langsam ein Pkw. Die Schnauze des Wagens tauchte seitlich auf und zog an der Harley vorbei. Man durfte auf der Havelchaussee nur 30 fahren. Die Knappes fuhr zu schnell. Der Pkw fuhr noch schneller. Es war ein Volvo. Das darf der doch gar nicht, dachte Bruno noch, als der Fahrer des Pkws plötzlich einen kurzen Schlenker machte und die Harley rammte. Bruno hörte, wie die Knappes aufschrie. Sie versuchte, die Maschine stabil zu halten. Zwecklos. Das Motorrad raste gegen einen der Baumstämme, die zur Abgrenzung am Straßenrand lagen. Sie stürzten. Bruno landete in einer Schneewehe. Neben ihm die Knappes. Die rappelte sich schon wieder fluchend auf. Der Motor der Harley heulte durch die Nacht.

Drei Gestalten stürzten sich auf Bruno, der mit seinen Händen beim Abstützen in der Schneewehe keinen Halt fand und immer wieder einsank. Ein Handscheinwerfer beleuchtete die Szenerie. »Beeilt euch«, rief die Stimme des Mannes, der den Scheinwerfer hielt. Er hielt ihn nicht lange. Die Harley war der Knappes ihr Wickelkind. Wenn man es antastete, wurde sie zur Löwin. Sie robbte im Affentempo aus der Schneewehe und überwand den Baum am Straßenrand wie eine Hürdensprinterin. Der Mann wollte gerade rufen: »Nun macht schon.« Dazu kam es nicht. Ein Kinnhaken mit zwei

Zentnern Lebendgewicht streckte ihn nieder. Die Knappes hatte sich den Handscheinwerfer aus der Hand des fallenden Mannes geschnappt und leuchtete auf die drei Männer, die Bruno bearbeiteten, der immer noch in der Schneewehe stak. Unter der Last seiner Feinde versank er darin immer tiefer. Die wollten ihm unbedingt seinen Mantel von den Schultern reißen. Das ging nicht, weil Brunos Arme in dem Schnee unbeweglich waren. Sie steckten darin wie in einer Hülse.

»Wir müssen ihn aus dem Schnee ziehen«, rief einer der Männer. Sie packten Bruno an den Schultern und rissen ihn hoch. Der war dafür sehr dankbar. Er hatte kaum noch Luft bekommen. Das war ja wie in einer Lawine, das Gesicht so fest in den Schnee gedrückt. Ein abgebrochener Ast wollte sich unbedingt in sein Ohr bohren. Bruno schnappte nach Luft wie ein Ertrinkender. Seinen Mantel, an dem die Männer jetzt zerrten, wollte er nicht hergeben. Der war sein Zuhause. Da müßte man ihm schon das Dach über dem Kopf anzünden oder den Keller mit Benzin fluten und in einem Flammenball hochgehen lassen. Die Männer zerrten heftiger. Einer schlug ihm auf den Hinterkopf. Die Gefahr, seines Mantels verlustig zu gehen, gab Bruno ungeahnte Kräfte. Er rammte seinen Ellenbogen nach hinten und traf einen der Männer auf der Nase. Der Schlag wurde durch den dicken Stoff erheblich gedämpft. Doch die Nase des Mannes war sehr kalt, und eine eiskalte Nase war sehr empfindlich. Der Mann heulte auf und ließ Brunos Mantelschoß fahren. Blut strömte ihm aus der Nase. Die Knappes war auch nicht untätig. Sie hatte den Scheinwerfer fallen gelassen und sich die Absperrkette ihrer Harley um die rechte Hand gewickelt. Das war kein Zierkettchen. Sie wog einige Kilo. So mußten die Russen gebrüllt haben, wenn sie auf die deutschen Stellungen zurannten, wie jetzt die Knappes brüllte und dabei ihre Kette schwang. Dem Angriff hielten die drei Männer nicht stand. Der erste Kettenschlag war zu vernichtend. Er traf einen der Angreifer am Hals und umwickelte diesen. Die Knappes zog an der Kette, was das Zeug hielt. Laut brüllend: »Ich geb's euch, ich geb's euch!« Röchelnd ging der Gegner zu Boden. Die Knappes nahm umgehend Platz auf ihm. Die beiden anderen Männer flohen. »Bruno, schnapp sie dir!« schrie sie. Der Mann unter ihr ruderte mit den Armen im Schnee. Er kam unter der Knappes nicht hoch. Sie war seine Zwingburg. Bruno rannte hinter den anderen Männern her. Die wollten sich in ihr Auto werfen. »Wo ist Erwin?« brüllte der Mann mit dem Handscheinwerfer, der sich inzwischen aufgerappelt und wieder des Lichts bemächtigt hatte.

Erst jetzt merkten die beiden Flüchtenden, daß ihr Kumpan fehlte. Sie rannten zurück. Bruno versuchte, sie aufzuhalten. Es gelang ihm nicht. Die beiden Männer stießen die Knappes von dem Mann, auf dem sie immer noch saß. Die Knappes drosch mit der Kette auf die Männer ein. Dennoch gelang es ihnen, ihren Kumpel zum Auto zu schleppen und hineinzustoßen. Bruno war zu ausgepumpt, um ihnen Widerstand entgegenzusetzen. Auch die Knappes blieb erschöpft im Schnee liegen. Der Mann mit dem Handscheinwerfer sprang in den Volvo hinter das Lenkrad, startete und gab Gas. Das Auto fuhr mit durchdrehenden Rädern davon. Der Scheinwerfer der Harley leuchtete gespenstisch. Es war für einen Moment ganz still. Bis auf die Stimmen auf dem Eis und das schneidende Geräusch der Schlittschuhkufen.

Dann läutete ein Handy. Es war nicht das von Bruno. Es war das Handy, das im Schnee lag. Man sah es im Scheinwerferlicht ganz deutlich. Bruno ging hin und hob es auf.

»Ja?« sagte er.

»Hat alles geklappt?« hörte er eine Stimme. Bruno bekam eine Gänsehaut, obwohl er von dem Kampf schwitzte. Es war unverkennbar Jockels Stimme.

»Es hat alles geklappt«, sagte Bruno. Er mußte seine Stimme nicht verstellen. Die war ganz heiser.

»Habt ihr die CD?« fragte Jockel.

»Ja, haben wir«, sagte Bruno.

»Wunderbar«, sagte Jockel und kicherte. »Und wie geht es Bruno?«

»Gut.«

»Na bestens.« *Klick*.

»Wer war das denn?« erkundigte sich die Knappes, die breit im Schnee saß und vor sich hin schnaufte . . .

»Das war Jockel«, sagte Bruno.

»Den kann ich sowieso nicht leiden«, sagte die Knappes. »Jetzt wissen wir wenigstens, woran wir mit ihm sind.«

»Dieser Jockel . . .«, sagte Bruno, »dieser Jockel . . .«

»Er will dir an den Kragen. Jetzt weißt du es.« Zur Bekräftigung spuckte die Knappes in den Schnee. »Was hat nur Amanda mit dem am Hut?«

»Das wüßte ich auch gerne.« Bruno rappelte sich hoch. Ihm taten alle Knochen weh.

Die beiden stapften durch den Schnee zur Harley. Die Knappes wuchtete sie hoch und inspizierte sie. Bruno schleppte die Kette hinterher.

»Die hat nichts abgekriegt«, stellte die Knappes fest. »Da bin ich aber froh. Willst du immer noch zur Bretz?«

Bruno wollte.

»Dann wollen wir mal. Aber erst gehen wir einen Kaffee trinken.«

Bruno war einverstanden. Sie startete die Maschine, und sie fuhren los. Der Mond war hervorgebrochen. Die

Knappes lenkte die Harley durch das Gestrüpp aufs Eis, das im Mondlicht bläulich fahl leuchtete. Sie hatte nicht die geringste Angst, einzubrechen. Sie fuhren in Richtung Pfaueninsel. Die Lichter des Gasthofes rückten immer näher.

9. Kapitel

Die Staatsanwältin gibt einige Informationen. Dadurch wird alles noch verwickelter.

Im Gasthof wedelte die Knappes über ihrem Glühwein mit der CD-ROM herum, der der Überfall gegolten hatte.

»Mein Gott, Bruno! Und du schleppst das Ding die ganze Zeit mit dir herum, ohne mal reingeschaut zu haben? Irgendwo bist du ja nicht mehr zu retten!«

Bruno, der einen Kakao mit Sahne trank und dem immer noch der Schreck des Überfalls in den Knien steckte, setzte der Knappes auseinander, was in der letzten Zeit alles geschehen war. Die kam aus dem Staunen nicht mehr heraus.

»Was fingert denn deine Therapeutin da herum? Du mußt ihr aufs Dach steigen!« und: »Bruno, wir müssen zu Matthes! Der muß uns alle Disketten besorgen! Das ist der Schlüssel! Wir müssen wissen, was auf den Dingern drauf ist! Und wir müssen sie dem Jockel vor die Nase halten wie der Maus den Käse! Bis die Falle zuschnappt!«

Bruno hätte nur allzugern gesehen, wie der Spannbügel der Falle dem Jockel ins Genick haute. Noch ein leises Zucken, ein Strecken des Körpers, und die Maus war tot.

Er wollte wissen, ob die Knappes die Privatdetektivin schon vorher gekannt habe.

»Na klar«, sagte sie, »wir haben im gleichen Gospelchor gesungen. Auf die Ida ist Verlaß. Mit der kannst du Pferde stehlen.«

Sie spekulierten, woher Jockel gewußt haben konnte, daß Bruno diese CD hatte, und zogen Marc als mögliche Informationsquelle in Betracht.

»Das war mein erster Überfall«, meinte die Knappes, als sie auf der Harley über den See zurückfuhren. »Hat aber auch Spaß gemacht. Mann, habe ich dem die Kette auf den Dez gekloppt!«

Sie fanden die Staatsanwältin da, wo man sie abends immer fand: am Tresen ihrer Stammkneipe in Moabit. Im *Dicken Engel.* Sie war klein, rundlich und hatte lange schwarze Haare, die immer etwas fettig glänzten. Ihre Nase war zu lang. Man konnte nicht über sie hinwegsehen, nur hinsehen. Die Staatsanwältin bemerkte natürlich, daß man auf ihre Nase starrte. Ständig legte sie ein paar Strähnen ihrer Haare über den Zinken, der ihr wie ein spitzwinkliger Erker aus dem Gesicht sprang. Doch sie konnte den Kopf nach hinten gebeugt halten, wie sie wollte, nach einer Weile rutschten die Haare wieder runter. Es war ein ständiger Kampf.

Die Staatsanwältin kam aus dem Saarland. Aus Saarbrücken. Wie alle Saarländer, die Bruno kannte, litt auch sie unter furchtbarem Heimweh, das sich von Jahr zu Jahr mehrte und ihre Seele allmählich restlos ausfüllte. »Ich gehe bald zurück«, war ihr Standardsatz. Das Heimweh trieb sie jeden Abend in ihre Kneipe an den Tresen. Sie zog fast nie ihren Mantel aus, den sie trug, seit Bruno sie kannte. Sie machte immer den Eindruck, als müßte sie jeden Moment aufbrechen. Sie brach nie auf. Sie saß stundenlang da und trank. Auf die Frage, warum sie denn nicht endlich in ihre Heimat zurückginge, gab sie keine Antwort. Es kursierte das Gerücht, daß ihre ganz große Liebe, ein Taxifahrer, mit einer anderen durchgebrannt war. Das hatte ihr das Herz gebrochen. Ob an dem Gerücht etwas Wahres war, wußte niemand. Jedenfalls hatte man sie nie mit einem Mann zusammen gesehen, außer dienstlich. Am Tresen saß sie immer allein und trank ihr Bier.

Bruno hatte ihr vor Jahren mal aus der Patsche geholfen. Sie war ohne Durchsuchungsbefehl in eine Wohnung eingedrungen und hatte dort das Belastungsmaterial gefunden, das sie für die Anklage brauchte. Dummerweise hatte sie während dieser Aktion eine andere Akte in der Wohnung liege lassen. Bruno hatte ihr das bitter nötige Alibi verschafft. Er schwor, daß sie an jenem Abend, die ganze Nacht, bei ihm zu Hause war. Sie hätten Schach gespielt. Er hatte sich nur Spott zugezogen. Wie er es geschafft hätte, sie in seine Wohnung zu lotsen. Das müßte ja ein spannender Abend gewesen sein, wurde anzüglich gelästert. Das war Bruno egal. Er mochte die Bretz. Sie hatte einen messerscharfen Verstand und einen trockenen Humor, den man nur selten spürte, weil sie meistens stumm blieb.

Bruno und die Knappes stellten sich neben die Staatsanwältin an den Tresen und bestellten jeder ein Guinness. Die Staatsanwältin legte sich ein paar Haarsträhnen über den Nasenrücken. Ein Zeichen, daß sie von den beiden Notiz genommen hatte. Das Trio stand stumm nebeneinander, bis die beiden Guinness kamen.

»Prost«, sagte Bruno, und hob das Bier. Es schmeckte leicht ölig und schwer. Der Schaum klebte an der Oberlippe. Die Knappes schleckte ihn mit einem Zungenschlag weg. Dann standen sie wieder da und schwiegen, bis die Gläser geleert waren. Auch das der Staatsanwältin.

»Trinken Sie noch eins?«

»Na klar«, sagte sie.

»Ich auch«, sagte die Knappes, die zur Staatsanwältin rüberschielte.

»Hallo, Elisabeth.«

»Hallo, Christina.«

Die drei Guinness kamen.

»Dann schießen Sie mal los«, sagte die Staatsanwältin und nahm einen Schluck.

»Ich komme wegen Miriam Roth«, sagte Bruno und erzählte alles, was er über sie wußte. Daß sie sich von Oliver hatte beschwatzen lassen, an dieser Verschwörung teilzunehmen. Daß Oliver das Top-Projekt des Wolf-Konzerns ausspioniert hatte. Daß der Konzern möglicherweise in den Mord an Oliver verwickelt war. Von Jockel erzählte er nichts.

Die Staatsanwältin hörte aufmerksam zu. Als Bruno zu Ende war, war ihr Glas leer. Sie bestellte ein neues.

»Geht alles auf mich«, sagte Bruno zu dem Zapfer.

Sie wollte nicht gleich mit der Sprache rausrücken. Was Bruno ihr denn anzubieten habe für einen guten Deal, wollte sie wissen. Denn eigentlich dürfe sie ja gar nichts sagen.

»Das wissen Sie doch, Herr Paul.«

Bruno zückte die CD und legte sie auf den Tresen.

»Was bezwecken Sie denn damit?« wollte sie wissen.

»Sie damit ködern«, sagte Bruno. »Da sind noch ein paar andere hinterher. Man muß sie nur hinhalten und warten. Irgendwann beißt dann der Richtige an.«

»Wo haben Sie die CD denn her?« wollte die Staatsanwältin wissen.

»Ich will niemanden belasten«, sagte Bruno. Schließlich stand er bei Matthes im Wort.

»Die Diskette ist Beweismaterial in einem Mordfall. Unterschlagung von Beweismaterial ist strafbar«, sagte die Staatsanwältin, die schon wieder ein neues Bier geordert hatte. Wo schüttete die das nur hin?

Das wisse er auch, sagte Bruno.

»Dann aber her mit dem Ding«, sagte sie. »Aber dalli.«

»Nee«, sagte Bruno, »für nix gibt's nix. Außerdem: Sie bearbeiten doch den Mordfall Oliver gar nicht.«

»Doch.«

»Wieso das denn?«

»Weil Miriam Roth einen Mord begangen hat.«

»Aber den Mord an Oliver bearbeiten Sie nicht.«

»Sie haben doch gerade den Zusammenhang hergestellt.«

»Da bin ich aber gespannt, mehr zu hören«, sagte Bruno, der sich auch noch ein Guinness bestellte. Die Knappes zog nach und orderte noch einen Whisky dazu. Einen Malt. Den wollte Bruno auch. Der Alkohol begann ihn wohlig auszufüllen.

»Was bringt Sie darauf, daß Miriam Roth jemanden umgebracht hat?« hakte er nach.

»Sie hat ein Motiv. Der Ermordete hatte sie vor einem Jahr sitzenlassen, nachdem sie von ihm schwanger geworden war, und sie es ihm offenbart hatte. Ich will keinen Balg, war seine Reaktion. Es war für sie ein Desaster. Eine brutale Abfuhr. Zumal sie das Kind im fünften Monat verlor. Kurz nach dieser Trennung hatte sich ihr Verflossener verlobt. Da war die neue bereits schwanger, denn vier Monate später wurde das Baby geboren. Da lief also schon vorher was parallel. Das war eine große Demütigung für Frau Roth. Die neue Braut war auch

Angestellte im Wolf-Konzern. Wie er. Miriam Roth bekam ihren Verlust jeden Tag von den beiden unter die Nase gerieben. Es war Rache. Sonst nichts.«

»Und Oliver? Zwischen Oliver und Miriam Roth gibt es doch einen zweifelsfreien Zusammenhang. Da kann man doch nicht drüber wegsehen!«

Irgendwie paßte es Bruno nicht in den Kram, daß seine Mandantin eine billige Mörderin aus niederen Beweggründen sein sollte. Er selbst hatte ja auch den Wunsch, diesen Jockel umzunieten. Ein brennendes Verlangen danach hatte er. Und wie! Möglicherweise lief der jetzt mit seiner Pistole herum, die Amanda bei ihrer Durchwühlaktion unter dem rotgepunkteten Handtuch gefunden hatte. Wo sonst sollte die Pistole sein? Es gab keine andere plausible Lösung.

Wenn er die Pistole abdrücken würde, daß die Kugel dem Kerl die Schläfe zerschmetterte, täte er das bestimmt nicht aus niederen Beweggründen! Es wäre reine Existenzsicherung. Eine Notwehr kurz vor der endgültigen Auflösung im Nichts.

Was sonst sollte er tun, außer diesen Mistkäfer, der es sich auf seine Kosten gutgehen ließ und der ihn in eine lebensgefährliche Situation gebracht hatte, zu eliminieren? Sollte er etwa lamentieren: Hören Sie, da läuft einer rum wie ich!? Der frißt mich auf, Häppchen für Häppchen, als wäre ich sein kaltes Buffet?! Ich stehe bald da wie eine blankgeputzte Platte! Jedermann würde Bruno für plemplem erklären. Er konnte es ja selbst kaum glauben. Nein! Nein! Die Deadline war überschritten. Es ging ans Eingemachte. Es gab eine Notwehr außerhalb von Recht und Gesetz. Jawoll.

Und dann: Wie kam Amanda eigentlich dazu, seinem Buhlen die Pistole zu geben? Ein Verdacht keimte in Bruno auf. Ein Verdacht, der sich in Windeseile, wie eine

Stangenbohne, um Brunos Seele wand und ihm den Atem verschlug.

»Bruno, das ist nur ein Verdacht! Der wahrscheinlich absurd ist! Die lange Zeit zwischen euch beiden kann doch nicht plötzlich so wertlos sein! Degradiere Amanda doch nicht zur Helfershelferin von diesem Jockel!« meldete sich Brunos Intuition besorgt zu Wort. Der wollte nichts hören.

»Sie ist doch mit dem Kerl zusammen! Und was die Knappes erzählt hat! Hast du das nicht gehört? Daß sie mich rundum erneuern will! Wie einen abgefahrenen Reifen! Und hast du etwa die Pistole gefunden? Und war der Überfall eben eine Phantasmagorie?«

»Eine was . . .?«

Bruno pfiff auf alle Intuition. Er bestellte lieber noch einen Malt. Den er mit einem Zug wegkippte. Das leere Whiskyglas knallte er auf den Tresen.

»Es gibt Gesten, die Frust abbauen«, sagte die Staatsanwältin, die von der Musikbox zurückkam.

»Genau«, grunzte Bruno.

»Was frustriert Sie denn so?«

Darauf gab Bruno keine Antwort. In der Musikbox vom *Dicken Engel* lief ein Ragtime, den die Staatsanwältin gedrückt hatte. Gehämmert von einem elektrischen Klavier. Die Platte mußte uralt sein. Sie kratzte furchtbar.

»Habe ich aus Saarbrücken mitgebracht«, sagte die Staatsanwältin.

Der Ragtime animierte Bruno. Der Tresen weitete sich zu einem staubigen Platz unter sengender Sonne. Sporen klirrten. Im Spiegel der Bar sah Bruno Jockel durch die Schwingtür kommen. Den Hut ins Genick geschoben. Er blieb breitbeinig stehen. Seine Hand näherte sich dem Colt im Halfter. Ehe Bruno blitzschnell ziehen konnte, quatschte die Staatsanwältin in die Musik.

»Von der Verschwörungstheorie halte ich gar nichts. Die will das Gelände unüberschaubar machen. Eifersucht und Gekränktheit nachträglich heroisieren. Das ist typisch für Gewalttäter mit hohen moralischen Standards. Sie ist keine Jeanne d'Arc der Genhöfe. Die hat ihrem Lover eins ausgewischt. Kann ich nachvollziehen.«

Sie schaute auf den Grund ihres leeren Glases. Bruno dachte an die Gerüchte über sie. Daß sie aus gebrochenem Herzen abends so einsilbig am Tresen saß.

»Und die Pannen davor?« beharrte er.

»Das ist Sache des Konzerns. Solange die keine Anzeige machen wegen Amtsmißbrauchs, interessiert mich das nicht. Da hat sie möglicherweise schon am Rad gedreht. Vielleicht hat das Verschwörungskonzept sie überhaupt erst auf die Idee gebracht, ihrem Ex eins auszuwischen.«

Daß es Vergeltung aus einer tiefen Kränkung heraus war, stand für die Staatsanwältin außer Frage.

»Ich habe den Haftbefehl so gut wie in der Tasche.«

»Mit anderen Worten, Sie haben keinen«, sagte Bruno. »Das ist wie beim Fußball. Nur die geschossenen Tore zählen.«

»Zumindest liegt der Ball schon auf dem Elfmeterpunkt.«

Der Malt lief die Kehle runter wie Samt. Bruno trank ihn in ganz kleinen Schlucken. Nach dem Ragtime kam ein Wiener Walzer.

Wie der Mord funktioniert habe? wollte er wissen, schließlich sei Miriam Roth nicht im gleichen Raum gewesen wie das Opfer und sein Täter. Und man müßte ja jemanden erst einmal dahin bringen, auf einen anderen mit einem Stilett einzustechen.

»Wie soll das denn gehen? Das macht doch keiner freiwillig!«

»Das ist das Dilemma«, gab sie zu. »Ich bin da in einer gewissen Beweisnot. Die Anweisungen, die sie während des Assessments über Mikro an die einzelnen Teilnehmer geben kann, werden mitgeschnitten. Die Teilnehmer haben kleine Sender im Ohr. Zum Assessment gehörten durchaus suggestive Manipulationen durch Miriam Roth. Sie nimmt ganz direkt Einfluß. Diese Mitschnitte sind verschwunden. Ist doch merkwürdig. Ich kann ihr nicht nachweisen, daß sie für das Verschwinden verantwortlich ist. Das kann genausogut ein Techniker gewesen sein. Oder die Putzfrau. Jeder streitet natürlich alles ab.«

Sie kippte den Malt, den sie sich bestellt hatte, mit einem Zug runter. Und dann kam sie mit dem Hammer.

»Der Täter hatte in seinem Blutbild Spuren eines Halluzinogens. Vom Stechapfel, wie er bei uns in den Wäldern wächst. Stechapfel kann schwerste Paranoia auslösen. Ein Stubs genügt, und der macht alles. Was sagen Sie dazu? Der Mann schwört Stein und Bein, nie was von dem Zeug genommen zu haben. Ich glaube ihm jedes Wort. Wie also kommt der Stechapfel in den Tee?«

»Welchen Tee?«

»Während der Assessments wird Tee getrunken.«

Sie bestellten noch jede Menge Malt an diesem Abend. Es war wunderbar, mit den Ellenbogen auf dem Tresen zu lehnen. Brunos Kopf wurde ganz leicht. Die Staatsanwältin hörte auf, ihre Nase unter Haarsträhnen zu verstecken. Die Knappes hatte einen Arm um Bruno gelegt und wollte ihm unbedingt aufs Ohrläppchen blasen. Als es ans Zahlen ging, hatte Bruno nicht genügend Geld dabei. Die Knappes beglich den Rest. Die CD-ROM hatte sich die Staatsanwältin eingesteckt.

»Von wem haben Sie die denn nun?« wollte sie dann doch noch einmal wissen.

»Von meinem Freund Matthes«, lallte Bruno, der ganz selig war vom Whisky.

»Der war ein Kumpel von Oliver und fährt immer mit dem Fahrrad in seine Stammkneipe, ins *Gainsbourg* am Savignyplatz. Die waren beide im gleichen Hacker-Club. Und noch mehr Kumpels haben eine CD-ROM . . .«

Bruno wollte seine Seele ganz weit öffnen und entlasten. Alles sollte die Staatsanwältin jetzt erfahren. Alles, besonders auch von Jockel. Daß er ihn am liebsten umbringen würde.

»Kennen Sie Jockel?«

Die Knappes wartete nicht weiter ab, packte Bruno am Schlafittchen und bugsierte ihn vor die Tür. Draußen wollte sie ihn in ein Taxi verfrachten. Da war aber keins. Außerdem zog es Bruno noch zu Friedo ins *Gainsbourg*, um dort Jockel zu verhauen. »Ich mache ihn nieder«, schwor er. »Du nicht«, blieb die Knappes eisern und hielt Bruno am Mantelkragen fest. »Außerdem geht der da gar nicht hin.«

»Woher weißt du das?«

»Weil du immer hingehst.«

»Wir haben der Bretz ja gar nichts vom Überfall erzählt«, murmelte Bruno nur noch, als endlich ein Taxi kam und sie einstiegen.

»Das kannst du alles nachholen.«

»Du bist meine Schutzgöttin«, nuschelte Bruno und vergrub sich in das Wolfsfell der Knappes. Die Staatsanwältin ist in Ordnung, dachte er, als ihm die Augen zufielen.

Die war noch auf einen letzten Absacker im *Dicken Engel* geblieben.

Bestimmt legt sie sich jetzt einen Büschel Haare über die Nase und geht mit ihrem Heimweh nach Saarbrükken auf dem Grunde des Whiskyglases spazieren, sinnierte Bruno, ehe er endgültig in einem dicken Maltnebel versank. Als letztes hörte er das feine *Pling* eines Stanniolkügelchens, das gegen die Windschutzscheibe des Taxis prallte.

10. Kapitel

Das Elend nimmt kein Ende.

Der Boden, auf dem Bruno lag, bebte, und anscheinend war die Beleuchtung ausgefallen. Es drang kein Licht in sein Auge, das er zu einem Spalt geöffnet hatte. Die Dunkelheit, in der er mit einer Hand herumtastete, fühlte sich pelzig an. Dem strengen Geruch nach zu urteilen, war es der Wolfspelz der Knappes, unter dem er lag. Wie kam er da hin, und wo überhaupt war er? Bruno konnte einen Zipfel des Mantels beiseite schieben und warf einen Blick hinaus. In seinem Schädel krachten Schrapnells, Brand- und Splitterbomben gleichzeitig. Sein Blick erhaschte ein paar von den blonden Löckchen, die sich um den Knappesschen Schädel ringelten wie ondulierte Schweineschwänzchen. Mein Gott! Er war in dem Bett, in dem er seit Amandas Weggang nie mehr gelegen hatte. In dem er nie mehr liegen wollte. Jetzt war er halb vergraben unter der Knappes, die auf dem Rücken lag und alle viere von sich streckte. In ihrem Hals röchelte, gurgelte und brodelte es. Ein Geysir könnte es nicht besser. Bruno wollte dieses Naturereignis auf keinen Fall stören. Nach und nach zog er sich unter der Knappes hervor, die auf ihm lag wie ein Berg. Es war gar nicht so einfach, sich zu befreien. Sein Mantel war unter der Knappes festgeklemmt. Sie waren auf das Bett gesunken, wie sie waren. Total besoffen. Alles tat weh beim Herausziehen des Mantels. Das war der Sturz von gestern, der ihm in den Knochen steckte. Dieser hinterfotzige Sack von Jokkel. Ein Preßlufthammer nahm hinter den Schläfen die Arbeit auf.

Das Handy klingelte. Wie spät war es überhaupt? Bruno fischte es aus seinem Mantel. *Dingeldeidüdeldü.* Das Handy zeigte kurz vor zwölf. Jesses Maria. »Ja?« sagte Bruno. Genausogut hätte ein Rabe in das Handy krächzen können.

»Hier ist Bretz.«

»Ja?«

»Sind Sie okay?«

»Weiß noch nicht. Was ist los?«

»Sie haben doch diesen Matthes gestern abend erwähnt?«

»Ja ... und?«

»Ein schmaler, blonder? Der immer Fahrrad fährt?«

Bruno wurde es plötzlich ganz mulmig. Er erhob sich von der Bettkante. Er schwankte etwas. Sein Kopf war schlagartig leer. Er wollte die Antwort nicht hören, die diese Leere gleich füllen würde.

»Schmal, blond ... ja ... Was ist mit ihm?«

»Er ist tot. Erschossen. Wir haben ihn heute morgen gefunden.«

»Wo?«

»Können Sie vorbeikommen und ihn identifizieren?«

»Wann?«

»In drei Stunden. Um den Dreh.«

»Mach ich.«

Bruno stand wie erstarrt. Die Hand mit dem Handy hing schlaff herunter.

»Was ist los, Bruno?« Die Knappes war wach.

Bruno stakste ohne zu antworten ins Bad. Das heiße Wasser unter der Dusche half nicht. Die Starre blieb. Sie ließ sich nicht wegspülen. Nach einer halben Stunde erschien die Knappes im Bad und drehte die Dusche ab.

Bruno rührte sich nicht. Das Wasser tropfte an ihm herunter. Er war nicht in der Lage, nach einem Handtuch zu greifen. Er war zu gar nichts in der Lage. Er stierte auf die Kacheln.

Die Knappes nahm Bruno am Arm und holte ihn aus der Duschkabine. Mit einem Handtuch rubbelte sie ihn ab, bis er trocken war.

Bruno zog sich frische Sachen an. Für jedes Teil brauchte er eine Ewigkeit. Jedenfalls schien es ihm so. Die Knappes stand daneben und beobachtete ihn. Zuletzt half sie ihm in den Mantel.

»Geht es wieder?« fragte sie.

»Einigermaßen.«

Sie gingen zu Fuß die Treppe runter. Kein Fahrstuhlspiel diesmal. Bruno steuerte die *BarbarBar* an. Die Knappes trottete einfach neben ihm her, ohne ihn zu fragen, warum ihn der Telefonanruf so umgehauen hatte.

Kurz vor der *BarbarBar* blieb Bruno stehen und sagte: »Sie haben Matthes erschossen. Weißt du? Und jetzt müssen wir es Swantje sagen.«

Die Knappes erstarrte zur Salzsäule, und nach einer Weile begann sie, sich um die eigene Achse zu drehen. Sie jammerte »Oje ... oje ... oje ...« und hielt sich dabei die Hand auf den Bauch. Den Oberkörper warf sie hin und her, während sie sich immer noch drehte, bis ihr schwindelig wurde. Bruno mußte sie stützen. Sie atmete schwer und tief.

»Es geht wieder«, sagte sie.

Sie betraten die *BarbarBar.* Swantje arbeitete, wie jeden Mittag. Sie winkte den beiden zu. Sie setzten sich an eines der runden Tischchen. Swantje kam, um die Bestellung aufzunehmen. Sie bestellten jeder einen Milchkaffee. Swantje notierte die Bestellung auf ihrem Blöckchen und ging, um sie aufzugeben. Bruno war froh, daß sie nicht am Tisch stehenblieb und ihn in ein Gespräch verwickelte.

Bruno und die Knappes sprachen nicht. Sie warteten, bis der Milchkaffee kam. Swantje brachte die Kaffeeschalen auf einem runden Tablett, das sie vor ihnen auf dem Tischchen abstellte. Sie wollten sich jeder eine Schale nehmen.

»Achtung, ist heiß«, sagte sie und bugsierte die vollen Schalen mit beiden Händen vom Tablett auf die Tischplatte. Dann setzte sie sich auf den freien Stuhl zu ihnen. Sie hatte im Moment nichts zu tun.

»Swantje, kommst du mal mit raus?«

Bruno erhob sich von seinem Stuhl und ging auf den Ausgang zu.

»Was hat er denn?« hörte er sie die Knappes fragen.

»Ach«, sagte die Knappes, nahm Swantje bei den Schultern und brachte sie vor die Tür, wo Bruno schon wartete.

Im gleichen Moment wollten Anton und Marcella die *BarbarBar* betreten.

»Hallo, Bruno«, rief Marcella. Anton machte mit den Fingern ein V-Zeichen.

»Jetzt mußt du noch bleiben«, forderte Marcella Bruno auf, neben dem die Knappes und Swantje standen.

»Was ist los?« fragte Swantje und schaute Bruno erwartungsvoll an. Anton und Marcella rührten sich nicht von der Stelle und schauten interessiert zu.

»Das geht euch jetzt nichts an«, sagte Bruno zu ihnen. Doch das beeindruckte die beiden wenig. Sie blieben.

»Ist was mit Matthes?« fragte Swantje und ließ den Blick nicht mehr los von Brunos Augen. Der wußte nicht, wie er es ihr beibringen sollte. Er stand vor ihr und sie vor ihm, und er guckte sie an und dann weg, um sie wieder anzugucken. Es war ganz unwirklich. Auf dem Mond war es bestimmt viel realer. Außerdem fühlte er sich von Anton und Marcella gestört, die sich nicht von der Stelle rührten. Schließlich sagte er ihr, was passiert war. Sie schaute ihn an. Ein paar Minuten. Dann lächelte sie.

»Ich glaube, du mußt es mir noch mal sagen.«

Das tat Bruno.

Sie bewegte ganz langsam ihre Hand auf den Rücken, zog genauso langsam an der Schleife ihrer Kellnerschürze und ließ sie zu Boden fallen. Dann ging sie. Bruno lief hinterher.

»Nein«, bedeutete sie ihm nach ein paar Schritten und legte einen Finger auf die Lippen. »Nein.«

Bruno schaute ihr nach, bis sie am Ende der Krummen-Straße angelangt war und links in der Kantstraße verschwand. Das letzte, was er von ihr sah, war ihr wippender Pferdeschwanz.

Er ging zurück zur *BarbarBar*, vor der mit schlaffen Armen die Knappes stand. Sie weinte. Anton und Marcella waren verschwunden.

»Und jetzt?« fragte die Knappes und schneuzte in eine Papierserviette, die sie sich aus der *BarbarBar* geholt hatte.

»Zur Bretz.«

»Da will ich mit.«

Bruno brauchte ein wenig Zeit für sich. Er wollte alleine sein.

»Sagen wir, kurz vor drei bei der Staatsanwaltschaft?«

Damit war die Knappes einverstanden.

Danach würde Bruno zur Goldschmidt gehen. Wohl war ihm nicht bei dem Gedanken.

11. Kapitel

Im Abenteuerschwimmbad findet Bruno auch keine Entspannung. Im Gegenteil. Die Verspannungen nehmen zu.

Einmal in der Woche ließ Bruno sich im *Swimswim & Joy* durchkneten. Das *Swimswim & Joy* war ein Abenteuerhallenbad mit vielen Events. Man hatte dort eine regelrechte Flußlandschaft aufgebaut. Unter Büschen und Bäumen lagerten auf Wiesen die Badegäste. Kinder spielten. Auf Bänken saßen ältere Leute im Badeanzug, die die Enten, die im Fluß schwammen, nicht füttern durften. Manche taten es heimlich doch. Sie wurden von den Bademeistern regelmäßig erwischt. Dann mußten sie die aufgeweichten Brotstücke mit einem eigens dafür bereitgehaltenen Fischköder wieder aus dem Wasser fischen. Das war den Alten peinlich.

Die Strömung des Flusses war eine künstliche. Man hörte über Lautsprecher Frösche quaken. Ein Buntspecht hämmerte. Spatzen schilpten. Selbst Hummeln und Bienen summten quadrophon unter der großen Glaskuppel, die die Landschaft überwölbte.

Auf dieses Abenteuerbad strebte Bruno zu. Er hatte das ganz dringende Bedürfnis nach einem Dampfbad, um anschließend, auf dem Bauch liegend, von kräftigen Händen durchgewalkt zu werden, daß die Schwarte nur so krachte. Jede Widerwärtigkeit würde aus den Zellen gedrückt. Die waren ja vollgesogen mit Mist. Er hätte Swantje nicht so alleine weggehen lassen dürfen. Wo war die jetzt bloß? Er würde sie am Abend suchen gehen. Bruno wollte gerade das *Swimswim* & *Joy* betreten, als sich eine Hand auf seine Schulter legte. Er zuckte zusammen. Es war Marc.

»Mann, Bruno, noch sauer?«

»Nach der Abfuhr ...«

»Mann, Mann, du kennst doch Matthes. Die ganze Clique. Die haben nur Scheiß im Kopf. Mit Oliver, das tut mir ja leid. Trotzdem. Ich war lange genug bei dem Chaotenhaufen.«

Bruno hatte eine Dauerkarte für das *Swimswim* & *Joy*. Marc hatte auch eine. Sie holten sich an der Rezeption die Nummernschilder für die Spinde im Umkleideraum. Bruno lieh sich noch ein Handtuch und Badeshorts aus. Davon, daß es letzte Nacht Matthes erwischt hatte, sagte er nichts. Er hatte keine Lust auf Marcs Kommentar.

»Bruno, ich muß dir ja ein Kompliment machen. Ehrlich!«

Marc musterte Bruno anerkennend von der Seite.

»Kompliment?«

Für Komplimente war Bruno immer empfänglich.

»Was für ein Kompliment denn?«

»Du bist ja glänzend durchtrainiert«, rief Marc und schlug Bruno auf die Schultern. »Hätte ich dir gar nicht zugetraut. Ich habe dich neulich mit Amanda hier gesehen. Fabelhaft, Bruno! Da drüben winkt Edda.«

Bruno glaubte ihm kein Wort. Dafür war Marcs Grinsen viel zu anzüglich. Bruno vermutete etwas ganz anderes und wollte ihm auch eine passende Antwort geben, als Marc sich auch schon von ihm verabschiedete.

»Mach's gut.«

Marc ging zu Edda, die ihm zuwinkte, bis er bei ihr war. Edda war seine Freundin. Bruno konnte sie nicht leiden. Sie war Fotografin und hatte auch schon für Amanda als Standfotografin bei Filmprojekten gearbeitet.

Jetzt, nach dieser hinterhältigen Bemerkung eben, konnte Bruno auch Marc nicht mehr leiden. Das war doch eine ganz gezielte Anmache. Ein gehässiger Seitenhieb, der sich eindeutig auf eine unangenehme Situation bezog. Diese Edda hatte Amanda gegenüber eine häßliche Bemerkung über ihn gemacht, die Amanda bei passender Gelegenheit postwendend gegen Bruno ins Spiel brachte. In Anwesenheit von Marc und Edda, die am gleichen Tisch saßen. Das war ja das Unmögliche!

»Wenn du nicht so fett wärst, hättest du immer noch eine passable Figur«, meinte Edda neulich, sagte Amanda, abends im Restaurant, mit Freunden, so laut, daß alle es mitbekamen. »Das hast du doch gesagt, Edda?«

Die prustete nur in ihr Weinglas und täuschte vor, sich verschluckt zu haben. Marc tätschelte ihr den Rücken. Die Lachtränen wischte sie mit einer Serviette weg.

»Bruno macht nämlich Trennkost«, ließ Amanda dann noch die Runde wissen. Die Hammelkeule mit den gefüllten Nudeln auf seinem Teller sprach heftig dagegen. Amanda hatte Edda danach augenzwinkernd zugeprostet. Die hatte ungerührt genauso augenzwinkernd zurückgeprostet und besaß dann auch noch die Frechheit, mit ihm anzustoßen. »Bruno, mach dir nichts draus! Prost!«

Dann hatte sie wieder ins Weinglas gekichert und wollte gar nicht mehr aufhören. Diese blöde Kuh! Sich auf seine Kosten bei Amanda anbiedern. Sie wollte es sich nicht mit ihr verderben. Die Jobs bei ihr waren begehrt und gut bezahlt. Marc saß grinsend daneben.

»Jetzt übertreibt nicht«, gab der seinen Senf dazu. »Bruno ist doch nur untersetzt.«

»Er kriegt doch keine Jacke mehr zu«, lästerte Amanda weiter.

»Du mußt einfach die Knöpfe versetzen, Bruno«, konnte sich Edda nicht verkneifen. Was nahm die sich heraus? Bruno hatte sie vielleicht zweimal gesehen.

Als Beweis seiner Souveranität über solche Anwürfe hatte er die Hammelkeule bis auf das letzte Zipfelchen aufgegessen. Er hatte sie zum Schluß in die Hand genommen und abgenagt. Er wußte, daß Amanda es nicht ausstehen konnte, wenn er mit den Zähnen über den blanken Knochen schrappte. Zum Anfeuchten hatte Bruno mehrmals den Hammelkeulenknochen über den Teller von Amanda gewischt, ihn dabei hin und her wendend, weil auf ihrem Teller noch Sauce war. Nirgends ein Kellner, der den Teller hätte abräumen können. Berlins schlechte Gastronomie machte an diesem Abend richtig Freude. Amanda hatte den Dessertteller auf den Teller mit der Sauce gestellt, um das Eintunken des Knochens zu verhindern. Das rührte Bruno nicht. Er schubste den Dessertteller mit dem Hammelknochen beiseite und wälzte ihn ungeniert weiter. Leider war es zuwenig Sauce, um Spritzer zu produzieren. Es war ein wunderbar kindisches Spiel, das Bruno mit vollem Mund genoß.

Das Teller-auf-Teller-Stellen im Restaurant machte sonst immer nur er. Das Aufeinandertürmen der Teller empfand Amanda normalerweise als unästhetisch. Bruno brauchte aber Platz für seine Arme und Ellenbogen, die er nach dem Essen gerne aufstützte. Da standen die Teller nur im Weg. Deshalb stellte er sie immer aufeinander. Unweigerlich trafen ihn Amandas tadelnde

Blicke. »Ja soll ich wegen der Teller eine Rückenverkrümmung kriegen, nur weil ich nicht bequem sitzen kann?« konterte er. Oder ähnlich. Oder auch gar nicht. Er hatte auch schon überlegt, die Ellenbogen einfach in die Teller zu senken, so, wie sie da standen. Amandas Augen würden Galle spucken. Bruno, der die Sauce schon durch den Stoff an den Ellenbogen spürte, würde sie ganz treuherzig anschauen.

»Mausi, ist was?«

Doch das zu tun, hatte Bruno bisher noch nicht gewagt.

Hätte er es nur! Denn als er die Flußlandschaft betrat, begriff er schlagartig, daß Marc mit seiner anzüglichen Bemerkung im Foyer auf etwas ganz anderes angespielt hatte. Bruno ging über die Flußwiese auf das Dampfbad zu, um sich dort zu entschlacken. Er war umgezogen und hatte sich das Badetuch über die Schultern gehängt. Es verhüllte die Drallheit um die Hüften herum nur teilweise. Die Badeshorts waren zu eng und schnitten ein. Dadurch wurden die Fettröllchen noch prägnanter. Durch Einziehen des Bauches konnte man einen kleinen Ausgleich schaffen. Doch die flache Atmung führte zu leichter Atemnot. Bis zum Dampfbad waren es aber nur noch fünfzig Schritte. Das würde Bruno aushalten. Was er kaum aushielt, war das, was er auf dem Gang dahin sah. Marc hatte ihn eindeutig verwechselt!

Mitten auf der Wiese lagerten auf einer bunten Decke Amanda und Jockel. Er las Zeitung. Neben ihm lag Amanda in einem großgeblümten Sommerkleid mit einem beachtlichen Dekolleté. Ihr Kopf ruhte in seinem Schoß. Die machten einen auf Sommerfrische. Ein Korb deutete ein Picknick an. Jockels Oberkörper war nackt. Mit der freien Hand beförderte er aus dem Korb ein Hühnerbein, an dem er zu nagen begann.

Ganz in der Nähe des Idylls stand ein Baum, dessen dichte Zweige bis zum Boden hingen. Geradezu zwanghaft davon besessen, seinem Ich beizuwohnen, versteckte sich Bruno darin, keine drei Meter von dem Schäferstündchen entfernt.

Die Situation hatte etwas sehr Befremdliches. Im Geäst eines Baumes stehend, sich selbst belauschend, das war nicht unkomisch.

Er hätte ja aus dem Baum springen und seinem Widersacher, der die *Frankfurter Rundschau* las, einen saftigen Kinnhaken verpassen können. Doch damit hätte er sich nur der Lächerlichkeit preisgegeben. Der gemeine Spruch von Edda bezüglich seines Übergewichtes wäre bestätigt worden. Die hatte gerade Amanda und Jockel entdeckt und winkte ihnen zu. Keine zwanzig Meter Entfernung waren das.

Jockel winkte zurück und drehte sich auf den Bauch. Den Hühnerschenkel hatte er Amanda gegeben, die jetzt an ihm rumkaute. Er machte vierzig Liegestütze, um dann wieder, ohne daß er angestrengt atmete, in der *Frankfurter Rundschau* zu lesen. Die Liegestütze waren kraftvoll und in stetem Rhythmus gedrückt worden. Da war nichts Schwules. Bruno hatte genau hingeguckt. Nicht ein einziger weibischer Akzent.

Ein Überfall war ganz undurchführbar und würde unweigerlich in einem Desaster enden. Der verfettete Bruno stürzt aus dem Baum, ein Voyeur mit Wampe wirft sich auf sein athletisches Ebenbild.

Marc und Edda würden Zeugen dieser Selbstentblößung!

Bruno, großes Kompliment! Du bist ja glänzend durchtrainiert!

Und dann kommt ein Schmerbauch aus dem Gebüsch!

Die Situation war sonnenklar. Marc hatte Jockel

schon einmal im *Swimswim & Joy* gesehen und hielt ihn für Bruno, dessen Hüften nie mehr die Schmalheit von Jockels Hüften bekämen! Nie hatten! Bruno knetete unter den dichten Zweigen des Baumes seine Bauchringe. Es war ungeheuer deprimierend.

Plötzlich senkte Jockel die Zeitung und guckte auf den Baum. Bruno hielt erschreckt die Luft an, zog den Bauch ein und wünschte sich unsichtbar.

»Dieser Matthes wollte mich gestern abend doch tatsächlich linken«, sagte Jockel über den Zeitungsrand. »Der verlangte einen Haufen Kohle. Im *Gainsbourg*.«

Er hob die Zeitung wieder hoch. Sie verdeckte sein Gesicht. Bruno konnte *Agenda 2000* auf der Titelseite lesen.

»Was hast du ihm gesagt?« fragte Amanda, die sich mit einer Serviette die Hände von dem Hühnerknochen säuberte.

»Nichts.«

»Nichts?«

»Dieser Oliver war doch auch so ein mieser Zeitgenosse. Ich habe ihm die Leviten gelesen. Das weißt du doch.«

Bruno wartete, aber das Gespräch fand keine Fortsetzung. Amanda holte ihr Strickzeug aus dem Korb und ließ die Nadeln klappern. Es wehte ein mittlerer Wind durch die Flußlandschaft, der aus Düsen in die Anlage gepustet wurde. Jedesmal, wenn Jockel die Zeitung umblätterte, flatterten die Seiten und kamen in Unordnung. Es knallte wie ein Peitschenknall, wenn er mit der flachen Hand auf das Papier schlug. Ein Schuß aus einer Pistole klang ganz ähnlich.

Bruno schlich sich aus dem Baum. Er verzichtete auf das Durchgewalktwerden im Dampfbad. Er wollte unentdeckt bleiben. Was er eben gehört hatte, war ja ungeheuerlich. Sein Nebenbuhler hatte gestern abend noch Matthes gesehen. Und ihm eine Kugel in den Kopf gejagt. Und Oliver hatte er auch auf dem Gewissen! Wie sonst sollte man das verstehen, was er eben gehört hatte? Es war ein Geständnis!

Doch diese Erkenntnis konnte die nagende Eifersucht in seinen Eingeweiden nicht dämpfen. Jetzt endlich war die Situation gegeben, in der er Amanda hätte retten können! Die Gelegenheit war einmalig. Aber die Rettung scheiterte an der Schlabbrigkeit seiner Bauchwand. Einen fetten Retter würde Amanda nie akzeptieren! Bruno haßte seinen Körper, der ihn nicht befähigte, Amanda im Sturm von der Decke zu reißen und sie kraftvoll zu schultern. Nie würde sich Amanda nach einer Rettung auf seinen Schultern rollen und schnurren wie ein Kätzchen!

Nur noch allerschärfste Trennkost, schwor sich Bruno zum x-ten Mal, dem die Idiotie seiner heroischen Absichten vollkommen klar war.

Was hatte Matthes mit diesem Gauner zu tun?

Bruno verließ das *Swimswim* & *Joy*. Es war noch zu früh für die Staatsanwältin. Er rief über Handy Aykut an. Der wußte am meisten über Matthes. Vielleicht konnte Aykut ihm auf die Sprünge helfen.

»Ja, hier Aykut . . .«

»Gehen wir einen Kaffee trinken? Ich muß mit dir reden. Jetzt.«

»In zehn Minuten in der *BarbarBar*?«

»Da könnten Anton und Marcella sitzen. Die will ich nicht sehen. Lieber im *Rost*.«

»Bis dann.«

Aykut saß schon auf einem Barhocker am Tresen. Früher war das *Rost* ihre Stammkneipe gewesen. Dann wurden Lisa und Suad von den neuen Besitzern fristlos gefeuert. Wer was auf sich hielt, ging da nicht mehr hin.

Bruno setzte sich zu Aykut.

»Na, mein Stangenspargelchen«, wurde er von ihm begrüßt. »Du hast abgenommen.«

»Hör bloß auf«, knurrte Bruno.

»Doch, ganz deutlich.«

Aykut trainierte im gleichen Fitness-Center wie Bruno. Als alter Wasserballer bin ich ganz schnell wieder in Form, machte er sich selbst Mut. Mehr als ein Kilo weniger war bis jetzt aus der Plackerei nicht rausgekommen. Er erzählte jedem: »Mann, hast du abgenommen.« Aykut projizierte seine Wünsche auf die Bäuche anderer.

Bruno orderte einen Espresso.

»Was will denn mein Verlobter?« erkundigte sich Aykut.

»Hör mal, dieser Anton, wer ist das?«

Aykut guckte verständnislos.

»Was treibt der so mit seiner Marcella?«

Aykut verstand nicht.

»Treiben?«

»Mann, die beiden sind immer da, wo ich bin. Machen sich dick auf meinem Sofa. Ich kriege noch einen Verfolgungswahn. Was für Verwandte hast du da? Ich will wissen, was die machen!«

Die Situation war Aykut peinlich.

»Ich muß mal Attü fragen ...«

»Du sollst nicht Attü fragen, du sollst mir was erzählen, Mann!«

Aykut pustete auf seinen dicken Goldring. Das machte er immer, wenn er am liebsten gehen wollte, aber nicht konnte.

»Du mußt doch über den was wissen! Wie war das mit dem Klo?«

»Ging in die Luft, als er draufsaß ... habe ich doch schon gesagt.«

»Und?«

»Mafiosi ...«

Aykut hörte gar nicht mehr auf, seinen Ring zu beblasen. Ein Handy klingelte. Er holte seins aus der Hosentasche und wollte schon aufatmend ins Freie enteilen. Es war aber nicht sein Handy, das geklingelt hatte.

Bruno blieb unerbittlich.

»Also?«

Aykut wand sich.

»Seitdem hat er eine Sprechhemmung ...«

»Das weiß ich allmählich.«

»Für eine gute Information machen wir alles, hat Marcella mal gemeint, die Öffentlichkeit hat ein Recht darauf ... die Mafiosi, die ihm seine Bank weggeschossen haben, die hat er festgenagelt ... die sitzen alle ...«

»Für diese Information kann ich mir nichts kaufen. Du kannst mir doch nicht erzählen, daß die nur einen Therapeuten suchen! Hast du eine Idee, was die wirklich hier in Berlin wollen?«

Aykut überlegte.

»Nee ... er besucht uns ... Verwandtenbesuch ...«

»Die sind gerade angekommen und sind bestens informiert. Wieso?«

»Bruno, was ist los? Ich bin für meine Verwandten nicht verantwortlich!«

Die Atmosphäre zwischen den beiden am Tresen war etwas angespannt. Aykut trommelte mit den Fingern auf den Tresen. *Ratatata.* Offenbar wußte er noch nichts von der Geschichte mit Matthes. Er hätte es sonst mit Sicherheit angesprochen.

»Matthes ist tot. Erschossen. Gestern nacht.«

Das war brutal. Bruno hätte es ihm schonender beibringen können. Aykut und Matthes waren dicke Freunde. Das Trommeln hörte abrupt auf. Aykut stieg vom Barhocker und verließ das *Rost*. Er ging auf dem Trottoir hin und her. Blieb stehen, bewegte sich wieder, um wieder stehenzubleiben und auf den Baum zu starren, vor dem er gelandet war. Dann kam er wieder rein. Nach einer Weile fragte er: »Weißt du was Genaueres?«

»Nicht viel. Ich bin auf dem Weg zur Staatsanwaltschaft. Ich soll ihn identifizieren.«

Sie schwiegen. Aykut bearbeitete wieder den Tresen.

»Von Senden ... sagt dir das was?« meinte er plötzlich.

»Allerdings sagt mir das was! Und?«

»Ja, keine Ahnung.«

Aykut war ausgesprochen zäh. Als hätte sich ein Döner aus Rindsleder bei ihm festgeklemmt.

»Ja, was ist mit dem? Sag schon!«

»Marcella hat mich vorgestern gefragt, ob Matthes einen von Senden kennen würde. Ich hatte keine Ahnung. Ich habe nie von dem Typen gehört. Sie hat nicht weiter gefragt. Was sagt dir das denn?«

Bruno erzählte Aykut in knappen Zügen, wer von Senden alias Jockel war. Daß er als Gen-Spekulant sein Unwesen trieb und ihm Amanda ausgespannt hatte. Daß sie einander glichen wie ein Ei dem anderen. Aykut zeigte Galgenhumor.

»Auszusehen wie du, da gehört Mut dazu!«

»Mach keine Witze.«

Sie bestellten einen Milchkaffee.

»Und eben war ich im *Swimswim & Joy*. Und stell dir vor, da waren Amanda und dieser Kerl. Er hat gesagt, daß er Oliver die Leviten gelesen und daß er Matthes am Wickel hat. Ich habe die beiden im Gebüsch belauscht, es war eine völlig idiotische Situation.«

Der Milchkaffee wurde serviert. Aykut schüttete das halbe Zuckerfaß hinein und begann umzurühren. Es würde ewig dauern, bis er die Menge Zucker verrührt hätte. Bruno ging auf die Toilette, obwohl er gar nicht mußte. Dort stellte er sich vor den Spiegel und zählte langsam bis fünfzig. Jetzt müßte Aykut mit dem Umrühren fertig sein. Bruno ging zurück, aber Aykut rührte immer noch.

»Kannste nicht mal damit aufhören?«

Aykut kannte Brunos Rührphobie und legte den Löffel beiseite. Bruno hob seine Tasse hoch und trank einen Schluck. Die aufgeschäumte Milch stand so dick über der Tasse, daß er die Nase reinstecken mußte. Der Kaffee roch gut. Bruno setzte die Tasse wieder ab und wischte sich den Milchschaum von der Nase.

»Gestern abend wollte dieser Jockel mir und der Knappes auch ans Leder. Am Havelufer.« Bruno erzählte von dem Überfall.

»Das ist alles ganz eindeutig. Der hat Dreck am Stekken. Ohne Ende.«

»Wir schnappen ihn uns«, sagte Aykut lakonisch, holte sein Handy aus der Jackentasche und wählte eine Nummer.

»Wir müssen Anton und Marcella fragen, woher sie diesen Jockel kennen und was sie über seine Verbindung zu Matthes und Oliver wissen. Ich rufe sie an. Sie sollen herkommen.«

Bruno schaute auf die Uhr. Er hatte noch ein wenig Zeit, ehe er zur Staatsanwältin mußte.

Ein paar Minuten später waren Anton und Marcella im *Rost*. Sie setzten sich an einen Tisch. Die Barhocker waren für Antons Gesäß zu winzig.

Aykut erklärte, worum es ging. Für ein paar Minuten sagte keiner ein Wort. Dann tippte Anton Marcella mit dem Zeigefinger an.

»Grrchhrrchrrr.«

Marcella bestellte zwei Tee und rückte sich in Positur.

»Die Sache ist die. Wir hatten mit Oliver Kontakt, den er zu uns aufgenommen hat. Nicht wir zu ihm. Er hatte im Internet Arbeiten von uns gelesen. Reportagen, Veröffentlichungen über die Mafia, über biotechnische Industrien. Wir hatten auch einen Artikel über deinen Jokkel im Internet in seiner sehr zwielichtigen Funktion als Gen-Spekulant. Durch diesen Artikel wurden wir für Oliver interessant.«

Während Marcella redete, spielte Anton mit einem Jojo, das er auf und ab tanzen ließ. Er war ganz konzentriert bei dieser Beschäftigung. Das Jojo konnte die unterschiedlichsten Geräusche und Laute fabrizieren, als unterhielten sich Außerirdische. Bei einem bestimmten Tempo brach aus dem Jojo ein wahres Feuerwerk aus Licht und Farben. Marcella unterbrach ihre Rede, lehnte sich auf ihrem Stuhl zurück und schaute Anton zu. Der hörte nach einer kurzen Weile mit dem Spiel auf und steckte das Jojo in die Manteltasche. Marcella brachte sich wieder in Positur.

»Oliver berichtete uns, daß es ihm gelungen sei, den Gen-Code von Wolf zu knacken, und daß er den kompletten menschlichen Code auf CD-ROMs abgespeichert hätte. Das war natürlich für uns die absolute Story. Wolf war der Durchbruch gelungen. Oliver sagte uns, daß von Senden die Arbeiten am Code koordiniert. Und nicht nur das. Da wurden wir erst recht hellhörig. Wir wußten, dieser Mensch ist skrupellos und geht über Leichen. Oliver bot uns seine Zusammenarbeit an. Er wollte, daß wir diese Story schreiben. Er sagte, daß Wolf einen gigantischen Coup vorbereiten würde. Was, wußte er nicht. Der Stichtag sei Silvester. Als wir vor ein paar Tagen in Berlin ankamen, war Oliver tot. Wir waren gewarnt. Deshalb hat dir Anton auch keine Auskunft über unsere Informanten gegeben. Wir wollten niemanden gefährden. Und jetzt hat es Matthes erwischt. Von Senden ist für Wolf der ideale Mann. Er macht für ihn die Drecksarbeit. Er schirmt das Unternehmen ab gegen alle, die es bedrohen. Von Senden hat eine Art konzerneigenen Geheimdienst aufgebaut. Er selbst arbeitet im Hintergrund. Die wenigsten wissen, was er tut. Oliver hat seine Funktion aufgedeckt. Deswegen mußte er sterben.«

Bruno hörte aufmerksam zu. Der Milchkaffee war kalt geworden und schmeckte nicht mehr. Die aufgeschäumte Milch war nur noch eine bräunliche Masse und erinnerte ihn an schmutzigen Schnee bei Tauwetter.

»Nur, weil er eine Funktion aufgedeckt hatte, mußte Oliver sterben?«

Marcella nippte an dem Tee, den die Kellnerin brachte. Sie ignorierte die Frage von Bruno und fuhr fort.

»Es sind natürlich all die hoch gefährdet, die eine CD mit Informationen des Gen-Chips bei sich haben. Das hast du ja gestern zu spüren bekommen, Bruno. Wir wissen nicht, wer alles eine hat. Matthes hätte es uns sagen können. Dafür ist es jetzt zu spät. Jockel hatte mit Oliver Kontakt aufgenommen. Wir wissen nicht, wie er dahinterkam, daß Oliver den Code geknackt hatte. Er bot ihm eine horrende Summe, wenn er die CDs zurückgeben würde, und er offerierte ihm einen Traumjob bei Wolf. Zum Schein ist Oliver auf den Deal eingegangen, um Zeit für weitere Informationen zu gewinnen. Das wird bei Matthes ganz ähnlich gewesen sein.«

»Und das alles hat euch Oliver erzählt?«

»Hat er«, antwortete Marcella.

»Aber es fehlt jeder Beweis, daß von Senden der Mörder ist, oder?«

Marcella zuckte mit den Schultern.

»Für mich ist der Fall klar. Als Journalistin brauche ich keine Beweise. Ich brauche eine in sich schlüssige Story, gegen die dieser Herr ja dann vorgehen kann, wenn sie in den Zeitungen steht.«

Bruno schaute auf die Uhr. Er hatte nur noch wenige Minuten, dann mußte er gehen.

»Ich kenne jemanden, der wissen könnte, wer von Olivers Kumpeln möglicherweise eine CD hat.«

Er wandte sich an Aykut.

»Du kennst doch Marc?«

»Allerdings kenne ich den.«

»Der weiß Bescheid, rückt aber mit nichts heraus. Ihr müßt ihn euch vorknöpfen. Am besten jetzt gleich. Ich muß nämlich zur Staatsanwältin. Ich werde sie über Marc informieren. Oder ich bin meine Zulassung als Anwalt los. Zumal eine Mandantin in der Sache mit drinhängt und selbst gefährdet ist.«

»Meinst du Miriam Roth?« erkundigte sich Marcella.

Bruno war überrascht. »Woher kennst du die?«

»Oliver hat uns von ihr erzählt. Du siehst, wir sind über alles informiert. Du kannst uns ruhig vertrauen, Bruno.«

Für den waren noch nicht alle Vorbehalte ausgeräumt.

»Was ist mit Frau Goldschmidt?«

»Wir wußten von Oliver, daß Wolf zu ihr geht. Oliver wollte für uns den Kontakt mit Frau Goldschmidt herstellen. Er hatte uns von ihrer Widerstandstheorie erzählt. Das gibt uns Anlaß zur Hoffnung, daß Frau Goldschmidt ihre Schweigepflicht gegenüber Wolf, an die sie gebunden ist, bricht. Wir können uns Ausnahmesituationen vorstellen, wo das legitim ist, weil es ein übergeordnetes Interesse gibt. Stell dir vor, Eichmann oder Himmler hätten eine Therapeutin gehabt, mit der sie ihre furchtbaren Vorhaben therapeutisch aufgearbeitet hätten. Sie hätte Tausende von Menschen warnen, retten können. Das ist eine Fiktion, natürlich. Es ist keine Fiktion, daß Wolf Dinge plant, die allergrößte eugenische Konsequenzen haben. Er will die neue Rasse. Das ist Fakt. Nachdem Oliver tot war, dachten wir an dich als Kontaktmann zu Frau Goldschmidt. Es bleibt natürlich dir überlassen, ob du es tust. Wir hätten gerne die Gesprächsprotokolle aus den Sitzungen mit Wolf.«

Bruno hatte verstanden und wollte zahlen. Aykut winkte ab. »Ich mach das. Zisch ab, Stangenspargelchen. Den Marc werden wir schon finden. Ich habe seine Nummer.«

»Warum geht ihr mit dem Wissen über Oliver nicht zur Kripo? Er ist ermordet worden. Der Mörder läuft frei herum. Ihr kennt ihn.«

»Wir sind Journalisten und machen unsern Job. Die Kripo hat einen anderen Job. Wir wollen informieren. Genau das will die Kripo nicht. Außerdem können wir nichts beweisen.«

Das leuchtete Bruno ein.

12. Kapitel

Die Staatsanwältin ist fit wie nach einer Milchkur. Matthes sorgt für eine Überraschung.

Es war sehr beklemmend. Bruno sollte Matthes identifizieren.

»Wir haben niemanden, der es tun könnte. Deshalb habe ich Sie hergerufen.«

Sie standen im Büro der Staatsanwältin. Die Möbel waren eher schäbig. Eine Kaffeemaschine blubberte. Eine Zimmerlinde lechzte nach Licht. In einem Aquarium schwammen Guppis. Die Scheiben waren von Algen bedeckt. Eine einzelne Schnecke zog über das Grün ihre Bahn. Ein Wels wedelte über den dunklen Grund. Bunte Gupppimännchen verfolgten ein hochträchtiges Guppiweibchen. Es war das einzige im Wasser. Es konnte die Männchen nicht verscheuchen, von denen es bedrängt wurde. Jeden Moment konnten die Jungen schlüpfen, die als Lebendfutter sofort gefressen würden.

»Auf ein Guppimännchen müssen wenigstens zwei Weibchen kommen«, sagte Bruno.

»Es ist wie im Leben«, sagte die Staatsanwältin, die taufrisch aussah und nicht nach einer durchzechten Nacht. »Wollen wir?«

»Muß ich da mit?« fragte die Knappes. Sie war ganz weiß um die Nase.

»Sie können hier in meinem Büro warten«, sagte die Staatsanwältin, die fast jugendlich wirkte in ihrem schwarzen Rollpulli und den hellbeigen Kordjeans. Sie ging sicherlich auf die Fünfzig zu.

Bruno war flau im Magen, als sie durch die Flure gingen, und er hatte das Gefühl, als kämen sie nie an in der Gerichtsmedizin, die im gleichen Gebäude lag wie die Staatsanwaltschaft. Er wollte auch nicht ankommen.

»Wo haben Sie ihn gefunden?«

»Am Savignyplatz. Unter einem der S-Bahn-Bögen.«

»Wann?«

»Vor Tagesanbruch. Gegen vier Uhr. Ein Passant fand ihn. Er war mit dem Fahrrad unterwegs. Aufgesetzter Kopfschuß von hinten. Schmauchspuren. Eine glatte Exekution. Er kniete, als es passierte.«

Matthes kam fast immer mit dem Fahrrad zum *Gainsbourg*, das er dann davor abstellte. Zurück fuhr er meistens mit dem Taxi. Taxis gab es viele am Savignyplatz.

Der Taxistand war keine vierzig Meter vom *Gainsbourg* entfernt. Mit dem Fahrrad schaffte Matthes den Rückweg nicht mehr nach den vielen Gläsern Cachaça. Dennoch versuchte er es immer wieder. Erst rutschte er ein paarmal vom Gepäckträger, auf den er sich setzte statt auf den Sattel, und wenn er es endlich geschafft hatte, wollte er nach links, doch das Fahrrad wollte nach rechts, oder über die Bordsteinkante, während Matthes das nächstgelegene Schaufenster anpeilte, in dem sich eine Laterne spiegelte.

»Da geht's lang, du dummes Luder«, beschimpfte er den störrischen Drahtesel.

Manchmal hing er auch auf dem Fahrrad an eine

Wand gelehnt. »Wenn ich absteige, kippe ich todsicher um. An der Wand weiß ich wenigstens, was ich habe.«

»Irgendein Hinweis?« fragte Bruno. Er und die Staatsanwältin gingen durch einen langen Gang an Vitrinen vorbei, in denen Gläser mit konservierten Körperteilen standen. Die meisten zeigten Schußwunden. Ein paar eingeschlagene Schädel waren auch zu besichtigen.

»Nichts.«

»Kein Taxifahrer, der ihn gesehen hat?«

»Bisher keiner.«

Die Staatsanwältin hielt vor einer Tür.

»Sind Sie bereit?«

»Eher nicht«, antwortete Bruno und würgte.

»Wir machen es schnell.«

Sie gab ihm mit der Faust einen sanften Knuff gegen die Schulter. Dann betraten sie einen großen, weiß gekachelten Saal, in dessen Mitte ein leerer Seziertisch aus blankpoliertem Stahl stand.

Als erstes sah man die Zehen von Matthes. An einer war ein Zettel mit einer Nummer befestigt. Die Leiche war mit einem weißen Tuch bedeckt. Obwohl Matthes blond war, waren die Haare an den Waden, die unter dem Tuch hervorkamen, dunkel. Der Gerichtsmediziner, der die Autopsie gemacht hatte, zog die Pritsche, auf der die Leiche lag, ganz aus dem Kühlfach. Die Pritsche ratterte über den Boden. Dann schlug der Arzt das Tuch zurück.

Bruno holte ganz tief Luft, ehe er herantrat, um in das freigedeckte Gesicht zu schauen. Seine Hände schwitzten.

Das Gesicht, in das er schaute, war nicht das Gesicht von Matthes. Da lag ein anderer Mensch, der mit Matthes zwar eine gewisse Ähnlichkeit hatte, doch er war es nicht. Bruno schloß die Augen. Vor ein paar Jahren sollte er eine Grabrede halten. Bruno hielt nicht gerne Reden, aber er erklärte sich bereit dazu, weil er den Kollegen sehr schätzte. Als er am Grab stand, um die Rede zu halten, stand der Tote quicklebendig unter den Trauergästen. Bruno hatte Namen und Person verwechselt. Er wußte nicht, wer da im Sarg vor ihm lag. Die trauernden Familienangehörigen waren ihm wildfremd. Bruno hielt vor Freude, daß der Totgeglaubte noch lebte, eine wunderbare Grabrede darüber, daß das Leben nach dem Tod weiterginge. Im Himmel wie auf Erden. »So eine Grabrede wünsche ich mir auch mal«, sagte, ein paar Tage später vor einem Gerichtstermin, ausgerechnet der Kollege, dem die Rede ursprünglich gegolten hatte.

»Das ist er nicht«, sagte Bruno nur.

Er war mit einem Mal ganz aufgeregt und mußte an die Schürze denken, die Swantje, vor der *BarbarBar*, auf die Straße hatte fallen lassen. Dieses Detail beschäftigte ihn ganz furchtbar. Er mußte unbedingt die Schürze finden und sie Swantje bringen. Swantje, stell dir vor! Es ist ein anderer! Binde dir deine Schürze wieder um.

»Ein anderer?«

Die Stimme der Staatsanwältin hallte leicht in dem gekachelten Raum.

»Das ist er nicht«, wiederholte Bruno.

Da lag ein anderer armer Mensch, den Bruno noch nie gesehen hatte. Das erfüllte ihn mit Freude wie bei der Grabrede. Er konnte ja auch nichts dafür, daß es ein anderer war. Es war nun mal ein Fremder, der da blaß und ausgeblutet vor ihm lag! Tut mir leid, Kumpel! Ganz großes Sorry!

Ehrlich! Verstehst du das? Ich kenne dich nicht! Aber du liegst hier genau richtig!

Der Arzt schob den unbekannten Toten zurück in das Fach. Bruno und die Staatsanwältin verließen den Saal.

»Wie kamen Sie darauf, daß es Matthes sein sollte?«

»Er hatte eine Karte bei sich. Eine Mitgliedskarte aus einem Hacker-Club. Matthias Euler. Und er hatte ein Fahrrad.«

»Matthes heißt nicht Euler.«

Sie zeigte ihm noch das Fahrrad, das sie neben der Leiche gefunden hatten. Es war ein verrostetes Damenfahrrad ohne Bremsen. Das Fahrrad von Matthes hatte auch keine Bremsen. Er fuhr immer auf dem Gepäckträger und bremste mit den Absätzen. Da hinten drauf falle ich nicht so tief, wenn ich falle, kommentierte er seinen Fahrstil.

»Das ist sein Fahrrad.«

Die Staatsanwältin reagierte überrascht.

»Sind Sie sicher?«

»Absolut.«

»Dann müssen wir Ihren Matthes finden. Er hat uns ganz bestimmt etwas mitzuteilen. Wie kam der Tote an das Fahrrad?«

Der Ansicht war Bruno auch. Sie gingen zurück zum Büro der Staatsanwältin.

Unterwegs stellte sie unangenehme Fragen.

»Wen meinten Sie gestern abend mit Jockel?«

»Jockel?«

»Jockel.«

Den hatte Bruno ganz allein für sich reserviert.

»Keine Ahnung.«

»Sie haben den Namen genannt.«

»Ja?«

»Es klang so, als hätten Sie etwas Wichtiges mitzuteilen.«

»Vergessen.«

»Ich glaube Ihnen kein Wort.«

Sie waren vor der Tür des Büros der Staatsanwältin angelangt. Sie blieb davor stehen.

»Und?«

Sie wippte auf den Zehen vor Bruno auf und nieder und schaute ihn an. Sie war einen halben Kopf kleiner als er, doch Bruno fühlte sich noch kleiner als sie. Er war ein schlechter Lügner. Aber er wollte ums Verrecken nichts von Jockel erzählen. Das war eine Sache alleine zwischen ihnen beiden. Da sollte sich niemand einmischen. Das war Bruno seiner Ehre schuldig, auch wenn ihm die ziemlich schnuppe war. Aber sein Unverstand hatte ihm eingeimpft: »Nur im Duell mit Jockel kannst du Amanda zurückgewinnen. Von Mann zu Mann. Sie liebt dich nach wie vor. Sie liebt den Jockel nur, weil er so ist, wie sie dich gern hätte. Sie unterzieht dich einer Liebesprüfung. Sie will keinen Paragraphenreiter! Einen Gesetzeshengst. Sie will dich so, wie Jockel ist! Er ist deine positive Fata Morgana! Sie liebt dich in ihm! Also vergiß die Gesetzestexte! Sei ein Mann! Geh hin und kämpfe! Oder du bleibst dein Leben lang ein ehrloser Loser!«

Brunos Intuition schlug über diesen Unverstand nur noch jammernd die Hände zusammen.

»Bruno«, wehklagte sie, »der macht dich doch zu Mus. Haut dir die Nase platt. Das Hirn weich. Amanda fährt völlig auf ihn ab. Im Moment hast du keine Chance.«

Bruno wollte nicht hören, was die Intuition ihm noch mitzuteilen hatte. Er blieb störrisch. Der Kampf zwischen Jockel und ihm war ganz alleine sein Kampf.

Die Staatsanwältin wippte immer noch vor ihm auf und ab. Sie hatte eine gute Wadenmuskulatur. Ihre Schuhe knarrten leicht bei dieser Gymnastik. Man müßte sie mal einfetten. Bruno hatte das dringende Bedürfnis, jemandem eins auszuwischen. Außerdem mußte er die Staatsanwältin von der Fragerei nach Jockel ablenken. Marc war dafür gut geeignet.

»Wir müßten wissen, wer alles diese CD hat. Diese Leute sind akut gefährdet. Oliver ist bereits tot. Und der Tote hier im Kühlfach hat garantiert auch damit zu tun. Wer ist als nächster an der Reihe?«

Das leuchtete der Staatsanwältin ein.

»Haben Sie eine Idee?«

»Marc Gülden weiß, wer die anderen CDs hat. Ich habe ihn darauf angesprochen, auf die CDs, und auf Oliver und Matthes. Der ist vor Schreck fast vom Stuhl gefallen. Der war zumindest Mitglied im Hacker-Club. Der weiß todsicher etwas.«

»Und wo finde ich den?«

»Im Wolf-Konzern. Wo denn sonst? Alle Fäden laufen da zusammen. Ich kann Ihnen aber auch seine Telefonnummer aufschreiben.«

Bruno hätte zu gerne gefragt, ob sie sich die CD schon angeschaut hatte.

Bestimmt belastete sie den Wolf-Konzern. Er fragte aber nicht. Aus seiner Frage könnten sich viele andere entwickeln. Bis hin zu Jockel.

Sie hatte schon die Türklinke in der Hand, um sie runterzudrücken. Sie wartete jedoch, bis der Bote mit seinem Aktenwägelchen über den verschlissenen Linoleumboden vorbeigerollt war. Dabei kaute sie auf ihrer Unterlippe. Mit der freien Hand legte sie sich ein paar Haarsträhnen auf den Nasenrücken. Sie hatte den Kopf leicht nach hinten gebeugt, damit die Haare nicht gleich wieder runterrutschten. Erst jetzt bemerkte Bruno einen ätzenden Geruch. Es war ein Desinfektionsmittel, mit dem der Linoleumboden geschrubbt wurde, der das ganze Gebäude durchzog. Die Staatsanwältin balancierte immer noch die Haare auf dem Nasenrücken. Mit einem kurzen *Pfhhh* blies sie die Haare weg.

»Ich habe es mir überlegt. Ich glaube, Sie haben doch recht mit Ihrer Verschwörungstheorie.«

Bruno kam nicht dazu zu antworten. Sie drückte die Klinke runter, und sie traten ein. Bruno mußte ihr unwillkürlich auf die Waden schauen.

»Und?«

Die Knappes guckte wie ein Eskimo, der mit einem hungrigen Eisbären in seinem Iglu sitzt. Ganz weit riß sie die Augen auf.

»Ja . . .!?

»Es ist nicht unser Matthes!«

Die Knappes wendete sich weg von Bruno, mit einem fassungslosen Gesicht. Sie umrundete den Schreibtisch der Staatsanwältin und sank dort ächzend auf den Bürostuhl, der unter ihrer Last ebenfalls zu ächzen begann. Es war so ein helles Quietschen im Diskant. Fast ein Hilfeschrei des gequälten Materials. Dann brach der Bürostuhl unter ihr zusammen. Die Knappes kippte nach hinten. Wie ein sinkender Ozeandampfer, dessen Heck sich vor dem endgültigen Abrauschen in die Tiefe nochmals steil in den Himmel bohrte, verharrte sie mit gestreckten Beinen noch einen Moment bewegungslos in der Luft, ehe sie aufschlug. Man hätte ein donnerndes Krachen erwartet. Doch der Aufschlag war ganz geräuschlos, weil er von dem Wolfsfell aufgefangen wurde. Wie der Dampfer im Meer, war die Knappes hinter dem Schreibtisch verschwunden.

Bruno und die Staatsanwältin starrten auf ein Vakuum, das eben noch gefüllt war. Nach dieser zirkusreifen Nummer herrschte erst einmal Stille.

»Sag das noch mal!« brüllte es unvermittelt aus der Tiefe hinter dem Schreibtisch. »Sag das noch mal!«

Die Staatsanwältin war hinter den Schreibtisch geeilt.

»Haben Sie sich weh getan?«

Sie half der Knappes, sich wieder hochzurappeln.

»Wie konnten Sie uns so einen Schreck einjagen!«

»Tut mit leid«, stammelte die Staatsanwältin, »es tut mir furchtbar leid. Alles deutete darauf hin.«

Die Knappes wollte auf der Stelle Swantje aufsuchen.

»Das muß die doch wissen! Ich muß sofort los!«

Bruno notierte auf einem Block auf dem Schreibtisch die Nummer von Marc.

»Ich bin ganz sicher, daß Sie etwas von ihm erfahren. Nehmen Sie ihn ruhig in die Mangel. Er ist etwas starrköpfig.«

Die Knappes nahm ihn ein Stück auf ihrer Harley mit. Laut singend fuhren sie bis zum Savignyplatz. Brunos Gesang versickerte in dem Wolfsfell. So eng mußte er sich anklammern. Trotzdem sang er aus Leibeskräften. *Und der Haifisch, der hat Zähne* . . . Die Stimme der Knappes wummerte im tiefsten Baß.

In der Grolmannstraße am Savignyplatz stieg Bruno ab. Da war die Praxis von Frau Goldschmidt.

Die Knappes gab donnernd Gas und verschwand in der Kantstraße in Richtung *BarbarBar*, wo sie mit Swantje auf den Putz hauen wollte, daß es nur so krachte, um Matthes' Wiederauferstehung zu feiern.

»Bruno, du kommst nach.«

Da war sich Bruno nicht so ganz sicher, der langsam auf das Jugendstilhaus zuging, in dem Frau Goldschmidt im dritten Stock ihre Praxis hatte.

13. Kapitel

Bruno hat bei Frau Goldschmidt seine letzte Sitzung.

Frau Goldschmidt hatte schon auf ihn gewartet.

»Kommen Sie rein«, sagte sie und ließ ihn eintreten. Bruno mußte immer vorgehen, sie ging hinterher, als wollte sie an seinem Gang prüfen, wie es ihm ging.

»Man erkennt ja so viel daran, wie ein Mensch sich bewegt.«

Bruno betrat das kleine Zimmer, in dem Frau Goldschmidt ihre Sitzungen abhielt, und sie bat ihn, in einem der beiden Sessel Platz zu nehmen, die an einem runden Tischchen standen.

»Die Couch lassen wir heute mal.«

Der Sessel stammte aus den fünfziger Jahren und war mit rotem Plastik überzogen. Auf dem Tischchen standen ein rundes Tablett mit belegten Broten und eine Flasche Wein mit zwei Gläsern. Als Bruno das sah, wußte er, daß das seine Henkersmahlzeit bei Frau Goldschmidt war, die in dem anderen Sessel ihm gegenüber Platz genommen hatte. Sie trug einen langen grauen Rock, den sie über den Knien glattstrich, obwohl er ganz faltenlos war. Das machte sie immer. Bruno hätte sie gerne, in all den Jahren, mal gefragt, warum sie das tat.

Er traute sich nicht, und es ging ihn ja auch nichts an.

Frau Goldschmidt war für Bruno von ganz besonderer Bedeutung. Sie beherrschte die Kunst der Wahrnehmung, was in Brunos Leben etwas ganz Seltenes war.

»Bruno, wenn du nichts sagst, kann ich auch nicht wissen, was du willst. Sag was!« hatte ihm Amanda immer wieder vorgeworfen, wenn er sich vernachlässigt oder ganz einfach nicht wahrgenommen fühlte.

»Ein Mensch muß mindestens einmal am Tag das Gefühl haben, daß er wahrgenommen wird, und zwar ohne jede Anstrengung«, konterte Bruno, was Amanda meistens mit einem Achselzucken quittierte.

Aus Gesprächen mit seinen Mandanten wußte Bruno, daß fast alle von ihnen das, was sie bewegte, nicht ausdrücken konnten. Die Sprache versagte. Sprache aber war für Bruno nichts weiter als artikulierte Wahrnehmung. Das Gesehene auf die Zunge bringen.

»Wer nichts sieht, kann auch nichts sagen.«

»Willst du damit ausdrücken, ich bin ein blindes Huhn?« ereiferte sich Amanda bei diesem Satz.

Viele seiner Mandanten waren sprachlos.

»Meine Ehe ist kaputt.«

»Warum ist sie kaputt?«

»Ich weiß es nicht. Plötzlich ist es passiert.«

Viele liefen aus ihren Ehen, ohne zu wissen, warum, um sofort in das nächste Bindungsglück zu rennen, das über kurz oder lang auch im Unglück endete. Bruno hatte eine Ehe zwischen den gleichen Partnern dreimal geschieden.

»Wir können Ihnen nicht sagen, warum das so ist, Herr Paul. Wir lieben uns.«

Jedesmal hatte die Frau die Scheidung beantragt, weil ihr Mann sie halbtot geprügelt hatte. Ein Gespräch mit ihnen war unmöglich.

Ein völlig verzweifelter Mann hatte vor Bruno gesessen, der nach vierundvierzigjähriger harmonischer Ehe, wie die beiden Söhne beteuerten, nachts seine Frau im Bett mit dem Hammer erschlagen hatte. Der Mann war stumm wie ein Grab, aus dem kein Ton einer Erklärung kommt. Er litt.

Bruno fühlte sich von Frau Goldschmidt wahrgenommen und deshalb bei ihr aufgehoben. Mehr wollte er auch gar nicht. Ihre wache Anwesenheit genügte eigentlich schon, damit er sich selbst spürte. Die Knoten platzten dann fast von alleine.

Bruno kannte viele Menschen, die pausenlos auf ihn einredeten, die ihm versicherten, wie gerne sie mit ihm zusammen wären, die ihm intimste Details aus ihrem Leben anvertrauten, die blitzgescheite Gedanken äußerten, die gleichzeitig aber vollkommen abwesend waren. Überhaupt nicht bei sich. Die Augen dieser Leute schauten beim Sprechen durch Bruno hindurch, als stünden sie vor einer großen Menge, an die sie dringende Worte richteten. Diese Menschen kämpften um das nackte Überleben. Sie hatten keine Vorstellung von sich als sichtbaren Wesen, die man anfassen, anblasen, stupsen, streicheln, tragen oder in den Armen wiegen konnte.

»Hör mal, du sitzt vor mir.«

Diesen Satz würden sie nicht verstehen. Bei Frau Goldschmidt wußte Bruno, daß er vor ihr saß, und kein anderer. Das gab ihm Sicherheit, die er sich seit drei Jahren einmal wöchentlich bei ihr abgeholt hatte.

Das war jetzt vorbei.

»Ich dachte, wir nehmen einen kleinen Imbiß zu uns. Wollen Sie die Flasche aufmachen?«

Bruno nahm den Korkenzieher und entkorte die Flasche. Es war ein Saar-Ruwer-Weißwein und bestimmt nicht billig.

»Soll ich?«

»Ich bitte darum.«

Sie schob ihm die beiden Gläser auf dem Tischchen zurecht. Bruno schenkte den Wein ein. Er hatte eine sonnengelbe Farbe und den für einen Ruwer typischen etwas hefigen Geruch. Sie nahm ein Glas.

»Dann wollen wir doch mal anstoßen.«

Ihre Falten um die Augen lachten, als würden sie jetzt ein ganzes Weinfaß niedermachen. Bruno nahm sein Glas, und sie stießen an. Es war ein ganz edler Tropfen, wie er nur Winzern von der Saar gelingt.

»Eigentlich brauchten Sie es gar nicht«, sagte sie und stellte ihr Glas ab. Bruno wußte nicht, was sie meinte.

»Was brauchte ich nicht?«

»Die Therapie. Sie hatten sie nötig. Aber Sie brauchten sie nicht. In Ihrer Egozentrik sind Sie sehr stabil.«

Bruno fühlte sich etwas vor den Kopf gestoßen. Außerdem konnte er Egozentriker nicht ausstehen.

»Was haben wir denn dann all die Jahre gemacht?«

»Sie hätten es auch ohne mich geschafft. Eine gewisse Gespaltenheit ist Ihnen nun mal eigen, die Ihnen auch niemand nehmen kann. Aber es sieht doch ganz so aus, als hätten Sie die Angelegenheit mit Ihrem Doppelgänger ganz gut im Griff.«

Jetzt war Bruno verblüfft.

»Woher wissen Sie das denn?«

»Aber lieber Herr Paul, die Liaison zwischen Amanda und Ihrer Kopie ließ sich doch nicht verheimlichen. Miriam Roth und Oliver haben mir davon ausführlich berichtet.«

Sie schlürfte einen Schluck Wein und kostete ihn auf der Zunge.

»Nicht schlecht, was?«

Das Glas klingelte, als sie es gegen das von Bruno stieß und wieder abstellte.

»Gucken Sie nicht so böse!«

Dann wurde sie ganz ernst.

»Ihr Doppelgänger ist mit ein Grund, warum wir unsere therapeutische Beziehung beenden müssen. Ich kenne die Funktion des Herrn von Senden, und ich kenne Ihre Verstrickheit mit ihm. Ihre Interessen an diesem Herrn und meine überschneiden sich. Wir sind plötzlich in einer gewissen Weise Geschäftspartner, Sie und ich. Sie haben etwas gegen ihn, und ich auch. Ich will, daß er verschwindet. Wenn nötig, wird nachgeholfen. Genau das wollen Sie doch auch? Daß Herr von Senden verschwindet?«

Bruno schwieg. Was meinte sie denn mit verschwinden? Das war ja starker Tobak, den sie ihm da offerierte. Er hatte mal mit dem Gedanken gespielt, seinen Rivalen ins Jenseits zu befördern, aber das waren Phantasien, Gedankenspiele, in denen sich seine Frustration austobte.

»Wie meinen Sie das?« fragte Bruno zaghaft.

»Ein Herr auf meiner Couch, für den Ihr Klon mit dem Kosenamen Jockel arbeitet, hat mir berichtet, daß seine Forscher den menschlichen DNA-Code geknackt haben. Können Sie die Bedeutung dieser wissenschaftlichen Großtat einschätzen?«

»Werden Sie doch mal konkreter.«

»Das sprengt den Rahmen unserer Gesellschaft. Es fehlen die Gesetze, die diesen Irrsinn steuern. Es gibt überhaupt keine öffentliche Diskussion. Dieser Herr wird in kürzester Zeit Tausende von Patenten auf das menschliche Erbgut anmelden. Wenn ich will, erpresse ich euch alle, hat er mir gesagt. Ich bestimme, welches Schwein welches Herz für welchen Präsidenten produziert. Sie müssen das Undenkbare denken lernen, Frau Goldschmidt, hat er zu mir gesagt.«

Sie schloß die Augen und fuhr sich mit beiden Händen durch die dichten, schlohweißen Haare. Ihre hohe Stirn kam zur Geltung, der Kopf war leicht nach hinten gebeugt, und in dieser Haltung verharrte sie für einen kurzen Moment mit einem konzentrierten Gesichtsausdruck, wobei sie die Unterlippe etwas vorgewölbt hatte. Dann öffnete sie die Augen wieder, die tief und schwarz waren und in dem hageren Gesicht zu glühen schienen. In den vielen Falten war kein Lachen mehr.

»Da ist er bei mir an die Richtige geraten. Das Undenkbare denken.«

Sie erhob sich und ging aus dem Zimmer. Kurz darauf kam sie mit der Lederhandtasche zurück, die sie immer bei sich trug, und stellte sie auf das Tischchen. Sie setzte sich wieder und öffnete die Handtasche. Sie holte einen großen, schweren Revolver heraus und zeigte Bruno die gefüllten Patronenkammern. Die Waffe roch nach Öl.

»Das war der Armeerevolver meines Vaters, der unter dem Kaiser gedient hat. Sie haben ihn, meine Mutter, fast die ganze Familie vergast. Ich war in England. Sie hatten mich da hingeschickt. Ein Onkel hat mir diese Waffe gegeben. Mit einem Abschiedsbrief meines Vaters. Denke immer an das Undenkbare, lautete der letzte Satz. Das war sein Vermächtnis. Seitdem trage ich diesen Revolver immer bei mir. Mehr als Symbol. Weniger als Waffe. Das hat sich ganz gegen meine Absicht geändert. Mein Vater war Patriot. Aber das hatte ich Ihnen schon einmal erzählt.«

Sie verstaute den Revolver wieder in ihrer Handtasche, die sie neben sich an den Sessel stellte.

»Das Ding kann einem beim Tragen das Kreuz abpressen, so schwer ist es.«

»Schleppen Sie es denn immer mit sich rum?«

»Sonst gäbe es doch keinen Sinn.«

Sie nahm ihr Weinglas und prostete Bruno mit einer kleinen Bewegung zu.

Bruno wollte es auch, schaffte es aber nicht. Er fühlte sich wie paralysiert.

»Wissen Sie, was dieser Herr, ich vermute, Sie wissen, wen ich meine, mir noch anvertraut hat? Frau Goldschmidt, sagte er, in ein- oder zweihundert Jahren haben wir eine neue menschliche Spezies, die nicht mehr gewillt sein wird, sich mit seinen Verwandten, die noch das antiquierte, armselige Erbgut früherer Zeiten in sich tragen, zu vermischen. Und ich stelle die Regeln auf für diese neue Rasse.«

Sie erhob sich wieder und drückte auf den Knopf eines Kassettenrecorders, der auf der Kommode stand.

»Jetzt spiele ich Ihnen mal was vor von diesem Herrn.«

Bruno hörte eine männliche Stimme.

»Wir können selektive Toxine klonieren, mit denen sich bestimmte ethnische Gruppen eliminieren lassen, die durch ihre genetische Ausstattung nicht mehr so recht up to date sind. Genausogut lassen sich Pflanzen- und Tiersorten vernichten. Ich gehe davon aus, daß die neue Spezies Mensch die antiquierte auf diese Weise mühelos und unaufwendig beseitigen wird. Der Homo antiquus, entschuldigen Sie diesen saloppen Ausdruck, wird auf das Niveau von Nutztieren herabsinken, was vorzunehmende notwendige Ausdünnungen dieser naturbelassenen Spezies in moralischer Hinsicht erleichtern wird. Die Luft zum Atmen wird bei der rasanten Vermehrung der Menschen in absehbarer Zukunft für alle zu knapp werden. Es ist klar, wer den Kampf um den für das Atmen notwendigen Sauerstoff gewinnen wird: der neue Mensch, der sich in autarken Kuppelstädten etabliert hat, zu denen nur die Eliten Zugang haben. Der überwältigende Rest schmachtet vor den Toren als Organlieferant und Arbeitstier, insofern seine Arbeitskraft nicht überflüssig geworden ist. Biotechnische Mutationen, Synthesen aus Mensch und Maschine werden das veraltete Modell Mensch verdrängt haben.«

Sie stoppte die Kassette, blieb aber neben der Kommode stehen. Sie sah zerbrechlich aus und alt. Die Falten liefen wie kleine Wellen über ihr Gesicht. Es strengte sie an, in ihrer Rede fortzufahren.

»Diese toxische Methode ist viel eleganter und effizienter als Gas. Es wird ein bißchen Gift versprüht, alle trinken unbehelligt ihren Kaffee bis auf die, die die falschen, antiquierten Gene tragen. Man braucht keine komplizierte Logistik, keine Lager, keine Öfen, keine Wachmannschaften, keine biederen Väter und Söhne, die man ideologisch aufwendig zu Unmenschen umformen muß, nur ein paar Tropfen Toxine, und schon welken sie dahin, die Minderwertigen, die nicht das Geld hatten, sich die Gene vergolden zu lassen.«

Sie drückte wieder den Startknopf des Recorders.

»Es wird zwangsläufig der Untermensch entstehen, es läßt sich gar nicht vermeiden. Oder glauben Sie etwa, liebe Frau Goldschmidt, daß diejenigen, die es sich leisten können, darauf verzichten werden, ihre Rasse zu veredeln, nur weil es arme Schlucker gibt? Das müßten Sie doch am besten wissen!«

»Allerdings«, sagte Frau Goldschmidt, stoppte den Recorder und nahm die Kassette heraus.

Sie setzte sich wieder. Die Kassette hielt sie weiter in ihrer Hand. Bruno dachte an Anton und Marcella, die ein Vermögen für diese Aufzeichnungen geben würden.

»Das sagte mir ein führender Unternehmer, der genau weiß, wovon er redet. Sie kennen meine Theorie des Widerstandes. Das Undenkbare denken. Das ist im Kern alles. Alles Handeln von da her ableiten. Wenn das Undenkbare wirklich denkbar ist, Widerstand leisten. Es nicht erst zum Äußersten kommen lassen. Dieser Herr plant für Silvester 2000 ein Vorhaben, das alles bisher Gedachte überschreitet. Ich will es aufhalten.«

Bruno räusperte sich. Ihm war unbehaglich. Gedanken dieser Art kannte er nur aus dem Geschichtsunterricht. Diese Zeit des Widerstandes war weit weg, existierte nicht wirklich, außer in Büchern, Filmen, Fronterzählungen und Ansprachen, zumal sich diese furchtbare Zeit nie mehr wiederholen sollte. Nie wieder! Ein Versprechen, das, gebetsmühlenhaft vorgetragen, das Versprochene schließlich glauben ließ. Nie wieder! Da herrschte Einigkeit unter allen: »Wir trauern bis zur Erstarrung.«

Bis auf ein paar Idioten, die in gut überschaubaren Reservaten, in befreiten deutschen Zonen hausten, in Thüringen und in Brandenburg.

Was aber ist mit den vielen Millionen, die in ein paar Generationen ein Dasein zwischen Mensch und Tier fristen? Millionen Schatten, die uns aus der Zukunft bereits lebhaft zuwinken?

Mit euch hat niemand so schnell gerechnet! Ihr kommt viel zu früh! Die Trauer reicht ja kaum aus für das Geschehene! Für euch bleibt nichts übrig! Das Trauern für morgen verlangt Atemholen! Wir japsen noch wegen gestern! Das ist ein Konflikt, überlegte Bruno, der keiner sein müßte, wenn die Opfer von gestern denen von morgen zurufen, so wie mir Frau Goldschmidt zuriefen oder ihr Vater, dessen Revolver sie mir gerade gezeigt hat, und wenn die Lebenden dem Geschrei der Toten aus allen Zeiten zuhörten! Auch wenn die Ohren zerspringen. Damit das Morgen nicht wird, wie es schon war, und vielleicht viel schlimmer.

Das Undenkbare immer wieder denken und wenn es sich denken läßt, danach handeln. Gegen diesen Gedanken ließ sich nicht wirklich etwas einwenden, aber wer sagt mir, überlegte Bruno weiter, daß ich das Undenkbare wirklich gedacht habe? Wo fängt es an, und wie sieht das Undenkbare zu Denkende aus? Sieht Herr Wolf so aus? Für Frau Goldschmidt schien es so zu sein.

Das erschreckte Bruno. Er wollte nicht damit konfrontiert werden. Darüber reden, hitzig und voller Leidenschaft, ist doch etwas ganz anderes, als verstrickt zu sein.

Brunos Kopf war ganz leer. Aber ich bin es, dachte er schließlich, ich bin verstrickt. Hier sitzt diese alte Frau vor mir, mit dem Revolver ihres Vaters, und ist zum Äußersten entschlossen. Und draußen läuft ein Jockel herum, dem ich an den Kragen will.

Es war schierer Wahnsinn! Das wurde Bruno schlagartig klar. Er und Jockel waren ein Entwurf in die Zukunft. Ein Zufall der Natur, der bald kein Zufall mehr sein würde. Dem konnte sich Bruno nicht entziehen. Das Undenkbare zu Denkende hatte in ihm und Jockel vorweggenommene Gestalt gefunden. Es fiel Bruno wie Schuppen von den Augen. Er saß mittendrin in einem Undenkbaren, dessen Körper er war.

Bruno wartete auf das Entsetzen, das sich jetzt in ihm breitmachen müßte. Er horchte in sich hinein. Er bemerkte nichts Auffälliges. Nur ein Schwitzen am Hintern wegen des Plastiks auf dem Sessel, das nicht atmungsaktiv war. Ganz tief in der Bauchgrube hörte er ein Grummeln, wenn er den Atem anhielt. Er atmete schnell weiter, als sich das Grummeln als Lachsalve entpuppte, die sich über dem Zwerchfell sammelte und jeden Moment explodieren wollte. Die Tatsache, als vorweggenommene Zukunft, dazu noch als der minderwertige Teil einer zufälligen Klonierung – obwohl ja ein Klon keine

Qualitätsunterschiede kennt, Klon ist Klon –, auf dem Sessel seiner Therapeutin zu sitzen, während sein Double den Bösewicht spielte, erfüllte Bruno mit großer Heiterkeit. Nur mit Mühe konnte er sie unterdrücken.

»Haben Sie ein Problem?« fragte Frau Goldschmidt.

»Ich glaub', ich bin ein Klon«, summte Bruno die Melodie des Liedes *Ich glaub', ich bin ein Huhn.*

»Sie haben eine Seite von schwarzem Humor. Ich frage mich sowieso die ganze Zeit, wie Sie mit dieser Geschichte klarkommen.«

Bruno betrachtete die Schnittchen auf dem Tablett. Sie waren mit Schinken und Käse belegt. Zwischen den Schnittchen lagen Mixpickles.

»Darf ich?«

»Dafür sind sie doch da.«

Bruno angelte sich ein Schinkenschnittchen und ein Gürkchen. Das Gürkchen war sehr sauer, und der Schinken blieb in der immer gleichen Zahnlücke hängen. Bruno pulte mit der Zunge nach dem Fuzel, ohne ihn zu fassen zu bekommen. Die Zunge war zu kurz. Er gab es auf. Von Jockel erzählen wollte er auch nicht.

»Sie können vielleicht Wolf aufhalten, aber die ganze Entwicklung nicht. Die ist doch nicht personenabhängig.«

Der Fuzel störte beim Sprechen. Obwohl er winzig war, fühlte er sich an wie ein ganzer Putzlappen, der den hintersten Backenzahn umbaumelte.

Frau Goldschmidt nahm sich ein Käseschnittchen, das von einer Olive geziert war. »Sie sollten auch zum Käse übergehen. Der bleibt nirgendwo hängen.«

Bruno nahm sich ein Münsterkäseschnittchen, mit Kümmel bestreut.

Münsterkäse war der König unter den Käsesorten. Gegen diesen Käse konnte kein anderer anstinken.

»Ich kann keine Entwicklung aufhalten. Ich will auch keine von mir aufgepeppten Killer auf die Peiniger loslassen.«

Ein Käsekrümel hatte sich in ihrem Mundwinkel festgesetzt, den sie sich mit der Zungenspitze in den Mund wischte.

»Wolf bereitet im Namen des zivilisatorischen Fortschritts und der kommerziellen Eugenik einen Mißbrauch vor, den er in der Nacht des neuen Millenniums, am 1.1.2000, in aller Öffentlichkeit zu seinen Ehren zelebrieren will. Er wird kein Geschrei von der Reinhaltung einer Rasse erheben. Er wird sich in ganz pragmatischen Begriffen äußern. Erhöhung der ökonomischen Effizienz. Optimierung der Leistungsstandards, Verbesserung der Lebensqualität durch genetische Behandlung lauten die Standards. Die Opfer dieses öffentlichen Mißbrauchs, ein noch nicht geborener Mensch und seine Mutter, wissen davon noch nichts und sollen bis zu diesem Zeitpunkt auch nichts wissen. Ihre Entwürdigung soll für die Opfer eine Überraschung sein und für die Welt ein Spektakel! Nach den erlaubten Regeln bleiben für die Bloßgestellten Trauer und Scham. Viele Jahre wird ein Therapeut bemüht. Aber die Schmerzensarbeit nützt nichts. Die Würde will nicht zurückkommen. Trauern ohne Würde, was ist das? Der Täter aber ist ein freier Mann. Schmerzensarbeit ist seine Sache nicht. Die bleibt dem Opfer überlassen.«

Bruno schielte nach einem weiteren Schnittchen, traute sich aber nicht, bei dieser Dramatik der Ausführungen von Frau Goldschmidt zuzulangen. Er hätte gerne noch eines von den Gürkchen gehabt. Die knackten aber so laut, wenn man zubiß. Knacken war jetzt unpassend. Das würde ja aussehen, als wäre ihm das Gürkchen wichtiger als alles andere. Leise zubeißen ging nicht.

Genausowenig, wie man im Theater während der Vorstellung ein Bonbon leise aus der Papiertüte holen konnte. Je leiser es sein sollte, um so länger dauerte es am Ende. Ein rasches In-die-Tüte-Greifen, ein aufbäumendes Rascheln des Papiers, und das Bonbon gelangte ohne Umschweife und ohne viel Geräuschaufwand aus der Tüte in den Mund! Aber nein! Es gab Raschler, die versauten einem das schönste Konzert. Bruno verzichtete also auf das Gürkchen, das das letzte war.

Über das Gürkchen schoben sich in seiner Erinnerung Fotos von Kinderrücken, auf die heiße Bügeleisen gestellt worden waren, in die man Tauchsieder gebohrt und auf denen man Zigarettenkippen ausgedrückt hatte. In den Augen der Kinder Trauer schwarz und tief wie Brunnenschächte.

Bruno hatte einen neunjährigen Jungen losgebunden, der tage- und nächtelang gefesselt und verkrümmt in einem Säuglingsbettchen lag. Die Eltern waren auf Sauftour.

Er erinnerte sich an einen Mann, der es liebte, Frauen auf der Motorhaube seines Autos zu vergewaltigen. Der Mann hatte ihm in seiner Zelle die letzte Vergewaltigungsszene vorgespielt, unterbrochen von schenkelklopfendem Gelächter.

»Herr Paul, ich soll sie die Schenkel hoch zwischen die Shorts gefickt haben. Diese blöde Fotze! Die Shorts waren viel zu eng! Sie hätte genausogut nichts anhaben können! Dieses geile Luder! So rumzulaufen! So eng waren die Shorts! Da kommt doch kein Schwanz rein! Auf der Kühlerhaube von meinem Auto soll ich sie geballert haben! Mann! Im Sommer bei praller Sonne! Ich hätte mir auf dem heißen Blech ja die Eier fritiert!«

Der Mann demonstrierte den Akt an seinem Zellentisch. Die Frau war mit zerrissener Scheide und verbranntem Fleisch ins Krankenhaus eingeliefert worden.

Bruno kannte die Stummheit von Menschen, die Folterkellern entkommen waren, die um Asyl bettelten, die in der U-Bahn durchdrehten oder tagelang ziellos umherirrten, weil der Mann auf dem Sitz neben ihnen den Geruch ihres Folterers unter den Achseln hatte.

Die Täter hatten ihre Opfer längst vergessen, während die in den Höhlen ihrer Vergangenheit immer noch hausten wie Aussätzige.

Frau Goldschmidt hatte Brunos Skrupel vor dem Gürkchen nicht und angelte es sich mit spitzen Fingern zwischen den Schnittchen. Das Knacken, als sie hineinbiß, war dezent. Sie schien trotz ihres Alters noch kein Gebiß zu haben. Bei Gurken klappern Gebisse sonst ganz besonders. Sie kaute und sprach ganz unbefangen weiter, als unterhielten sie sich über Rasenmäher und nicht über die Scheußlichkeiten dieser Welt.

»Sie wissen doch, was läuft, Herr Paul. Sie wissen das alles doch! Auf den Folterstätten der heiligen Familien, wo in unseren Landen im Namen der Liebe unverdrossen, Heil Stoiber! gefoltert wird, gelten keine Regeln, keine Gesetze, die das Opfer schützen würden. Es bleibt nur noch sich selbst. Teile von ihm. Sonst nichts. Die Welt rauscht unerreichbar weit vorbei. Was soll es gegen die Welt, die auf den Peiniger reduziert ist, tun, wenn es nicht auf den Knien überlebend als Sklave dahinvegetieren will? Es hat nichts außer einem malträtierten Bewußtsein von sich. Das ist das einzige ihm verbliebene.

Diesem Bewußtsein will es Respekt verschaffen. Es stellt es über die Welt. Der Mensch revoltiert. Meine Aufgabe ist es, ihm Schutz in der Revolte zu geben, zu der ich ihn hier in meiner Arbeit anstiftete.«

Sie machte eine Pause, runzelte die Stirn, lächelte und

fuhr fort: »Anstiften ist gut. Wenn das meine Kollegen hören. Die steinigen mich.«

Sie machte eine Handbewegung, als wollte sie die Reaktion der Kollegen wegwischen.

»Ich weiß nicht, ob man diese Menschen wirklich schützen kann. Letztendlich können sie es nur selbst.«

Sie musterte das Tablett mit den Schnittchen.

»Keine Gurken mehr da.«

Sie seufzte, als läge in einer Gurke das Glück der Welt.

»Es kommt zur notwendigen Konfrontation mit dem Täter. Das Opfer fordert seine Würde zurück. Üblicherweise vollzieht sich diese Konfrontation in der Phantasie und verlangt vom Opfer großen Mut. Das ist anstrengend. Die körperliche Präsenz des Täters ist nicht erforderlich. Bei einer physischen Konfrontation zwischen Opfer und Täter, die manchmal unvermeidbar ist, in Familien zum Beispiel, aber kann es zum Äußersten kommen, zum Mord. Ich kann einen gepeinigten Menschen, den ich ermuntert habe, diesen Gang der Konfrontation zu wagen, dann nicht einfach fallenlassen. Er braucht meinen Schutz. Der Mord ist nicht das Ziel. Das Ziel ist das Alles oder Nichts, Respekt oder Sklaverei. Wenn ich mit einem Menschen diese Reise antrete, müssen wir auf alles gefaßt sein.«

Sie unterbrach ihren Vortrag. Anscheinend hatte sie auch ein Fuzelchen zwischen den Zähnen, nach dem sie jetzt mit dem gebogenen kleinen Finger bohrte. Es gelang ihr, sich von der Gurkenschale zu befreien, und sie schnippte das Krümelchen weg.

Brunos Fuzelchen baumelte immer noch um den Bakkenzahn wie ein Wischlappen und schmeckte ausgeleiert. Die Banalität der Anwesenheit dieses Fuzelchens in Brunos Zahnlücke war für ihn fast schmerzhaft peinlich. Bestimmt wehte ihm dieses vermaledeite Fuzelchen aus dem Rachen wie die Bundesfahne am Fahnenmast bei einer Parade vor dem Reichstag. Bruno hielt die Luft an, um das Flattern der Fahne zu unterbinden.

»Bruno, jetzt mach keine Faxen«, flüsterte sein Verstand. »Nichts flattert.«

»Sehen Sie«, fuhr Frau Goldschmidt fort, »Herr Wolf wird nach der Präsentation dieser Entwürdigung zweier Menschen weltweit geehrt werden. Er wird zum Star. Seine Gewinne werden astronomisch steigen. Die Börse wird verrückt spielen. Man wird seine Vernunft und die Genialität seiner Projekte preisen. Die Vernunft erhebt sich ins Übermenschliche. Die neue Rasse, der neue Mensch bricht sich Bahn. Und natürlich ist es vernünftig, wenn der neue Übermensch den alten Untermenschen regiert, dirigiert, notfalls, und mit Sicherheit eliminiert. Der Wert des Stärkeren ist der einzige verbliebene Wert in einer Welt, in der der Mensch der Schöpfer seiner selbst wurde. In der Moderne dulden Götter nur Götter neben sich. Das letzte Mal hatten die idealen Übermenschen blonde Haare, blaue Augen und arische Gene.«

Sie griff zu ihrer Handtasche und holte ein Taschenbuch heraus.

»Das ist Albert Camus, *Der Mensch in der Revolte*, bestechend aktuell. Ich will Ihnen eine Stelle vorlesen.«

Sie blätterte in dem Buch, bis sie die Stelle gefunden hatte, und las mit ihrer klaren, etwas brüchigen Stimme vor: »Im Augenblick, da er den demütigenden Befehl seiner Oberen zurückweist, weist der Sklave auch sein Sklavendasein zurück. Die Bewegung der Revolte trägt ihn über den Punkt seiner einfachen Weigerung hinaus. Was zuerst ein unbeugsamer Widerstand des Menschen war, wird nun der ganze Mensch, der sich mit ihm identifiziert und sich darin erfüllt. Diesen Teil seiner selbst, dem er Respekt verschaffen wollte, stellt er nun über den Rest und verkündet laut, ihn allem, selbst dem Leben, vorzuziehen. Er wird für ihn das höchste Gut. Verharrte er zuvor in einem Kompromiß, so wirft sich der Sklave mit einem Schlag jetzt an das Alles oder Nichts. Das Bewußtsein tritt zusammen mit der Revolte an den Tag.«

Sie schlug das Buch zu, steckte es zurück in die Handtasche und fuhr sich mit beiden Händen durch das Haar, straffte es hinter ihrem Kopf, so daß die Haare ganz dicht am Schädel anlagen und sich die Haut spannte. Die Knochen des Gesichts stachen scharf hervor. Bruno sah einen Totenschädel. Sie löste das Haar und schüttelte es, bis es wieder frei fiel.

»Ich werde es nicht zulassen, daß dieser Mensch Wolfs Sklavin wird.«

»Wer ist denn das Opfer, von dem Sie sprechen?«

»Das kann ich Ihnen nicht sagen. Es wäre eine Bloßstellung.«

»Warum wollen Sie dieser Person die Mühe des Widerstandes abnehmen?«

»Sie ahnt nichts. Vielleicht handelt sie ja, wenn sie es weiß. Im übrigen sind wir alle von Wolfs Projekten betroffen. Revoltiert einer, revoltiert er für alle.«

Sie kniff das linke Auge leicht zu und musterte Bruno.

»Aber Sie haben mir noch immer nicht gesagt, wie Sie mit Ihrer real lebenden Kopie zurechtkommen? Wie fühlt man sich im verdoppelten Zustand?«

Bruno nippte von seinem Wein, der sich mit dem Nachgeschmack des Münsterkäses und des Kümmels gut verband.

»Was soll ich machen? Ich muß es akzeptieren.«

Bruno spürte, daß er beleidigt war. Immerhin war sie seine Therapeutin, der er sich anvertraut hatte. Was machte sie? Sie warf ihn wie ein Küken aus dem Nest, indem sie ihm Miriam Roth auf den Hals schickte! Und was gingen ihn ihre Interessen betreffs seines Doppelgängers an? Der leise Spott in ihrer Stimme war unüberhörbar! Natürlich hatte er etwas gegen ihn! Klon hin, Klon her! Der Kerl hatte sich in seine privatesten Dinge eingemischt! Was hatte ihre Theorie von Widerstand und Revolte mit seiner Frau und seinem Konto oder mit seinem Visum nach China zu tun? Nichts!

»Sind Sie verstimmt? Sie wirken etwas säuerlich.«

»Das liegt an den Gurken.«

»Sie haben doch nur eine gegessen.«

Die Blödheit seiner Antwort verdroß Bruno noch mehr. Er wußte, daß sie recht hatte. Jockel war ihr gemeinsamer Gegner, ihre Interessen überschnitten sich. Sie konnten die Therapie nicht weiterführen. Zumal er sie ja auch nicht brauchte, wie sie audrücklich betonte! Wer hat denn so was schon gehört!

Wofür bin ich denn drei Jahre hierhergerannt? Bruno spürte eine neue Welle der Gekränktheit in sich hochschwappen.

»Wie schätzen Sie die Situation von Frau Roth ein?«

Bruno zuckte mit den Schultern.

»Ich habe auch so was wie ein Berufsgeheimnis.«

Sie grinste.

»Sie sind doch sauer.«

»Na klar bin ich das. Ich habe mich bei Ihnen sehr wohl gefühlt. Und jetzt schmeißen Sie mich einfach raus. Wo ich Ihre Hilfe gerade jetzt am nötigsten hätte.«

Bruno aß noch ein Münsterkäseschnittchen und trank das Weinglas leer. Den dünnen Stiel zwirbelte er ein paarmal zwischen Daumen und Zeigefinger.

»Mein Doppelgänger hat etwas sehr Bedrohliches. Ich werde zu meinem eigenen Schatten, in dem ich langsam versinke. Spurlos, ohne überhaupt noch wahrgenommen zu werden. Daß er mit Amanda zusammen ist, macht die Sache ja erst richtig schwer.«

Bruno stellte das Weinglas ab und erhob sich abrupt.

»Ich glaube, ich muß jetzt gehen.«

Sie brachte ihn zur Wohnungstür. Sie verabschiedeten sich mit einem Händedruck und wortlos. Auf der Treppe drehte er sich noch einmal zu ihr um.

»Mit Miriam Roth, das sieht nicht gut aus. Ihr Programm, den Wolf-Konzern zu sabotieren, hatte doch sehr persönliche Gründe, granz triviale und egoistische, nicht nur idealistische, nicht nur Revolte.«

Frau Goldschmidt setzte das distanzierte Gesicht auf, das sie hatte, als Bruno zum ersten Mal vor ihr saß und sie ihn unter die Lupe nahm. Sie hatte jetzt die gleiche Neugierde in den Augen wie damals.

»Mehr kann ich Ihnen auch nicht sagen. Ich habe noch eine Frage: Können Sie sich unter Umständen vorstellen, die Tonbänder Ihrer Sitzungen mit Herrn Wolf zu veröffentlichen?«

Sie nickte mehrmals.

»Gegen alle Regeln, ja, kann ich.«

»Ich werde Ihnen das Ehepaar Mommsen schicken. Die sind ganz scharf darauf.«

Bruno stieg langsam die Treppen hinunter. Ein Kapitel seines Lebens lag hinter ihm, das noch nicht restlos abgeschlossen war. Ein paar Seiten fehlten.

Frau Goldschmidt mußte ihm nachgeschaut haben. Bruno hörte keine Tür ins Schloß fallen.

14. Kapitel

Die Staatsanwältin ist noch ungesprächiger, hat aber interessante Neuigkeiten, die ein neues Licht auf Matthes werfen könnten.

Frau Bretz stand in ihrer Stammkneipe am Tresen wie immer an der gleichen Stelle, mit der Musikbox im Rükken, in der Sidney Bechet auf dem Sopransaxophon *Everybody loves my baby* spielte. Bruno stellte sich neben sie.

»Guten Abend.«

Sie wippte mit dem Fuß, den sie auf die Fußstange gesetzt hatte, zum Rhythmus der Musik und grüßte nicht zurück. Sie hatte das Kinn in die rechte Hand gestützt, eine größere Strähne als sonst lag quer über der Nase, und sie starrte auf ihr Konterfei im Spiegel hinter dem Tresen. Die Haarsträhne sah im Spiegel aus, als trüge die Staatsanwältin einen Schnurrbart.

Madame Moustache, wollte Bruno sagen, unterließ es aber. Vor ihr stand ein Glas Bier. Bruno orderte beim Zapfer ein Guinness. Der große Gipsengel in der Mitte der Kneipe reichte bis zur Decke und hatte riesige Brüste, die dunkle Schatten warfen, als zögen Regenwolken über die Wände und die Besucher an den Tischen des Lokals.

Die Platte hing. Die Nadel kratzte laut. *Dodok dodok chhrrr.*

Die Staatsanwältin löste sich aus ihrer Haltung, ging zur Musikbox und verpaßte ihr einen derben Tritt. Der Plattenspieler machte einen Hüpfer und landete mit einem dumpfen *Blohob* auf *Les oignons.*

Die Staatsanwältin kam zurück, setzte den Fuß auf die Fußstange und legte wieder das Kinn in ihre Hand. Der Zapfer stellte das Guinness vor Bruno.

»Das war ein Placebo«, sagte die Staatsanwältin, ohne das Kinn von der Hand zu nehmen. Ihre Stimme war dadurch ziemlich verknödelt, als hätte sie eine Kiefersperre.

»Was war ein Placebo?«

Bruno trank, wischte sich den Schaum von der Oberlippe und sah sie fragend an. Sie fächelte der Strähne auf ihrer Nase mit gekräuselten Lippen Luft zu. Die Strähne flatterte ganz leicht im Luftzug.

»Auf der CD von Ihrem Freund Matthes war nichts. Der hat Sie auf den Arm genommen. Auf den anderen war auch nichts.«

»Welchen anderen?«

»Ihr Freund Marc war sehr gesprächig und nannte uns die Namen der anderen CD-Besitzer. Wir haben sie konsultiert. Alles negativ. Leere Disketten. Placebos. Die wußten auch nicht sonderlich viel über den Inhalt der Diskette. Oder wollten nichts wissen. Gesprächig waren sie jedenfalls nicht.«

»Überrascht Sie das? Das ist eine verschworene Gang in den Fußstapfen ihres ermordeten Kumpels.«

»Alles etwas undurchsichtig«, knödelte die Staatsanwältin mit ihrem zusammengepreßten Kiefer weiter. »Ihr Freund Matthes ist ein Einzelgänger. Die verschworene Gang meiner Meinung nach ein Mythos.«

»Ja und?«

Die Platte in der Box hing wieder, die Staatsanwältin verpaßte ihr erneut einen Tritt, und diesmal sprang die Nadel nirgendwohin, sondern zog sich beleidigt auf ihre Ablage zurück.

»Dann halt nicht«, knurrte die Staatsanwältin und postierte sich wieder am Tresen.

»Ihre Freundin Knappes hat auch gequasselt.«

»Gequasselt?«

»Sie hat mir alles erzählt von Ihrem Doppelgänger. Bei dem könnten Sie sich eine Scheibe abschneiden. Ein schnuckeliges Kerlchen.«

Typisch Knappes. Die konnte nie das Maul halten. Eine Rätschbase sondergleichen.

»Wieso erzählt die alles?« regte sich Bruno auf.

»Die will, daß Ihnen nichts passiert.«

»Was soll mir denn passieren?«

Sie lachte leise. Es klang nach dezentem Rülpsen, weil ihre Hand immer noch das Kinn stützte und so das Lachen blockierte.

»Ihr Double ist der Hauptstrippenzieher. Ich weiß nur nicht, wohin er zieht. Nachweisen kann man ihm gar nichts. Und das Tollste: Ich habe ihn noch gar nicht zu Gesicht bekommen. Niemand. Vielleicht ist er nur ein Phantom. Im Wolf-Konzern will ihn niemand kennen. Den Konzernchef selbst habe ich noch nicht erreicht. Das dürfte auch schwierig werden. Ich habe keinen wirklichen Grund, ihn mir vorzuknöpfen.«

Sie trank bedächtig einen Schluck Bier und wischte sich mit dem Handrücken den Schaum von den Lippen. Dann schaute sie Bruno direkt an.

»Und Sie wissen nicht, was Ihre Frau Amanda mit Ihrer ansehnlichen Kopie treibt?«

Bruno schaute weg. Die Frage machte ihn unsicher.

»Ich weiß es nicht«, knurrte er schließlich. »Midlife-crisis. Sie ist nicht mehr die Jüngste.«

»Ohne Wampe würden Sie mir auch besser gefallen«, knödelte die Staatsanwältin.

Bruno fühlte sich unbehaglich. Warum war er überhaupt hergekommen? Alles zerbröselte. Selbst Matthes war plötzlich ein unsicherer Kantonist, der an seine Freunde Placebos verteilte. Bruno schaute in sein Bierglas, als schwömme Matthes in der braunen Brühe und riefe ihm wie ein Ertrinkender zu: »Wir sind eine verschworene Gemeinschaft! Bruno, du gehörst dazu! Wir werden Oliver rächen und Jockel auf den Mond schießen!«

Dann versank Matthes im Bierglas. Das Bier begann zu blubbern, heftige Dampfwolken entstanden. Ein anschwellendes Dröhnen quoll aus dem Glas, das sich erhob und mit einem gewaltigen Kondensstreifen aus dunkelbraunem Guinness über die Tische donnerte, dreimal den dicken Engel umrundete, der ganz erschrokken mit den Flügeln schlug, um dann, als sich die Tür öffnete und ein Gast mit einem Dackel die Kneipe betrat, hinaus ins Freie zu zischen. Der eintretende Gast ging zu Boden. Ein Flügelende des erschreckten Engels, der aus Gips war, hatte ihn am Kinn getroffen. Der Dackel jaulte auf, als er unter der Last seines Herrchens begraben wurde. Ganz deutlich sah Bruno in dem davondonnernden Bierglas das angstverzerrte Gesicht von Jockel. *Sag zum Abschied leise Servus*, summte Bruno in Gedanken.

Er mußte sich losreißen von seinen Phantasien, denen er stundenlang nachhängen konnte und die häufig in den dumpfesten Trivialitäten endeten.

»Haben Sie mit meinem Doppelgänger geredet?«

»Sagte ich doch gerade, noch nicht. Aber ich bin schon ganz gespannt, Sie mal anders zu erleben. Entschlackt und verjüngt. Die Knappes war jedenfalls von

Ihnen, Ihrem anderen Ihnen, begeistert, obwohl sie ihn auch nur aus den Erzählungen von Amanda kennt. Zum Vernaschen, sagte sie.« Die Staatsanwältin schnalzte genießerisch mit der Zunge. »Ihr Schnucki muß jedenfalls mit einer Vorladung rechnen.«

Ihre nächste Frage kam ganz beiläufig.

»Sind Sie sicher, daß es Ihr anderes Ich war, das nach dem Überfall im Schnee mit Ihnen übers Handy Kontakt hatte?«

Bruno räusperte sich und gab seiner Stimme etwas mehr Fülle.

»Der schwäbelt leicht. Unüberhörbar. Ein Irrtum unmöglich.«

Fast hätte er noch gesagt: »Schließlich muß ich wissen, was ich mir gesagt habe.« Er konnte es gerade noch unterdrücken.

Die Fülle in Brunos Stimme überzeugte die Staatsanwältin nicht.

»Das Schwäbeln kann man nachmachen.«

»Wie meinen Sie das?«

»Das kann auch Matthes nachmachen.«

»Ein schwäbelnder Norddeutscher?« Bruno grunzte verächtlich. »Blödsinn.«

»Warum denn nicht? Zwischen diesem Jockel und Ihrem Matthes spielt sich etwas ab. Das wissen Sie doch.«

»Was soll denn da laufen?«

»Irgendein Deal.«

Bruno überlegte.

»Was ist mit dem Toten? Der das Fahrrad von Matthes hatte?«

»Der hat damit nichts zu tun. Purer Zufall. Der wollte nach Hause und hat sich diese alte Gurke geschnappt. Opfer einer Verwechslung. Pech gehabt.«

Sie sagte das, als hätte der Junge ein Ohrläppchen verloren und keine Kugel im Kopf, von hinten, aufgesetzt, mit Schmauchspuren.

»Gemeint war Matthes. Was treibt der, daß man ihn unbedingt hinrichten will? Nachdem schon sein Spezi Oliver exekutiert worden ist? Und Sie werden überfallen, weil Sie eine CD von ihm haben, die eine Niete ist? Das ist doch alles etwas seltsam, oder nicht?«

Bruno weigerte sich, seinen Freund zu verdächtigen. Aber sein Verstand sagte ihm: »Bei Licht betrachtet hat die Frau recht. Da ist etwas faul.«

Bruno nahm einen Schluck von seinem Bier.

»Haben Sie den Matthes denn in der Zwischenzeit schon gesehen?« ließ sie nicht nach.

»Nein, aber es wird höchste Zeit.«

»Dann tummeln Sie sich mal, ehe noch mehr Unglück geschieht.«

Das Bierglas von Bruno war noch halbvoll.

»Ich trinke das noch aus.«

»Ich will Sie nicht vertreiben.«

Die Staatsanwältin ging zur Musikbox und warf ein Geldstück ein.

»Haben Sie einen Wunsch?«

Bruno drehte sich zu ihr um.

»Drücken Sie irgendwas.«

Sie drückte auf die Tasten und kam zurück. Nina Simone sang *Love me or leave me*. Die Nadel kratzte leise. Die Staatsanwältin summte mit. Sie starrte wieder auf ihr Konterfei im Spiegel und schien Bruno vergessen zu haben.

»Ich muß einfach wieder zurück. In Berlin versaure ich«, murmelte sie schließlich und nahm dann das Mitsummen wieder auf. Jeder Chorleiter hätte sie des Chores verwiesen. Das Summen klang, als torkelte eine besoffene Hummel um ihre Nase, auf der wieder eine

Haarsträhne lag. Ich müßte ihr mal Mastix schenken, überlegte Bruno, dann kann sie sich die Haare auf der Nase festkleben.

»Ich bin längst versauert.«

Bruno stellte sich die Staatsanwältin als Gurke, eingelegt in Mixpickles, in einem Gurkenglas vor, das nach Saarbrücken rollte. Nina Simone sang jetzt *Ain't no use* in der Musikbox.

»Sie werden noch in 30 Jahren hier stehen und von einer Rückkehr träumen.«

Sie hörte auf zu summen.

»Werden Sie bloß nicht pampig.«

Sie summte wieder.

»Was Neues im Fall Miriam Roth?«

Sie unterbrach ihr Gesumme.

»Nichts. Der Konzern verweigert jede Mitarbeit.«

»Und wie kam die Droge in den Tee?«

Die Staatsanwältin lachte leise.

»Die hätte er sich selbst reingetan. Der Mann experimentiert mit Drogen aus deutschen Wäldern und Fluren. Fliegenpilz in Honig zum Beispiel. Benutzte er als Brotaufstrich. Delikat. Ich hab's probiert.«

»Wieso sollte er sich in einem Assessment dopen?«

»Das konnten sie mir auch nicht sagen.«

Bruno nahm den letzten Schluck Bier und kramte in seiner Manteltasche nach Münzgeld.

»Lassen Sie's stecken, ich lad Sie ein.«

»Danke. Tja, ich geh dann mal.«

»Suchen Sie Matthes. Ich will alles wissen.«

My baby just cares for me, mit diesem Song von Nina Simone verließ Bruno den *Dicken Engel*. Bis zum *Gainsbourg* war es zu Fuß durch den Tierpark eine knappe halbe Stunde. Jetzt war es halb elf. Bruno machte sich auf den Weg.

15. Kapitel

Bruno hat noch eine rabenschwarze Nacht vor sich. Er droht darin zu versinken.

Im *Gainsbourg* war die Hölle los. Die Leute standen in Dreierreihen vor dem Tresen. Jenny sprang wie ein Floh mit Tablett zwischen den Gästen herum. Sie selbst sah man nicht, sondern nur das runde Tablett, das sie auf ihrer Handfläche über den Köpfen der Gäste balancierte. Ab und zu blitzte ihre weiße Kellnerschürze auf. Jennys Anblick war der Trost aller lädierten Seelen, die den Tresen säumten.

Bruno ergatterte eine schmale Lücke an der Theke. Er konnte knapp seinen Ellenbogen auflegen. Diese Haltung war unbequem. Die Frau auf dem Hocker neben ihm erhob sich.

»Muß mal auf die Toilette, halt den Platz frei«, sagte sie zu ihrer Freundin.

Bruno schubste mit dem Knie den Hocker etwas beiseite und legte beide Ellenbogen auf den Tresen. Das war die Haltung, die er brauchte.

»Paß doch uff, wa!«

Die Freundin musterte ihr netzstrumpfgewandetes Knie.

»Jetzt ha' ick ne Laufmasche, wa!«

Sie nestelte aus ihrer Handtasche ein Fläschchen Nagellack und betupfte die beschädigte Stelle.

»Ganz neue Strümpfe, wa!«

Suad näherte sich.

»Hallo, Suad«, sagte Bruno. »Wie immer.«

»Mann, Mann, du warst ja gestern abend drauf«, sagte Suad. »Mann, Mann.«

Die Freundin kam vom Klo zurück.

»Mach ma Platz, wa!« versuchte sie den Barhocker wieder an den Tresen zu schieben.

Bruno ignorierte ihr Bemühen. Die ist so jung, die kann auch stehen. Der Nagellack roch intensiv.

»Hat mir den Hocker ans Knie gehauen, jetzt macht er sich auch noch dicke!«

Bruno liebte diesen Lackgeruch. Als Kind hatte er an den Benzintanks von Autos geschnüffelt. Dann gab es Tanks mit Schlössern. Das bewahrte Bruno vor einer schlimmen Karriere. Die Freundin hatte sich mit einer Pobacke auf den Barhocker gequetscht. Bruno spürte durch ihren Jackenstoff viele spitze Knochen.

»So breit hab' ich dich ja noch nie gesehen«, bemerkte Suad grinsend und stellte den Apérol vor Bruno auf den Tresen.

Bruno verstand nicht.

»Was meinst du?«

»Wie, was meine ich?«

»Ich war breit?«

»Na breit ohne Ende!«

»Wann?«

»Gestern nacht, du bist zweimal vom Hocker gefallen. Ich mache ihn nieder, ich mache ihn nieder! hast du gerufen. Dann bist du rausgestürzt.«

Bruno hatte plötzlich Watte im Kopf und einen Pfropfen aus Heu im Hals. Sein Inneres trocknete in Windeseile aus. Sein Magen schnurrte zusammen wie Leder in Salzsäure.

»Mach mir einen Espresso.«

Suad machte sich an die Arbeit. Bruno überlegte fieberhaft. Er suchte nach einer Spur in seinem Gedächtnis, nach der Winzigkeit eines Hinweises, daß er gestern nacht im *Gainsbourg* war. Er war gestern abend im *Dikken Engel* gewesen, mit der Knappes, und sie hatten heftig getrunken, der Whisky zog wärmende Spuren, und er war an diesem Morgen unter dem stinkenden Wolfsmantel der Knappes hervorgekrochen wie der Bär aus seiner Höhle. Matthes war heute wiederauferstanden, und Bruno war vorhin bei der Goldschmidt und dann kurz im *Dicken Engel* gewesen, gerade eben, und in seinem Hirn war kein Platz für den Gedanken, daß er gestern nacht hackebreit nicht unter der Knappes geschlummert hätte, sondern hier zweimal vom Hocker gefallen wäre. Seine Erinnerungen bezeugten lückenlos die letzten vierundzwanzig Stunden. Suad hatte gescherzt. Der brachte den Espresso.

»Suad, sag mal, du verarschst mich?«

Jenny drückte sich gerade mit dem Tablett vorbei.

»Frage Jenny«, sagte Suad.

»Jenny, stimmt das, daß ich gestern hier war?«

»Und wie! Und wie!« wedelte Jenny mit ihrem Tablett, »bezahlt hast du auch nicht.«

»Ich? Nicht bezahlt?«

Suad grinste.

»Bruno, passiert doch jedem mal.«

Bruno bekam einen Schlag auf die Schulter. Die Freundin mit dem Nagellack stand vor ihm und hatte den Strumpf mit der Laufmasche über ihre Hand gezogen. Der Nagellack hatte den Lauf der Masche nicht bremsen können. Bruno sog den Geruch ein.

»Mußte zahlen, wa!« sagte die Freundin und schaute Bruno energisch an.

Der hatte gerade das Gefühl, er würde mit einer Milchpumpe für stillende Mütter in eine Babyflasche abgefüllt.

»Macht zehn Mark!«

Ganz deutlich sah Bruno, wie der Spiegel der Flüssigkeit in der Babyflasche mit der Konsistenz von gekochtem Kalbsbries langsam an den Innenwänden hochstieg und seine, Brunos Züge annahm. Ein Doppelgänger war ja schon genug. Jetzt existierte er auch noch als Geist in der Flasche. Jenny schlüpfte wieder vorbei.

»Jenny, jetzt Moment mal!«

Die Frau mit dem Strumpf wich nicht.

»Zehn Mark, Alter!«

Jenny wollte weiter.

»Bruno, ich hab' zu tun!«

Der hielt sie an der Schürze fest.

»Jenny, jetzt ohne Faxen: War ich gestern abend hier? Und wann?«

»Du bist gegen halb drei hier reingetorkelt, es waren noch ein paar Leute da, ich mache ihn nieder! hast du gerufen, und dann bist du genauso wieder rausgetorkelt.«

Jenny verschwand wieder zwischen den Gästen. Bruno war konsterniert. Er fischte zehn Mark aus seinem Mantel, legte den Schein auf den Tresen, stellte den unberührten Apérol drauf und wollte gehen.

»Eh, Alter, haste Glück gehabt!« sagte die Frau mit dem Strumpf.

Bruno drückte sich durch zum Ausgang. Er blieb für eine Minute auf dem Trottoir stehen. Die rote Leuchtschrift vom *Schell* gegenüber glühte wie Katzenaugen. Ferrarimotoren heulten auf, und weißer Dampf flog aus ihren Auspuffrohren in die Nacht.

Bruno hatte Hunger. Es zog ihn zu Hartmut in den *Zwiebelfisch*, wo es immer eine gute Suppe und manchmal auch gute Gespräche gab. Bruno setzte sich in Bewegung. Sein Magen war noch immer zusammengekrampft und implodierte in die Leere, die er nicht füllen konnte. Was war los gestern nacht?

Ein Volvo kam an den Bordstein gerollt und hielt. Die Tür des Beifahrers wurde geöffnet, ein Mann in einem Trenchcoat sprang heraus und kam auf Bruno zu, der stehengeblieben war und sich langsam umdrehte. Die beiden Männer schauten sich an.

»Was wollen Sie?« sagte Bruno schließlich.

»Daß Sie einsteigen und mitkommen.«

»Wieso sollte ich das?«

Der Mann schlug sein Mantelrevers beiseite. Bruno sah ein Pistolenhalfter, aus dem der Griff einer Pistole ragte.

Bruno stand eindeutig nachts auf dem Savignyplatz zwischen dem *Gainsbourg* und dem *Zwiebelfisch*, wo er eine Suppe essen wollte. Er konnte Hartmut durch die große Scheibe deutlich in Rufweite hantieren sehen. Das und der Hunger im Magen waren doch kein Traum.

Aber Bruno hatte ja auch nach dem Überfall, seine kaputten Knochen konnten es bezeugen!, ganz wirklich unter der Knappes in seinem Bett gelegen, in dem er nie mehr liegen wollte, und das Wolfsfell stank beißend, als er mit einem ratternden Preßlufthammer unter der Schädeldecke wie ein Bär in den Vogesen nach dem Winterschlaf aus seiner Höhle kroch. Nicht einen Millimeter hatte er sich fortbewegt!

»Nein, Bruno, falsch! Du bist zweimal im *Gainsbourg* vom Hocker gefallen!« ereiferte sich seine Intuition.

»Und warum hast du mir nichts gesagt?«

»Mann, Bruno, in dem Zustand, in dem du warst!«

Der Mann klappte das Mantelrevers über die Pistole.

»Darf ich bitten?«

Er ging auf den Wagen zu, dessen Hintertür sich öffnete, und blieb neben der geöffneten Tür stehen.

»Nimm ruhig Platz«, sagte eine sonore Stimme aus dem Wageninneren, die Bruno gut kannte. Sie klang wie seine eigene. Bruno dachte an Flucht und dann an die Pistole. Er holte tief Luft, es blieb ihm nichts anderes übrig, ein Held war er nicht. Er ließ sich im Fond in die Polster sinken. Die Wagentür machte ein sattes *Blohop*, als der Mann mit der Pistole sie zuwarf.

Neben Bruno saß Jockel und griente breit über das ganze Gesicht.

»Hallo, Bruno, *my big brother, honey man of our wife*, willkommen.«

Der Volvo fuhr an, nachdem der Kerl vorne wieder Platz genommen hatte, und bog in die Kantstraße in Richtung Lietzenburger See.

»Brüderchen, wir machen einen Deal.«

Bruno schaute aus dem Fenster. Sie überquerten gerade die Kaiser-Friedrich-Straße. Die S-Bahn donnerte über das Hochgleis in der Ferne. Es regnete wieder. Die Autoreifen surrten. Die Scheibenwischer quietschten.

»Hier, schau mal.«

Jockel knipste das Licht im Fond an und hielt ihm ein weißes Stofftaschentuch unter die Nase. Bruno ignorierte es und sah daher nicht, was auf dem Tuch lag. Er hatte plötzlich den Geruch von feinem Öl in der Nase.

»Schau ruhig mal hin. Wäre nicht zu deinem Nachteil.«

Bruno senkte seinen Blick. Er erstarrte. Auf dem weißen Tuch lag seine schwarze Pistole, die er vergeblich zwischen den Handtüchern gesucht hatte. Er erkannte sie sofort. Jockel war amüsiert.

»Da staunst du, was? Ich würde auch staunen.«

Sorgfältig fältelte Jockel die Ecken des Taschentuches über die Pistole und steckte sie zurück in seine Manteltasche. Das Licht löschte er wieder.

»Auf der Pistole sind nur deine Fingerabdrücke. Die ist ja ordentlich registriert, deine Pistole. Mit Waffenschein und allem Drum und Dran.«

Bruno schaute wieder auf den Verkehr. Er hatte eine böse Ahnung, die ihm seine Intuition eingab.

»Bruno, da kommt was auf dich zu!«

»Hast du für gestern nacht ein Alibi, Brüderchen?« fragte Jockel mit Anteilnahme.

»Dieses Schwein«, fluchte Brunos Intuition, »paß bloß auf, Bruno!«

Bruno wußte, daß er jetzt aufpassen mußte. Ihm schoß ein Faß Adrenalin in sämtliche Poren.

»Mit dieser Pistole, mein liebes Brüderchen, wurde gestern nacht Matthias Euler getötet, als er auf einem geklauten Fahrrad nach Hause fahren wollte. Hätte er ja auch ruhig machen können. Aber dann kamst du, voll wie eine Haubitze . . . und bist ihm ins Rad reingelaufen. Die Gelegenheit war günstig.«

Jockel kicherte.

»Und du hast von alldem nichts mitgekriegt.«

Die Erinnerungslücke in Brunos Gedächtnis legte sich wie ein Leichentuch über ihn, das immer enger und enger geschnürt wurde, bis er fast erstickte. Bruno dachte an die in Tücher gewickelten Sitzmumien auf den Hochebenen der Anden in Peru, die mit leeren Augenhöhlen aus dem Stoffgebinde in die Ewigkeit starrten.

»Hier habe ich etwas für dich. Wie findest du dieses entzückende Foto?«

Wieder knipste Jockel das Licht an und hielt Bruno das Foto hin.

Darauf sah man einen stehenden Mann, der dem Betrachter den Rücken halb zugewandt hatte, in einen Mantel gehüllt, der im Schnitt unverwechselbar der von Bruno war. Seine ausgestreckte Hand hielt einem Knienden eine Pistole ins Genick. Das Gesicht des Delinquenten war vor Angst verzerrt. Er war der Tote aus der Gerichtsmedizin, der nicht Matthes war.

»Du siehst richtig gut auf dem Foto aus.«

Jockel nahm mit den Enden eines Tempotaschentuches das Foto aus Brunos Hand und schaute es an.

»Bruno, du hast mir gestern abend einen echten Gefallen getan!«

Er legte das Foto in eine Brieftasche, klappte sie zu und ließ sie in der Innentasche seines Mantels verschwinden.

»Also wenn das nicht genügt, Bruno, dann weiß ich nicht. Was glaubst du? Ich schätze, wenigstens fünfzehn Jahre. Jede Menge Zeugen, die dich vor der Tatzeit in der Nähe des Tatorts gesehen haben ... aber wo warst du danach? Was hast du gemacht?«

Er stupste Bruno wie einem alten Freund nach einem gelungenen Streich mehrmals mit dem Ellenbogen in die Seite und gluckste amüsiert.

»Das Foto weiß es. Gut, wenn man so jemanden hat.«

Er tätschelte Brunos Knie.

»Brav, Bruno, brav. Amanda sagt, daß du für dein Alter schon ziemlich vertrottelt wärst. Ich finde dich gut, wirklich gut.«

Die beiden Kerle auf den Vordersitzen lachten.

»Findet ihr ihn nicht gut?«

»Doch, Chef«, glucksten die beiden. »Einfach Spitze.« Der Fahrer hupte mehrmals zur Bekräftigung.

Jetzt wußte Bruno, daß er endgültig im Schatten seines Doppelgängers verschwinden würde.

»Weißt du, Bruno«, sagte Jockel mit samtweicher, in Honig gebadeter Stimme, und haute ihm mit der flachen Hand aufs Knie, »als ich dich und Amanda zum ersten Mal sah, wart ihr eine Erleuchtung für mich, ein Gloria, das in meiner Seele sang. Amanda war ja so ausgehungert. Ich beträufelte ihre Seele wie einen ausgetrockneten Schwamm. Sie wehrte sich kaum. Ihr Widerstand zerbröselte im Sekundentakt. Ich war die Reinkarnation eurer Liebe. Sie meine willfährige Dienerin.«

Er hatte die Hand auf Brunos Knie gelegt und knetete es. Bruno haßte Berührungen, die er nicht wollte. Nimm die Hand vom Knie, hätte er sagen können. Er konnte gar nichts sagen. Die Kerle hätten ihn nur wieder ausgelacht.

»Der kann dir auch die Eier kraulen«, mahnte seine Intuition, »im Moment hast du die schlechten Karten.«

»Was wollen Sie?« knurrte Bruno, in der Hoffnung, daß das Gekraule am Knie aufhörte.

»Weißt du, *my brother*«, die Hand zog sich zurück und legte sich vertraulich um Brunos Schultern, »dich und mich, und darauf kam es an, hat nie ein Mensch zusammen gesehen. Immer warst du es, wenn ich es war. Ich brocke die Suppen ein, und du löffelst sie aus.«

Er holte aus einem Fach in der Wageninnentür eine Videokamera und klappte den Minimonitor auf.

»Schau dir das mal an, Bruno. Wie findest du dich?«

Bruno starrte auf den Monitor, den Jockel eingeschaltet hatte, und sah sich selbst in seinem Mantel mit einer Pistole in der Hand. Vor ihm kniete, wie auf dem Polaroidfoto, ein Mann, dem er die Pistole aufgesetzt hatte. Dieser Mann war Oliver, dessen Bild durch die Presse gegangen war. Bruno erkannte ihn sofort. Und er erkannte Marc und Matthes, die reglos der Hinrichtung beiwohnten. Dann sackte Oliver zusammen.

»Das reicht.«

Jockel stoppte die Performance und wog die Kamera in seiner Hand. Brunos Knie war wieder frei. Dafür juckte es an der gekraulten Stelle.

»Wie gefällt dir das?«

Bruno wollte sich an der juckenden Stelle kratzen. Aber das war sinnlos. Er kannte diesen Juckreiz, gegen den er machtlos war. Seine Haut wollte sich aus dem Staub machen, die eigene Haut retten. »Bruno, kein Ort für mich. Nix wie weg!« Jedes Kratzen würde den Reiz verstärken. Pusteln würden sich wie ein Steppenbrand ausbreiten.

»Mir gefällt das überhaupt nicht«, brachte Bruno mühsam heraus. Das Jucken wurde unerträglich.

Jockel lachte.

»Halb so wild. Mach Matthes klar: Ich will den DNA-Code. Er weiß, um was es geht. Wenn er sich nicht drauf einläßt, seid ihr beide dran, Bruno.«

Jockel spitzte oberlehrerhaft den Zeigefinger und tippte damit auf Brunos Stirn. Sofort setzte da ein furchtbarer Juckreiz ein, als wimmelte es vor Ameisen. Bruno hoffte inständig, daß ihn dieser Finger nicht noch andernorts berührte. Er würde dem Saukerl an die Gurgel fahren. Jockel verzog den Mund zu einem maliziösen Lächeln.

»Du weißt ja jetzt: Ich kann all meine Schweinereien auf dich abwälzen. Jeder weiß, daß du keine Reichtümer anhäufst mit deiner schlampigen Berufsauffassung. Über Oliver wolltest du an das große Geld kommen und Wolf erpressen. Es gibt ein Erpresserschreiben von dir mit deiner Unterschrift und deinen Fingerabdrükken, geschrieben auf deiner Schreibmaschine in deiner Wohnung kurz vor Olivers Tod. Kein Mensch kann beweisen, daß es mich gibt. Ich bin immer du. Niemand hat uns je zusammen gesehen. Von mir existieren keine Fingerabdrücke, keine offiziellen Papiere, nichts. Alle Spuren sind gelöscht. Sie führen geradewegs zu dir. Ich existiere nicht. Du bist für meine Geschäfte in Deutschland ein Geschenk des Himmels. In der Öffentlichkeit bin ich nie ohne Amanda aufgetreten. Wir beide waren immer ihr beide. Sie ist das schönste Alibi, das ich je hatte. Im Bett eine Granate. Ach, Bruno, du hast sie vernachlässigt.«

Bruno starrte auf Jockel wie auf sein Spiegelbild, das ihn verhöhnte. Damals im Bad, als er Streichhölzer suchte, hatte er genauso in den Spiegel gestiert. Jetzt saß sein Spiegelbild im Auto neben ihm, in allem unverwechselbar Bruno, die Mimik, die Gestik, der Klang der Stimme, das lebhafte Reden mit den Händen, das Tanzen der Falten auf der Stirn.

»Verstehst du immer noch nicht?«

Jockel lachte und zerlegte die einzelnen Wörter beim Sprechen, als hätte er einen Idioten vor sich, der nichts begreifen will.

»Auf der Bank, das war nicht ich, das warst du. Das gleiche gilt für das chinesische Konsulat. Dein Personalausweis war eindeutig. Das kannst nur du gewesen sein. Man wird Amanda für verrückt erklären, wenn sie das Gegenteil behauptet. Bruno, ich bin für alle anderen immer du. Selbst Marc und Matthes könnten nicht das Gegenteil beweisen. Marc ist sowieso devot und biegbar. Mein gehorsamer Diener. Der läßt nichts anbrennen. Matthes ist der Teufel. Also streng dich an.«

Jockels Stimme gurrte wie die einer Taube mit vollem Kropf, und er schubste Bruno mit dem Ellenbogen in die Seite. Der hatte da sofort wieder ein ungeheures Jucken.

»Du bist doch nicht mehr böse wegen des Überfalls an der Havel? Die Diskette wollte ich gar nicht. Da ist sowieso nichts drauf. Ich wollte dich nur ein bißchen erschrecken.«

Bruno glaubte, sich erbrechen zu müssen.

»Ich will hier raus.«

Jockel schnipste mit den Fingern. Der Wagen hielt, und Bruno stieg aus.

»Vielen Dank für dein Bemühen«, hörte er noch, ehe die Wagentür wieder mit diesem satten *Blohob* zuschlug.

Endlich verstand Bruno. Er war die Strohpuppe.

16. Kapitel

Bruno ist ein Kümmerling und gerät fast ausweglos in die Mühlen seines zweiten Ichs.

Als Brunos Ururgroßmutter, nachdem sie mit dem Melkschemel den bischöflichen Söldner, der ihren Hof plündern wollte, erschlagen hatte und das Lötschental verließ, um endlich, nachdem sie mit ihrer Sippe das Rhonetal hinuntergezogen war, in der Kur Brandenburg anzukommen – »hier atmet es sich wieder frei!« –, da konnte sie nicht ahnen, daß ihr Ururenkel, dessen Vater schon ein Kümmerling war, nicht genügend Mumm in den Knochen haben würde, sich gegen den Plünderer seines Ichs und seiner Frau zur Wehr zu setzen.

»Bruno, mein Ururenkel«, hätte die Ururgroßmutter gewettert, »du hättest die Türklinke abreißen müssen von dieser Benzinkutsche, um sie dieser Scheußlichkeit neben dir durch das Gesicht zu ziehen, und dann hättest du sie mit einem Hieb den Halunken vor dir ins Hirn schmettern müssen, daß die Schädel bersten, statt dessen greinst du!«

Die Ururgroßmutter hob ihre sieben Röcke, die sie übereinander trug. Mit der Beständigkeit wechselnder Jahreszeiten kam täglich der unterste Rock zuoberst. Dieses Röckewechseln war für die anwesenden Hunde ein einzigartiger Nasenschmaus. Wasser war nur zum Trinken da, und nicht ein Tropfen vertrieb die herrlichen Düfte, die sich in den Falten und Schichten der Röcke wie Gletscherringe abgelagert hatten.

Die Ururgroßmutter ließ sie im Westwind flattern, der von den Alpen im Wallis bis nach Brandenburg herüberwehte, um den Gestank ihres mißratenen Enkels zu verjagen. Kein Hund hob die Nase, so mieslich war dieser Geruch. Ich bin ein Kümmerling, tat Bruno sich selbst leid, als er vor der Wohnungstür der Knappes stand. Selbst der übliche Lustgewinn, den ihm ein depressiver Durchhänger sonst bescherte, blieb aus.

»Elisabeth, ich brauch dich«, hatte er seinen Kummer über Handy angekündigt. Es war jetzt fast Mitternacht. Er war, nach der erlittenen Schmach, den Weg zur Knappes die lange Kantstraße hinunter zu Fuß gelaufen, in der Hoffnung, sich durch rasches Gehen den Selbstekel aus den Kleidern schütteln zu können, so, wie die Ururgroßmutter ihre Röcke zur Reinigung im Wind flattern ließ.

Er konnte eilen, wie er wollte, es nutzte nichts. Er kam nur heftig ins Schwitzen. Hätte er doch nur einen Vater gehabt, der ihm den ersten Kinnhaken gezeigt hätte, und wie man eine Angel wirft.

»Sohn, jetzt aber ran an die Körner von Tamerlan!«

Brunos Leben wäre ganz anders verlaufen. Viel kühner.

Daher phantasierte Bruno, zur Selbstaufrichtung, die fehlenden Heldentaten auch diesmal. Das war eine alte Übung. Seine Großmutter hatte ihm Zinnsoldaten und kleine Indianerfiguren geschenkt, denen der kleine Bruno ganz einfach Leben eingehaucht und an einem See von der Größe einer Straßenpfütze angesiedelt hatte. Bruno war der riesenhafte Oberhäuptling dieses kriegerischen Stammes, der nur das machte, was er wollte. In dieser Phantasiewelt konnte Bruno Tage und Wochen versinken.

»Bruno ist ja so brav«, hatte seine Mutter ihn gelobt, »ein so selbstgenügsames Kind.« Sie konnte nicht ahnen, daß ihr kleiner Sohn in kriegerische Auseinandersetzungen verwickelt war und sie, die Mutter, als feindliche Prinzessin an den Marterpfahl hatte binden lassen, vor dem schon die Folterwerkzeuge im Feuer glühten.

Versunken in diese Traumwelt, war Bruno vor der Wohnungstür der Knappes angelangt. Er schleuderte gerade den Kerl, der ihn ins Auto gezwungen hatte, mit einem Schulterschwung auf das Wagendach, als die Knappes auch schon die Tür öffnete. Bruno sah ihr, nach dem geglückten Schulterschwung, befriedigt entgegen.

»Bruno, dir scheint es ja wieder besserzugehen. Ich dachte schon, du schaffst es nicht bis hierher.«

»Öh . . .?«

Bruno begriff nicht, daß die Knappes im Morgenmantel vor ihm stand, so sehr war er noch im Schwung seiner Tat, zumal er – der Pistolenmann lag reglos auf dem Wagendach – sich jetzt Jockel vorknöpfen wollte, der aus dem Wagen kletterte, um seinem Kumpan zu Hilfe zu kommen. Bruno hatte wie ein Boxer die Schultern hochgezogen, um mit der ganzen Wucht seiner Körpermasse die Wagentür zu rammen, in der Absicht, den Hals seines Widersachers wie in eine Garotte zwischen oberer Türkante und Karosserie einzuspannen. Das Zerquarzen der Kehlkopfknorpel unter dem Druck dieser Würgschraube wäre Musik in seinen Ohren gewesen. Man könnte, überlegte Bruno, den Hals und den Rachenraum dieses Widerlings mit kleinen Mikrophonen bestücken, die das allmähliche Ersticken, das Röcheln und Pfeifen der Stimmbänder, das Flirren des Speichels über dem brechenden

Knorpel, das Zischen der abgeschnittenen, immer dünner werdenden Luftströme, die letzten Zuckungen der Zunge im Schlund zu einem einzigartigen Klangkörper bündeln und im Olympiastadion über Lautsprecher für Liebhaber moderner Musik übertragen würden.

Musikantes Millennium, fabulierte Bruno im Geiste, der die Ausführung der beschlossenen Tat nicht mehr stoppen konnte und, statt seines Rivalen, die Knappes rammte, die dem Stoß zwar standhielt und nicht umfiel, aber empört aufschrie: »Bist du besoffen?«

Bruno hatte sie noch nie im Morgenmantel gesehen. Er war intensiv blau und erinnerte an ein Partyzelt, über dem sich die Löckchen der Knappes in Lockenwicklern tummelten. Bruno ging an ihr vorbei in die Küche. Er brauchte einen Kaffee und eine Schnitte Brot. Die Knappes folgte ihm. Bruno öffnete den Kühlschrank.

»Du mußt den Schinken von glücklichen Schweinen probieren. Von meinem Bauern aus Neuruppin.«

Die Knappes holte einen Riesenschinken aus der Speisekammer, setzte sich an den Küchentisch und begann, hauchdünne Scheiben von dem Schinken abzusäbeln. Bruno holte Butter aus dem Kühlschrank und Brot aus dem Brotkasten. In der Kaffeemaschine war noch ein Rest Kaffee.

»Mach dir neuen, der ist alt.«

Bruno goß Wasser in die Kaffeemaschine und füllte den Filter mit Kaffee.

Kurz darauf fing die Maschine an zu glucksen. Kaffeeduft zog durch die Küche. Die Schinkenscheiben auf dem Teller schimmerten rosig zart. Bruno strich Butter auf das Brot, biß hinein, rollte ein paar Schinkenscheiben zu einem Röllchen zusammen, das er sich in den Mund schob. Die Welt war nicht mehr ganz so unwirtlich.

»Elisabeth«, Bruno kaute immer noch, die Butter, das

Brot, der Schinken waren ein harmonisches Ganzes, »waren wir gestern abend noch im *Gainsbourg*?«

Die Knappes war überrascht.

»Auf keinen Fall.«

Bruno rollte ein neues Röllchen.

»Ich war aber dort. Ich weiß es nur nicht mehr.«

»Ach du grüne Neune. Wer sagt das?«

»Suad und Jenny.«

Die Knappes nahm das Röllchen, das Bruno sich zugedacht hatte, und biß ein Stückchen davon ab.

»Und weiter?«

»Es muß so um drei Uhr gewesen sein.«

»Ich hab davon nichts mitgekriegt.«

»Du kannst also nicht sagen, ob ich kurz mal weg war?«

»Nein, Bruno, kann ich nicht. Ist das so wichtig?«

Bruno atmete tief durch. Der Kaffee war fertig. Er holte zwei Tassen aus dem Küchenschrank und schenkte ein.

»Eben hat mich Jockel gekidnappt. Mit einem Volvo. An der Havel, das war auch ein Volvo. Er hat meine Pistole mit meinem Fingerabdruck drauf. Mit dieser Pistole wurde kurz nach drei Uhr gestern abend auf dem Savignyplatz der Mann erschossen, den wir heute morgen identifiziert haben. Und er hat ein Polaroidfoto. Auf dem Foto bin ich zu sehen, wie ich dem Toten meine Pistole ins Genick drücke. Und er hat noch eine Menge andere Schweinereien. Ein Video, auf dem ich Oliver erschieße. Marc und Matthes waren dabei. Er will mir alles in die Schuhe schieben. Inklusive Motive, Erpressung. Alles. Er ist wahnsinnig. Er hat von Anfang an alles genau geplant.«

Die Knappes drehte an ihrem Lockenwickler.

»Das hört sich nicht gut an. Clever. Was will er denn?«

»Ich soll von Matthes einen Code besorgen.«

»Damit kommt er doch nicht durch. Warum solltest du einen wildfremden Kerl exekutieren?«

Die Knappes drehte immer noch an dem Lockenwickler und war selbst nicht überzeugt von dem, was sie sagte. Bruno fühlte sich bleischwer.

»Für den Haftrichter reicht das Material immer. Es ist erdrückend.«

Die Knappes konnte den Lockenwickler nicht mehr weiterdrehen und ließ ihn wie einen Kreisel zurückschnurren.

»Was anderes. Amanda hat mich angerufen. Sie hat sich von diesem Jockel getrennt.«

Diese Nachricht löste in Bruno eine Hitzewallung aus, die er zu unterdrücken versuchte. Seine Stimme sollte unbeteiligt klingen. Es war ein Krächzen.

»Wieso das denn?«

»Das hat sie nicht gesagt. Sie würde trotzdem ihren Aufrag zu Ende bringen.«

»Welchen Auftrag, um Himmels willen?«

»Keine Ahnung. Ein Auftrag von Wolf. Ich soll dich grüßen. Du hättest ruhig ein bißchen um sie kämpfen können.«

»Als runderneuerte Pannenhilfe.«

»Mein Gott, Bruno, sie hat mehr so rumgewitzelt. Sie wollte dich provozieren.«

Bruno wußte nicht, was er zu dieser Nachricht sagen sollte. Er freute sich, ohne sich zu freuen.

»Und wann hat sie sich getrennt?«

Sie stopften Schinkenscheiben in sich hinein, bis der Teller leer war.

»Muß unlängst passiert sein. Hat sie auch nicht gesagt. Sie hatte es wie immer eilig. Willst du noch Schinken?«

»Es reicht.«

»Hast du was Neues von deiner Privatdetektivin gehört?«

»Sie hat sich nicht mehr gemeldet.«

»Sie wollte doch rausfinden, was dieser Jockel so treibt.«

Die Knappes verließ die Küche und kam mit einem Telefon zurück.

»Ruf sie doch mal an. Vielleicht weiß sie was.«

»Um die Zeit?«

»Ida ist immer erreichbar.«

Während Bruno die Nummer wählte, säbelte die Knappes an dem Schinken.

Als am anderen Ende abgehoben wurde, traf Bruno der nächste Schlag.

»Ja, hier Bretz!«

Bruno verschluckte sich. Damit hatte er nicht gerechnet.

»Herr Paul, sind Sie's?«

»Ähm . . . ja . . . Was machen Sie denn in der Detektei Ida März?«

»Gute Frage. Die Detektivin sitzt mit einem sauber aufgesetzten Kopfschuß an ihrem Schreibtisch. Die Pistole liegt daneben. Es war eine Exekution wie gestern nacht. Oliver wurde auch nach dem gleichen Muster erschossen. Warum rufen Sie an?«

»Ich wollte eine Auskunft. Nichts von Belang.«

Bruno legte auf. Er war konsterniert.

»Die Pistole auf dem Schreibtisch ist mit Sicherheit deine«, sagte ihm seine Intuition. Bruno widersprach nicht. »Erst Oliver, dann Matthias Euler, in Folge einer Verwechslung, und jetzt Ida März. Das hat Logik.«

Die Knappes war wieder am Schinkensäbeln.

»Was hast du denn?«

»Ida wurde erschossen. Wahrscheinlich mit meiner Pistole. Die Bretz war am Apparat.«

Die Knappes rammte das Messer in den Schinken bis zum Griff.

»Jetzt ist die Kacke aber gewaltig am Dampfen!«

Am liebsten hätte Bruno seinen Mantel an einen Haken in einer leeren Scheune gehängt, oder in einen Räucherkamin, Orte, von denen niemand etwas wußte, um sich dort für immer in eine Innentasche seines Mantels zu verkriechen.

Eine klamme Kälte kroch seine Beine hoch.

»Ich muß heute nacht noch Matthes finden. Hilfst du mir?«

Brunos Stimme klang zaghaft. Sein Handy klingelte. Bestimmt die nächste böse Botschaft. Bruno traute sich fast nicht, abzuheben. Ganz langsam bewegte er das Handy an sein Ohr. Er hatte es gewußt. Es war die Stimme seines Peinigers.

»Mensch, Bruno, deine Privatdetektivin, die wollte mir auf die Sprünge helfen. Ich habe Sie und Herrn Paul zusammen gesehen, von meinem Büro aus, über dem Fitness-Center, mir können Sie nichts erzählen, schwadronierte sie. Ein forsches Mädel. Dieser Sprung war ihr letzter. Sie hat ein Loch im Kopf. Rate mal, von wem? Von dir, Bruno, von dir. Sie wollte unser Konzept stören. Regel eins: Wir tauchen nie gemeinsam auf. Du hättest es ihr sagen sollen! Jetzt hast du eine Leiche mehr im Knopfloch. Ich danke dir für die Gefälligkeit. Und beeil dich! Die Pistole habe ich dieses Mal am Tatort gelassen! Mit deinem vorzüglichen Fingerabdruck. Kleines Druckmittel. Ihr habt noch drei Tage!«

Klick.

Bruno überlegte fieberhaft, ob er und Jockel wirklich nie mit Amanda zusammen gesehen worden waren. Er war verunsichert und verängstigt. Jockel würde auch vor Amanda nicht zurückschrecken.

»Wir müssen Amanda finden. Der Kerl hat Ida umgelegt. Mit meiner Pistole.«

»Hat er gesagt?«

Bruno konnte nur noch schwach nicken. In seinem Kopf brummte ein Springkreisel, von Peitschenhieben seines Spiegelbildes in Schwung gebracht, und hüpfte über seine Gehirnzellen wie eine Kutsche über Pflastersteine.

»Dann steht die Bretz bald vor deiner Tür«, meinte die Knappes lakonisch, »du mußt untertauchen, bis die Luft wieder rein ist.«

Die Knappes hatte recht, und Brunos Ururgroßmutter klatschte begeistert Beifall.

»Mensch, Bruno, mein Ururenkel, jetzt wird auch dir die Luft knapp! Zieh los! Wenn es sein muß, um die halbe Welt! Mein Herz ist bei dir!«

Bruno druckste.

»Elisabeth, alleine steh' ich das nicht durch!«

Die Knappes knuffte Bruno.

»Bruno, wir schaffen das!«

»Wir müssen Matthes finden und auch Amanda«, wiederholte Bruno mit beschwörender Stimme.

Fünf Minuten später schwangen sie sich auf die Harley Davidson. Da war es schon fast drei Uhr nachts.

Jetzt erst bemerkte Bruno, daß die Knappes, in deren Wolfsfell er sich krallte – der Wind pfiff kalt und scharf – an diesem Abend mit ihrer Zunge nicht ein einziges Mon Chéri entblättert hatte. Das war ungewöhnlich.

Sie rasten den Ku'damm hinunter. Er war menschenleer.

17. Kapitel

Matthes macht kurzen Prozeß, und Bruno sitzt noch tiefer in der Patsche.

Bruno und die Knappes suchten bis zum frühen Nachmittag. Sie fanden weder Amanda noch Matthes. Sie hatten alle Kneipen abgeklappert, bis morgens um sieben, sie waren im *Gainsbourg*, in der *Berlin Bar*, im *Blue Note*, in der *Paris Bar*, im *Zwiebelfisch*, im *Brazil* in Berlin Mitte gewesen. Sie frühstückten im *Café Savigny* morgens um neun, waren in der Theaterkantine, doch nirgends eine Spur von Matthes – »Matthes? Der fehlt schon seit Tagen, ohne Entschuldigung, hat er noch nie gemacht« –, und auch Amanda war wie vom Erdboden verschluckt. Mittags waren sie im *Lubitsch*, im *Bovril*, überall da, wohin Amanda zum Mittagessen ging.

»War Amanda da?« fragte Bruno die Kellner.

»Schon ewig nicht mehr gesehen.«

»Die hat sich unter ihre Tarnkappe verkrochen«, meinte Bruno in einer Kaffeepause. »Die macht sich immer unsichtbar, wenn sie Trouble hat.«

»Vielleicht lebt Matthes ja auch nicht mehr«, war die Knappes fast am Resignieren.

»Der ist zäh«, beschwichtigte Bruno.

Am Nachmittag waren sie völlig erschöpft.

»Ich kann nicht mehr«, japste die Knappes, »Bruno, was machen wir jetzt?«

»Schlafen«, sagte Bruno, »einfach schlafen.«

»Wo? Die Bretz wird dich überall suchen.«

In einer Pension in der Nähe des Tiergartens mietete sich Bruno ein Zimmer.

Erschöpft sank er in seinem Mantel aufs Bett.

»Wir müssen uns aufteilen«, meinte die Knappes, die mit hochgekommen war.

Bruno verstand nicht. »Aufteilen?«

»Du suchst Matthes, ich Amanda. Das ist effektiver.«

Bruno war einverstanden.

»Ich geh' mich auch aufs Ohr hauen«, verabschiedete sich die Knappes. »Bis später, Bruno.«

»Bis später.«

Bruno wollte noch fragen, warum sie kein Mon Chéri mehr aß, aber da war er schon eingeschlafen. Er hörte nicht mal mehr den Schnapper der Tür, als die Knappes ging.

Es war dunkel, als Bruno aufwachte. Er lag auf dem Rücken, und das Zimmer war orangenfarbig ausgeleuchtet durch die Straßenlaterne, die nackt und ungeschützt direkt vor dem Fenster hing. Bruno lag eine Weile so. Die Bettüberdecke roch muffig. Bestimmt kratzte sie, wenn man mit bloßer Haut auf ihr lag. Der Wasserhahn vom Waschbecken tropfte. Bruno dachte an seine beiden Hirschgeweihfarne. Sie mußten geduscht werden. Wer sollte das jetzt tun? Und wo fand er Matthes? Vielleicht lebte er wirklich nicht mehr. Warum soll ich nicht einfach mit der Bretz reden, überlegte Bruno, die ist doch nicht blöd. Mit der kann man doch reden!

»Herr Paul, ich muß Sie verhaften. Drei Menschen

sind mit Ihrer Pistole erschossen worden. Können Sie mir das erklären?«

Bruno erschrak. Diesen Gesprächsanfang wünschte er sich nicht. »Das war Jockel«, sagte er daher rasch.

»Wo ist er, dieser ominöse Jockel? Schleppen Sie ihn mir herbei!«

»Ich weiß nicht, wo er ist.«

»Kennen Sie jemanden, der ihn gesehen hat?«

Bruno überlegte, wer alles Jockel gesehen haben könnte. Marc und Matthes, Amanda, er selbst und sonst niemand. Anton und Marcella hatten ihn nicht gesehen. Die Knappes auch nicht. Ida März hatte ihn gesehen, und die war tot. Marc und Matthes fielen als Zeugen aus. Sie waren in die Exekution von Oliver verwickelt und saßen selber in der Klemme.

»Das war Jockel, nicht Bruno«, würde Matthes sagen. »Jockel hat Oliver umgebracht.« Vielleicht würde er aber auch das Gegenteil sagen: »Das war Bruno.«

Wußte man es? Oder er würde den Kopf wiegen und sagen: »Es könnte einer von beiden gewesen sein, Jockel oder Bruno, aber woher soll ich wisen, wer von den beiden es war? Vielleicht tut Bruno nur so, als gäbe es Jokkel, zur Tarnung, und es gibt gar keinen Doppelgänger? Wäre doch 'n feiner Trick?«

»Reden Sie keinen Quatsch«, blieb die Bretz gnadenlos am Ball, »kannten Sie Jockel?«

»Keine Ahnung« zuckte Matthes mit den Schultern.

Marc wußte auch von nichts.

»Bruno kenne ich schon lange. Sonst niemanden. Jokkel, wer ist das?«

»Jockel sieht aus wie Bruno«, erklärte die Bretz.

»Woher soll ich dann wissen, wen ich gerade vor mir habe?« fragte Marc zurück. »Ist kein Fingerabdruck auf der Pistole?«

»Doch, der von Bruno«, sagte die Bretz.

»Was fragen Sie mich dann?« hob Marc die Hände.

»Sie waren doch bei der Exekution dabei? War es Jokkel, oder war es Bruno? Wer?«

»Sowohl als auch«, sagte Matthes, und Marc sagte: »Einer von beiden, gewiß, aber eher der mit dem Fingerabdruck.«

»Wer?« blieb die Bretz hartnäckig. »Na, der, den Sie auf dem Foto sehen«, sagte Marc. »Und wen sehe ich?« bohrte die Bretz weiter.

In Brunos Kopf schwirrte es. Er wollte sich das Vernehmungsszenario nicht weiter ausmalen. Die Bretz hatte bisher nur die Pistole mit seinem Fingerabdruck. Und kein Foto und sonst nichts weiter. Basta.

»Sie wird bald mehr haben«, erhob die Intuition Widerspruch, »viel mehr.«

»Es ist unvernünftig, über etwas nachzudenken, was noch nicht ist«, mahnte Brunos Verstand an, »oder Bruno dreht durch, und dann baut er nur noch Mist.«

»Weil du zu beschränkt bist, über den Tellerrand zu schauen«, empörte sich die Intuition, »mein Gott! Bruno hat nur eine Chance. Genau kalkulieren, was passieren kann! Mit Fingerspitzengefühl das Unwägbare wägen!«

Der Diskurs drohte in Gezänk auszuarten. Zumal sich Brunos Fingerspitzen eher taub anfühlten und weniger wägend in die Zukunft tastend.

Bruno ging ans Waschbecken und wusch sich das Gesicht mit kaltem Wasser. Er starrte in den Spiegel. Er sah die Umrisse seines Gesichts nur verschwommen in dem orangenen Licht der Straßenbeleuchtung. »Bruno, gib auf«, würde sein Spiegelbild gleich sagen, »stell dich! Du bist der Verlierer.«

»Arschloch«, sagte Bruno laut zu seinem Spiegelbild und knipste die Deckenlampe an. Er schaute auf die Uhr.

Es war sechs Uhr morgens. Bruno fühlte sich einigermaßen ausgeruht. Er zählte das Geld in seiner Tasche. Es waren noch fast dreihundert Mark. Er zog sich aus und duschte sich. Es gab nur ein kleines Handtuch. Es reichte gerade für den Rücken und den Bauch. Für die Beine reichte es nicht mehr. Bruno trocknete sie mit dem Bettlaken ab. Er mußte sich eine Zahnbürste besorgen und Rasierzeug. Etwas Wäsche zum Wechseln. Und Strümpfe. Vielleicht würde er doch ein anderes Zimmer nehmen. In einem komfortableren Hotel. Das hier war eine Absteige und kaum aufmunternd. Bruno verließ das Zimmer und wollte frühstücken. Die Rezeption war nicht besetzt. Er warf zwei Mark in einen Kaffeeautomaten und drückte auf die Taste *Kaffee*. Es kam kein Kaffee, und die zwei Mark blieben auch verschwunden.

Bruno fluchte und lief zur S-Bahn-Station Bellevue. Vielleicht war Matthes wieder auf Weltreise für kleine Leute. Hin und wieder machte er das. Er fuhr mehrere Tage und Nächte kreuz und quer in der U- und S-Bahn durch Berlin. »Bis zur völligen Ausnüchterung. Anders schaffe ich es nicht. Die Fahrerei lenkt mich ab. Ich bilde mir einfach ein, ich mache eine Weltreise. Es ist wie im Kino. Nur billiger. Du lernst die irrsten Leute kennen. Du verschwindest einfach in eine ganz andere Welt. Du schaust dir diesen öden, abgefahrenen Savignyplatz, diesen Tresengeier im Fummel, aus der lebhaften Peripherie an. Sich die Schminke aus der Fresse wischen.«

Bruno löste eine Tageskarte, besorgte sich Zeitungen, einen U-und-S-Bahn-Plan von Berlin und Umgebung, Selterswasser und belegte Brote an einem Imbißstand, der so früh schon geöffnet hatte.

Die Leute warteten schweigsam und in sich gekauert auf dem Bahnsteig. Die S-Bahn nach Königs Wusterhausen kam. Bruno stieg ein und fuhr eine gute halbe Stunde bis Adlershof. Er hatte sich noch einen Kaffee besorgt, den er vor sich auf den Boden der S-Bahn stellte, aß ein Brot und las die Zeitung. So konnte er es aushalten. In Adlershof stieg er um in die Ringbahn, die in einem weiten Bogen fast ganz Berlin umrundete. Das war Matthes' Lieblingsstrecke. »Da fährste einfach und mußt dich um nichts kümmern. Die Landschaft ist so schön. Du bist in Berlin und doch mitten auf dem Land. Alles flach. Wie im Norden.«

Bruno fuhr die Strecke bis zum Abend und hatte Berlin bis dahin viermal umrundet. Zwischendurch hatte er die Züge gewechselt, in der Hoffnung, in einem anderen Zug Matthes zu finden, obwohl er nicht wirklich daran glaubte. Er fuhr Zug, weil er sich dort am sichersten fühlte. Bestimmt war ihm die Bretz längst auf den Fersen. In dem Zimmer seiner Absteige hätte er eine Krise bekommen.

Am späten Nachmittag begegnete er Menschen, die morgens zur Arbeit gefahren waren und jetzt mit den gleichen verschlossenen Gesichtern zurück nach Hause fuhren. Die S-Bahn war um diese Zeit sehr voll.

Am Abend rumpelte der Wagen wieder leer über die Gleise, und Bruno fühlte sich, nach dem langen Tag, ganz weit weg in einem anderen Land und nicht mehr in Berlin. Morgen nehme ich einen Picknickkorb mit, beschloß er, und er überlegte, an welchem Ort in dem fremden Land, in das er heute gereist war, er wohl angelangt sein könnte. Es ist ja viel schöner, nicht zu wissen, wohin man unterwegs ist, dachte Bruno, um so größer ist dann die Überraschung, wenn man unvermutet dort ankommt, wohin man schon immer mal wollte. Man sollte viel mehr Reisen auf bloßen Verdacht hin unternehmen. *Der Verdacht ist das Ziel*, summte Bruno und schämte sich etwas vor sich selber seiner Albernheit wegen.

Er legte die Stirn an die Scheibe, die sich kühl anfühlte. Ein heller Sandweg lief im gelblich-fahlen Schein von Laternen in Schlangenbewegungen neben der Bahn her. Die Schatten von Schreberhäuschen huschten vorbei. Das Rattern der Räder auf den Schienen machte schläfrig. Vielleicht fahre ich gerade durch Schweden, da war ich noch nie. Er lugte, ob zwischen den Bäumen nicht ein Elch stand, der sein Geweih in den silbrigen Mond reckte. Bruno war noch nie in Schweden gewesen. Es war kein Elch da. Auch kein silbriger Mond. Als Kind legte er bei nächtlichen Zugfahrten auch die Stirn an die Scheibe und träumte in die Nacht, die jetzt schwarz und mondlos auf den Feldern saß, und nur an ihren äußersten Rändern schimmerten Lichter.

Das monotone Rattern der Zugräder versetzte Bruno in eine Art Trance.

Einfach fahren, fahren, fahren, ratterte es in Brunos Kopf, der seine Stirn immer noch an die Scheibe gepreßt hielt, eine Million Male das Rattern der Räder zählen und dann energisch die Notbremse ziehen, das Kreischen der Stahlräder auf den Schienen, ein Ruck, die S-Bahn hielt, Stille, dann aufgeregte Stimmen, Bruno will aussteigen, Schaffner schwingen Laternen, in der Ferne bellt ein Hund, die Schaffner sind wieder eingestiegen. Bruno springt aus dem Waggon, marschiert los, schlägt sich in den Wald, in dem Pilze leuchten, überwindet ein Felsmassiv, steigt hinab ins Tal. Da steht Amanda auf einer Wiese. »Ja, da kommst du ja endlich!« Alles zwischen ihnen fing ganz neu an.

Gegen ein Uhr nachts tat Bruno der Hintern weh, und er fühlte sich steif wie ein Brett. Er stieg in die U-Bahn um. Sein Magen knurrte und schlotterte ihm fast zwischen den Knien. Die U-Bahn fuhr in die Station Gleisdreieck ein. Bruno überlegte, ob er aussteigen sollte, um an einem Imbißstand einen Döner zu essen. Er entschied sich, bis zum Zoologischen Garten zu fahren, weil er in der Nähe der Station Gleisdreieck wahrscheinlich keinen Imbißstand finden würde. Da war nur eine Durchgangsstraße unter den Eisenstelzen der U-Bahn, über die der Verkehr rauschte. Außerdem saß er in der letzten Bahn. Danach fuhr keine mehr. Der Zug hielt mit einem Ruck.

Bruno sah auf der gegenüberliegenden Seite des Bahnhofs einen Mann, der mit den Füßen ganz knapp an der Kante des Bahnsteigs stand und auf die Gleise starrte. In seiner linken Hand hielt er eine Bierflasche, und er trug eine grüne Sporttasche über der Schulter. Es war Matthes, der auf einen Zug in entgegengesetzter Richtung wartete.

Die Leute auf einer Kinoleinwand sind nicht zum Anfassen, dachte Bruno, der den ganzen Tag gefahren war, um Matthes, der wenige Meter entfernt dort auf der Kante stand, zu finden. Und jetzt war er seltsam unberührt, als ginge ihn dieser Mensch nichts an, von dem, wie er glaubte, so viel für ihn abhing. Bruno schaute auf Matthes wie auf eine Fliege, die über das kalte Licht einer Neonröhre kriecht.

Der Bahnsteig war ansonsten menschenleer. Ein Mann kam jetzt die Treppen zum Bahnsteig runter, trat in das Neonlicht, in das der weiß gekachelte Bahnsteig getaucht war, zögerte und ging, ohne anzuhalten, zielstrebig auf Matthes zu. In dem kalten Licht waren die Umrisse des Mannes überdeutlich akzentuiert.

Bruno schaute gebannt auf die Szenerie wie auf ein Bühnenereignis. Der Mann war jetzt nur noch wenige Meter von Matthes entfernt und blieb knapp hinter ihm stehen. Matthes nahm von dem Ankömmling keine Notiz. Der Mann trug den Mantel, den auch Bruno trug.

Plötzlich kam Bewegung in Bruno. Er schrie. Er trommelte mit seinen flachen Händen auf die Scheibe des Zuges, er johlte und brüllte, als hätte Matthes gerade einen Elfmeter im WM-Endspiel gegen Brasilien zu schießen.

Jockel sah Bruno als erster, lächelte ihm zu, machte mit dem Zeigefinger »Psscht!«, wartete wenige Sekunden und bewegte die Lippen. Er war von hinten an Matthes herangetreten, sprach mit ihm, und gab ihm Befehle. Bruno konnte es nicht entziffern, was der Mund, der halb verdeckt war, sagte. Matthes rührte sich nicht. Bruno schrie und behämmerte die Scheibe. Er wollte sie einschlagen. Das Splittern des Glases sollte Matthes aus seiner Apathie reißen. Womit das Glas zum Splittern bringen? Da war kein harter Gegenstand. Bruno war zu allem entschlossen. Er ballte die Faust, holte aus, wollte das Glas durchstoßen, als Matthes endlich den Blick hob und Bruno anschaute, als wüßte er längst von dessen Bemühungen. Auch Matthes lächelte und zwinkerte Bruno mit dem linken Auge zu.

Jetzt fuhr die U-Bahn, auf die Matthes wartete, in den Bahnhof ein. Bruno sah nur noch – im Blitzlicht einer Sekunde – daß Matthes sich Jockel, der jetzt eine Pistole in der Hand hatte, mit einer abrupten Bewegung zuwandte. Dann verdeckte die einfahrende U-Bahn die Szenerie. Brunos Zug setzte sich in Bewegung.

Die Strecke bis zur nächsten Station war Brunos längste Reise. Er tigerte durch den Waggon, bis die Bahn endlich in der Kurfürstenstraße hielt. Er stürmte auf die Straße, winkte ein Taxi – »Gleisdreieck« –, zerplatzte vor Ungeduld an jeder roten Ampel, fluchte laut über jede Verzögerung. »Kann 'ick nicht für!« entschuldigte sich der Fahrer. Bruno zahlte, sprang aus dem Wagen, raste die eisernen Treppen hoch auf den Bahnsteig, sollte keinen Zugang mehr bekommen, weil ein Wachmann gerade abschloß, »tut mir leid«, sagte er, Bruno stieß ihn beiseite, »he, Sie!« schrie der Mann, Bruno raste los, der Bahnsteig war menschenleer, und schwer atmend hielt Bruno da an, wo er glaubte, daß Matthes gestanden hatte. Bruno guckte hinunter auf die Gleise. Der Körper, der zwischen ihnen lag, war verkrümmt, die Beine weggespreizt, das Gesicht zerstört und blutüberströmt. Es war nicht Matthes. Es war Jockel. Das erkannte Bruno an dem Mantel.

Der Wachmann war angelangt, packte Bruno am Arm, ein zweiter mit einem Hund kam hinzu. Sie sahen den leblosen Körper. »Oh, Scheiße.«

Der Wachmann ohne Hund ging die Polizei verständigen. Der andere wollte von Bruno wissen, ob er den Toten kenne.

»Nein«, sagte Bruno. »Ich wollte den letzten Zug bekommen.«

»Reden Sie keinen Mist«, sagte der Wachmann, »Sie sind direkt hier zu der Stelle gelaufen.« Er zeigte mit dem Finger auf den Toten. »Sie wußten das.«

Der Hund trug einen Maulkorb und beschnupperte Bruno am Bein.

»Nehmen Sie den Hund weg.«

Der Mann zog kurz an der Hundeleine.

»Platz!«

Der Hund setzte sich. Es war ein Rottweiler.

Jetzt saß Bruno in der Patsche. Gleich würde die Polizei kommen und ihn mitnehmen. Was sollte er tun? Er schielte auf den Hund. Der hätte ihn nach ein paar Metern am Wickel. Wegrennen war unmöglich.

Der andere Wachmann kam zurück.

»Sind gleich da.«

»Hören Sie, ich bin Rechtsanwalt.«

»Das können Sie alles der Polizei erzählen.«

Die Streife ließ tatsächlich nicht lange auf sich warten.

Die beiden Polizisten hatten keine Eile und kamen über den Bahnsteig angeschlendert.

»Da«, sagte der Wachmann mit dem Hund, als die beiden Beamten angelangt waren, und zeigte auf die verkrümmte Gestalt. »Da. Und der wußte das. Der!« zeigte er auf Bruno.

Man konnte, weil der Tote auf dem Rücken lag, gut den Schnitt des Mantels, die leicht schräg aufgesetzten Taschen, das Revers und die ausgefallene, mit Perlmuttknöpfen besetzte Knopfleiste erkennen. Die Gediegenheit und Verarbeitung des Mantels stach ins Auge.

»Der hat ja den gleichen Mantel an wie Sie«, sagte die Polizistin, die Bruno bis jetzt keinen Blickes gewürdigt hatte.

»Es gibt den gleichen Mantel öfter«, sagte Bruno und trat auch an die Rampe, als wolle er sich vergewissern, daß der Tote wirklich den gleichen Mantel trug. Was würden die erst sagen, wenn Jockel auch noch mit heilem Gesicht zwischen den Gleisen heraufschaute.

»Tatsächlich, der gleiche Mantel«, tat Bruno erstaunt und schaute in das völlig verstümmelte Gesicht. Er verspürte Erleichterung.

»Du liegst da genau richtig«, fluchte es in Bruno.

»Sie haben dich trotzdem am Schlafittchen«, konterte sein Verstand. »Du darfst jetzt die ganze Chose dieser zermanschten Visage da unten ausbaden.«

»Bruno, versuch abzuschwirren«, empfahl ihm seine Intuition, »egal, wie.«

Die hatten gut reden.

Bruno konnte sich in keine Fliege verwandeln und wegsummen.

»Dann kommen Sie mal mit«, sagte die Polizistin, die offensichtlich die Chefin war.

»Moment«, sagte Bruno, »ich bin Rechtsanwalt.«

»Das interessiert im Augenblick überhaupt nichr.«

»Sie kommen jetzt erst mal mit!« sagte die Beamtin und bewegte sich auf den Ausgang zu. Bruno rührte sich nicht.

»Na, nun kommen Sie schon, Herr Paul.«

Bruno folgte ihr. Die Schutzmänner und der Kollege setzten sich ebenfalls in Bewegung.

»Das packe ich schon alleine«, sagte die Beamtin. Die Männer blieben zurück.

Die Beamtin ging vor Bruno die Treppe hoch. Dann konnte Bruno, auf den letzten Stufen, im Ausschnitt des U-Bahn-Eingangs, den grünen VW-Bus sehen, vor dem drei Beamte standen. Hinter dem VW-Bus war ein weiterer Streifenwagen geparkt. Die Entfernung bis zu den Beamten schätzte Bruno auf dreißig Meter. Die Beamten unterhielten sich und hatten die Ankommenden noch nicht bemerkt.

Die Polizistin hatte die oberste Treppenstufe erreicht. Bruno war dicht hinter ihr und kämpfte mit einer schweren Hemmung. Der Fuß der Polizistin setzte auf dem Asphalt des Trottoirs auf, fand aber keinen Halt, weil Bruno die Polizistin zu Boden schleuderte. Dann rannte er.

Nach ein paar Metern bremste scharf ein Auto neben ihm. Die Beifahrertür flog auf.

»Steig ein.«

Bruno sprang in das Auto, und Matthes gab Gas.

18. Kapitel

Matthes hält einen Monolog.

Matthes zündete sich die Zigarette an, die er gedreht hatte. Der halbe Tabak war rausgefallen. Daher gab es eine kleine Stichflamme, als sich das Zigarettenpapier entzündete. Das ausgeglühte Gerippe des Papiers stieg feingemasert auf.

Matthes und Bruno saßen in dem PKW, den Matthes nach Jockels Sturz geknackt und kurzgeschlossen hatte.

»Ich wußte, daß du kommst und Ärger kriegst. Also hab' ich die Karre aufgebrochen und gewartet.«

Sie standen in einer Seitenstraße vom Stuttgarter Platz.

»Ich hab da die Bude von einem Kumpel, der nie in Berlin ist. Da wohn' ich im Moment. Keiner kennt die Adresse. Gerade hier um die Ecke.«

Matthes zog an der Kippe.

»Das war purer Zufall heute abend. Glaubt natürlich kein Mensch. Erst seh' ich dich, dann Jockel. War angesagt. Lag in der Luft. Er hatte eine Pistole gezogen. Es ging ruckzuck und die U-Bahn haute ihn weg. Ich wollte das gar nicht. Reflex. Ich bin eingestiegen und eine Station weiter gefahren. Keiner hatte was bemerkt.«

Matthes warf die Kippe durch den Fensterspalt und kniff die Augen zusammen.

Dann begann er zu erzählen.

»Es fing alles mit Oliver an. Er hatte enorme Spielschulden. Er war süchtig und genial. Roulette und Computer. Die Sucht dominierte. Er knackte den DNA-Code von Wolf mit allen Daten und erpreßte ihn. Oliver hatte hoch gepokert. Er wollte Millionen. Jockel sollte den Deal managen und bekam dabei selber Appetit. Oliver wurde von ihm gekidnappt und tagelang schwer mißhandelt, ehe er exekutiert wurde. Jockel wollte die Namen seiner Komplizen wissen. Das waren Marc und ich. Anfangs hatte Marc die DNA-Disketten mit den Daten. Diese Disketten waren sehr kompliziert verschlüsselt. Den Code wiederum zur Entschlüsselung hatte ich. Das eine ist ohne das andere wertlos. Um abzulenken, haben wir Placebos verteilt. Dir habe ich auch eins gegeben. Marc und ich wollten den Eindruck erwecken, viele Leute hätten die DNA von Wolf. Der ist nicht drauf reingefallen. War von uns ein bißchen naiv. Irgendwann habe ich Marc dann die DNA-Disketten stibitzt. War so ein Riecher.«

Matthes lachte.

»Jockel wollte um jeden Preis an mein Material, um seinerseits Wolf unter Druck setzen zu können. Oliver wollte ja nur ein paar Milliönchen, ganz harmlos. Jockel wollte von Wolf mit Sicherheit viel mehr. Wahnsinn. Erst versuchte er mich zu ködern, mit ein paar Hunderttausend. Ich habe ihn ausgelacht und wollte auch ein paar Milliönchen. Warum denn nicht? Mit so einem Pfund mußte man doch wuchern.«

Matthes trommelte mit den Fingern auf das Lenkrad und grinste schief.

»Dann wurde er fies. Er kochte Marc ganz schnell weich. Der hatte ja die Birne voll mit Koks und dealte selber auch nicht schlecht. Das wußte Jockel und setzte

Marc unter Druck. Entweder du hilfst mir, oder wir jubeln dir so viel Koks unter, daß du ein Leben lang hinter Gitter kommst. Marc knickte ein, allein schon, weil er mir eins auswischen wollte. Alte Verrätersau, hat er gemeint. Na ja. Jockel verschaffte ihm bei Wolf einen Riesenjob. Zu dem Zeitpunkt wußte Jockel noch nicht, wie Marc ihm helfen könnte. Er ging auf Nummer Sicher. Das Material hatte ja inzwischen ich. Und dann passierte es. Ich traf mich mit Jockel zu einem letzten Verhandlungsgespräch. Ich war inzwischen eigentlich zu allem bereit und hätte den ganzen Klimbim für ein paar Hunderttausend rausgerückt. Mir wurde das alles viel zu heiß. Wir trafen uns also im *Bovril*, und plötzlich kommst du mit Amanda rein. Jockel sah euch, sperrte das Maul auf, sprang hoch, stülpte sich einen Hut, der da hing, übers Gesicht, und verließ fluchtartig das Lokal. Ich mußte die ganze Rechnung bezahlen und blickte nicht mehr durch. Ich zahlte und ging. Ihr beide hattet irgendwo reserviert. Draußen wartete Jockel und wollte alles ganz genau von dir und Amanda wissen. Er wollte euch unbedingt kennenlernen, er war fast hysterisch. Plötzlich war ich sein bester Freund. Er duzte mich. Natürlich kämen wir ins Geschäft, er sprudelte über vor Charme, lud mich in eine Bar ein, und in noch eine, und in die nächste, bis er mich soweit hatte. Ich wollte ihn einfach loswerden und sagte, daß ihr dann und dann auf der und der Party seid. Ja warum auch nicht. Wir haben uns noch köstlichst amüsiert über eure Ähnlichkeit und wie verblüffend die wäre. Das stimmt ja auch. Und Amanda fand er ausgesprochen toll.«

Matthes schwieg und drehte sich eine neue Kippe, von der die Hälfte in der Flamme sanft entschwebte. Er blies den Rauch aus.

»Dann kam es. Ich hatte länger nichts mehr von ihm gehört. Plötzlich ruft er mich an. Vor einer Woche. Ob ich noch an dem Geschäft interessiert sei? Na klar, sagte ich. Ich fahre zu ihm ins *Adlon*, er wohnt da, und gehe zu ihm auf seine Suite. Er legte gleich los. Ich muß dir was zeigen, sagte er und legte eine Videokassette ein. Mich traf der Schlag. Ich sah, wie Oliver gefoltert wurde, und ich war dabei. Was das soll, frage ich ihn. Schätzchen, sagt er, du bist ein Killer, du warst dabei, soll ich es dir noch mal zeigen?«

Bruno spürte eine enorme Verhärtung in der Magengegend. Matthes wickelte einen Kaugummi aus und fuhr fort.

»Du kennst ja Marc. Der Mann ist in seinem Fach ein Crack. Jockel hatte die Folterung von Oliver tatsächlich gefilmt. Marc mußte dieses Material digital bearbeiten. Da ist er Spezialist. Er hat mich in dieses Material einfach hineinkopiert. Material von mir hatte er genug. Das beschissene ist, du kannst eine solche Manipulation nicht nachweisen. Und dann kam es noch dicker. Jockel zeigte mir jetzt die Exekution von Oliver, in die sich Marc selbst, und mich, hineinkopieren mußte. Es war zum Totlachen. Ob ich jetzt das Material rausrücken würde? Ich lehnte ab. Hör mal, sagte er, du begreifst wohl nicht. Du und dein Freund Bruno, ihr hängt ganz tief drin. Wieso hängt Bruno drin, fragte ich ihn. Er lachte schallend. Na der in den beiden Filmchen ist Bruno, nicht ich, mein Lieber, das ist doch der ganze Witz bei dem Aufwand. Ich bin immer aus dem Schneider, lachte er laut. Da begriff ich erst, was da lief, warum er unbedingt dich und Amanda kennenlernen wollte. Du warst die Gelegenheit für ihn, dir den Mord an Oliver in die Schuhe zu schieben.«

Matthes behauchte das Lenkrad und rieb mit seinem Jackenärmel darüber.

»Ich will dir nicht zu nahe treten, Bruno, aber Amanda ist ja auf den abgefahren, mein lieber Scholli. Auf dieser Party. War vor zwei Wochen, so um den Dreh, oder? Du warst besoffen ohne Ende.«

Bruno konnte sich sehr gut an diese Party erinnern und daß das der Anfang vom Ende war.

Matthes war noch nicht fertig.

»Ich weigerte mich, ihm irgendwas zu geben. Matthes, sagte er, wir legen dich todsicher um. Du hast keine Chance in dem Spiel. Gib mir den DNA-Code, und alles ist vergessen. Wenn nicht, ist dein Freund Bruno ein Mörder, und du bist sein Komplize. Ich kann es hundertprozentig dokumentieren. Es ist immer Bruno, den man sieht. Ich bin spurenlos. Matthes, du wirst nie beweisen können, daß es mich gibt, du landest immer bei deinem alten Kumpel.«

Matthes schaute Bruno aus den Augenwinkeln an und grinste.

»Da habe ich mir einen schönen Kumpel angelacht. Na ja. Jedenfalls, ich dachte, solange ich das Material habe, passiert mir nichts. Von wegen. Mein Fahrrad wurde geklaut und der Typ umgebracht. Swantje hat mir alles erzählt. Ich lag zur Tatzeit auf einer Parkbank im Koma. Sie hat mich gefunden. Ich war mir natürlich sicher, daß ich gemeint war. Ich bekam Fracksausen und bin auf S-Bahn-Tour gegangen. Ich sage dir, mir reicht's total.«

Bruno räusperte sich. Die Kälte kroch ihm die Beine hoch.

»Vermutlich hat er nicht dich gemeint. Er wollte mir einen weiteren Mord anhängen. Es gibt Fotos von dieser Hinrichtung. Ich bin deutlich in meinem Mantel zu sehen. Kann natürlich sein, daß er dich gemeint hat, und er gibt es nicht zu. Warum sollte er auch?«

Matthes nickte zustimmend und lachte sarkastisch. Bruno wurde ganz flau.

»Weißt du, was das alles heißt?«

»Nee, sag's mir«, sagte Matthes.

»Jockels Gesicht ist völlig zerstört. Als wäre ein Rad drüber gerollt. Ich hab's gesehen. Da kann ich tausendmal sagen, er war meine Ausgabe und ich sein Lückenbüßer. Ich kann es nicht mehr beweisen. Der Beweis ist kaputt. Matsch!«

Matthes schaute ungläubig.

»Amanda kann es.«

»Sie kann es behaupten, aber nicht beweisen. Er hat durchgängig meine Spuren gelegt. Mit seinem Tod heute nacht sitze ich in der Falle. Du hast den letzten Stoß gegeben. Im wahrsten Sinne des Wortes.«

Matthes dachte nach. »Doch, einer kann es.«

»Wer?«

»Wolf. Noch habe ich ja das Material, das er unbedingt zurückhaben will, oder er riskiert einen unwillkommenen Teilhaber.«

Matthes startete den Motor.

»Es ist wirklich purer Irrsinn. Mit diesem DNA-Code, der eigentlich nichts ist, *pffhht*, etwas Materie, was sonst? haben wir das ganze nächste Jahrhundert in der Hand, hier, in diesem versifften, geklauten PKW, am Stutti, zwei kleine Idioten, du und ich, ein Riesenkonzern hechelt hinterher, das sprengt wirklich alle Dimensionen. Und du kannst nicht beweisen, daß dein Doppelgänger als Mus auf diesem Bahnhof zwischen den Gleisen liegt. Das ist grotesk!«

Matthes haute den ersten Gang rein und startete mit quietschenden Reifen.

»Das ist grotesk!« brüllte er wieder, »aber wir werden es diesem alten Sack schon zeigen!«

In dem Auto wurde es immer miefiger.

»Hier stinkt's«, sagte Bruno.

»Na Mann, ich hab mich seit Tagen nicht gewaschen.«

Matthes bog in die Neue Kantstraße ein.

»Jetzt werden wir uns den lieben Gott mal ganz persönlich aus der Nähe ansehen!«

»Um die Uhrzeit?«

»Nur um die Uhrzeit, Bruno, wann denn sonst? Gott schläft nicht.«

19. Kapitel

Wolf macht ein überraschendes Angebot.

Sie hielten in der Nähe des *Adlon*, vor der Russischen Botschaft. Es war morgens sieben Uhr, und in knapp einer Stunde würde der winterliche Tag über dem Brandenburger Tor aufgehen.

Ihr Auftritt im *Adlon* war Bruno peinlich. Matthes war schnurstracks auf die Rezeption zugegangen und hatte sich von dem degoutierten Blick des Hotelangestellten nicht beeindrucken lassen.

»Wir wollen zu Herrn Wolf.«

Der Hotelangestellte verzog amüsiert und angewidert zugleich den Mund.

»Wie bitte?«

»Sie haben ganz richtig gehört. Herr Wolf erwartet uns. Herrn Paul und Matthes.«

»Moment bitte«, sagte der Hotelangestellte und zog sich zu einem Telefon zurück.

Matthes sah, bei Licht betrachtet, reichlich verwahrlost aus. Die Fingernägel, mit denen er jetzt auf das feine Mahagoni der Rezeption klopfte, waren tiefschwarz. Eine leichte Bierfahne flatterte um den Dreitagebart. Bruno hatte die Plastiktüte mit den Resten seiner Brote bei sich. »Bruno, man läßt nichts verkommen«, dieser

Nachkriegssatz seiner Mutter saß tief. Bruno verfluchte die Tüte. Er wollte sie zusammenknüllen und unbemerkt in der Manteltasche verschwinden lassen. Doch die Sprudelflasche in der Tüte war zu sperrig.

Auch Bruno hatte sich das letzte Mal vor drei Tagen rasiert.

»Ein Mann rasiert sich immer, in der Schlacht erst recht«, war ein anderer Nachkriegssatz seiner Mutter, »dein Vater hatte immer einen Stoppelbart.«

»Herr Wolf erwartet Sie«, sagte der Hotelangestellte, der das Telefonat beendet hatte, mit einem Blick, der nur Ekel vor Ungeziefer ausdrückte.

»Page!«

Ein Page im Rentenalter bemühte sich herbei.

»Die Herrschaften möchten zum Chef!«

Der Page musterte Bruno und Matthes, an dessen Miefgeruch sich Bruno inzwischen gewöhnt hatte. Unter den kritischen Blicken des Hotelbediensteten machte er sich jedoch wieder deutlich bemerkbar.

»In dem Aufzug zum Chef?«

Bruno legte die Tüte auf die Rezeption, als wäre es nicht seine Tüte.

»Na dann folgen Sie mir mal.«

Der Page wandte sich zum Gehen. Bruno und Matthes folgten ihm. Bruno hörte ganz deutlich das Rascheln der Tüte in seinem Rücken und das dumpfe *Bflohoob*, als der Hotelangestellte sie in einen Papierkorb warf. Als Wegwerfartikel fühlte sich auch Bruno, als sie die Treppe zur ersten Etage hochstiegen, an einem riesigen Gobelin vorbei, um dann über dicke Teppiche zu schreiten.

»Dieser Gang war allein dem Kaiser gewidmet«, sagte der Page und blieb an seinem Ende vor einer Tür stehen, die breiter und bedeutender als die anderen war. Mit leicht gekrümmtem Rücken klopfte er an.

Ein gedämpftes »Herein« ertönte.

Der Page öffnete die Tür, und Bruno und Matthes traten ein.

Ein strahlender Wolf, dem man sein Alter nicht anmerkte, kam auf die beiden zu. Sein Gang federte geradezu vor Energie.

»Ja ist es denn die Möglichkeit, Herr Paul!«

Der grazile Mann, straff und quick, schüttelte Bruno die Hand.

»Unfaßbar! Wie aus einem Ei!«

Er musterte Bruno von oben bis unten.

»Stella, was sagst du dazu?«

Wolf hielt Bruno am Ellenbogen und bugsierte ihn auf eine Sessellandschaft zu, aus der sich eine junge Frau erhob. Sie war hochschwanger.

»Meine Frau«, stellte Wolf sie vor, »unser Star heute abend. Das Baby kann jeden Moment kommen.«

Bruno reichte dem entzückenden, noch sehr jungen Wesen die Hand.

»Angenehm«, sagte er.

»Ganz meinerseits«, hauchte die werdende Mutter und reichte Bruno ebenfalls die Hand.

Der war erstaunt über den kräftigen Händedruck.

»Schatz, du entschuldigst mich. Gehen wir ins Kabinett!«

Wolf eilte auf eine Tür zu, öffnete sie, wartete, bis Matthes und Bruno eingetreten waren, schloß sie, setzte sich an einen großen ovalen Tisch und bat die beiden mit einer Handbewegung, sich ebenfalls zu setzen.

»Ich habe Sie fast erwartet. Ich glaube, wir können es kurz machen.«

Bruno und Matthes setzten sich. Wolf strahlte sie an.

»Jungs, ihr seid phantastisch!«

Matthes fing an, sich mit einem Streichholz den

Dreck unter den Fingernägeln wegzupulen. Wolf übersah es.

»Das haben Sie Klasse gemacht, Matthes, Jockel vor die Bahn zu schubsen!«

Wolf lachte, klatschte in die Hände und wirkte fast jungenhaft mit einer sehr glatten, gepflegten Haut und dem hellen, jugendlichen Lachen. Matthes ließ sich von seinen Fingernägeln nicht ablenken. Bruno wurde noch flauer, als ihm ohnehin schon war.

»Jetzt bin ich wunderbar aus dem Schneider«, hörte Wolf nicht auf, bester Stimmung zu sein, »mit dem Tod von Jockel hat sich der Kreis für mich allerbestens geschlossen.«

Matthes fixierte Wolf nachdenklich und kaute auf dem Streichholz herum, mit dem er eben noch seine Fingernägel gereinigt hatte. Bruno wurde fast übel.

»Sehen Sie das nicht etwas rosig?« nuschelte Matthes an dem Streichholz vorbei.

»Aber nein, aber nein!« rief Wolf geradezu fröhlich und sprang auf, »lassen Sie es mich erklären!« Er begann, um den Tisch zu laufen.

»Ich habe Jockel natürlich ständig überwachen lassen. Einen solchen Mann läßt man nicht aus den Augen. Daher weiß ich, was sich zugetragen hat.«

Wolf blieb hinter Bruno stehen.

»Jockels Kalkül, alles auf Sie, Bruno, abzuwälzen, ist mit seinem Tod, den er natürlich nicht eingeplant hatte, erst vollständig und für mich perfekt aufgegangen.«

Wolf nahm seinen Rundgang um den Tisch wieder auf.

»Ich habe einen lästigen Erpresser und eine mögliche Verwicklung in Mordaffären vom Hals. Der Tod Jockels enthebt mich jeder Anklage. Die Morde sind jetzt allein Ihre Sache. Sie kennen doch die Videobänder?«

Wolf blieb wieder stehen und schaute Bruno und Matthes durch seine Goldrandbrille fast spitzbübisch an.

»Wir haben den DNA-Code«, sagte Matthes. Es klang wie ein Widerspruch nach einem verlorenen Spiel.

Wolf schnipste vor Vergnügen mit den Fingern.

»Was nützt Ihnen der Code im Knast?«

Wieder ging er auf Tour rund um den Tisch.

»Ich schlage vor: Sie fahren nach Hause, holen den Code, geben ihn mir, und ich sorge dafür, daß das gesamte Sie beide belastende Material nur einen belasten wird: unseren geschätzten Jockel, dem jede Beschuldigung, in seinem Zustand, egal sein kann.«

Bruno wußte, daß sie in der Tat keine Wahl hatten.

»Wie soll sie denn aussehen, unsere Entlastung?«

Wolf setzte sich.

»Ich habe doch kein Interesse, daß es gegen Sie zum Prozeß kommt. Das würde auf meinen Konzern nur ein schlechtes Licht werfen. Das möchte ich unbedingt vermeiden. Durch den Tod Jockels haben wir die Möglichkeit, alles ihm in die Schuhe zu schieben. Ich habe sämtliches Filmmaterial, aus dem Marc die Videos zusammenmanipuliert hat, von denen Sie belastet werden. Wenn ich dieses Material nicht der ermittelnden Behörde, sondern Ihnen übergebe, sind Sie vollkommen aus dem Schneider!«

Matthes kaute jetzt auf zwei Streichhölzern herum und fixierte mit seinem Blick die Tischplatte aus fein gemasertem Rosenholz, als wäre sie Wolf.

»Und wer garantiert uns, daß Sie es tun?«

»Mein Wunsch nach Diskretion.«

Bruno fühlte einen Stich in der Magengegend. Der Vorschlag hatte einen Haken.

»Marc würde dadurch schwer belastet werden.«

Matthes hob den Blick von der Tischplatte und trillerte nervös die Streichhölzer zwischen den Fingerspitzen.

»Was geht mich Marc an! Hat der nach uns gefragt?«

Er sprang auf.

»Ich bin in einer halben Stunde mit dem Zeugs hier.«

Matthes stürmte aus dem Raum, ohne Brunos Einverständnis abzuwarten.

Es verstrichen ein paar Minuten. Die Nacht vor den Fenstern wurde lichter.

Wolf orderte über Telefon ein Frühstück.

Es wurde ein französisches Frühstück serviert mit Milchkaffee, Croissants, Butter und Konfitüre. Die Croissants waren warm und dufteten. Sie lagen in eine weiße Satinserviette eingeschlagen auf einem Silbertablett mit geflochtenem Seitensteg.

»Greifen Sie zu.«

Bruno ließ sich nicht lange bitten. Auch Wolf bestrich sein Croissant dick mit Butter und Marmelade und tunkte es in den Milchkaffee. Schlürfend biß er das mit Kaffee vollgesogene Ende ab. Der Kaffee lief ihm das Kinn herunter. Er aß den Rest des Croissants nach gleicher Manier und wischte sich mit einer Serviette den Kaffee ab.

»Gut getunkt von der Hand in den Mund ist immer noch das beste«, sagte er, und seine Gesichtszüge hatten jetzt fast etwas von der filigranen Derbheit eines Weinbauern aus dem Bordelais. Er ging an ein Schränkchen und brachte eine Flasche Calvados mit zwei Gläsern an den Tisch.

»Vom Allerfeinsten. Kein Kaffee ohne Calva!«

Er füllte die beiden Gläser bis zum Rand. Der Calvados breitete sein unwiderstehliches Aroma aus. Brunos Nase geriet in wahre Verzückung.

»Prost, mein lieber Bruno!«

Er stieß mit Bruno an, der das Glas ebenfalls genommen hatte. Bruno spitzte die Zunge und netzte sie. Ein Gedicht, eine Samtheit, wie sie Bruno bei einem Calvados noch nie genossen hatte! Superb und Wahnsinn, die Sinne benebelnd! Bruno ließ den Inhalt des Glases in sich laufen und setzte es wieder auf der Tischplatte ab.

»Noch einen?«

Schon war das Glas wieder voll.

»So, jetzt, wo der Matthes weg ist, wollen wir doch mal reden, mein lieber Bruno. Ihre Amanda ist mir ja so sympathisch. Sie fotografiert die Geburt meines Kindes, meines Sohnes. Sie ist die Kartographin meines künftigen Stammbaumes. Bruno, ich darf Sie beim Vornamen nennen, es war nicht meine Absicht, Sie derart zu verwickeln, glauben Sie mir das! Sie sind Jockels Erfindung.«

Wieder stieß Wolfs Glas an Brunos Glas, und es war auch umgehend wieder gefüllt, nachdem sie es geleert hatten.

»Im Interesse des Konzerns und der Menschheit mußte ich mitspielen. Was blieb mir anderes übrig nach dem Mord an Oliver, der allein auf Jockels und Marcs Kappe ging? Übrigens ein kolossal gieriger Esel, dieser Marc.«

Er nickte nachdenklich.

»Ich bin froh, daß es so wie jetzt gekommen ist!«

Wieder wurde ein Glas vernichtet und neu gefüllt. In Brunos Adern breitete sich friedvolle Behaglichkeit aus. Er biß ein Stück von seinem Croissant ab und trank ein Schlückchen von dem Milchkaffee. Calvados, Kaffee, Croissant, Butter und Marmelade verbanden sich zu einem harmonischen Ganzen.

»Und noch was, wenn wir schon dabei sind. Die Sache mit Miriam Roth hat sich erledigt. Eine Liebestragödie. Der Kandidat hat sich den Stechapfel selbst in den Tee getan. Er hat es zugegeben. Er wollte sich puschen. Die von ihm enttäuschte Frau Roth hatte ihm lediglich den Rest gegeben. Das ist nicht strafbar. Wir haben beide eine Stufe hoch befördert, und die Sache ist erledigt. Bloß kein Aufsehen in der Presse. Diese Frau Bretz kann ihr jedenfalls nichts nachweisen. Gute Frau, übrigens. Der Stechapfelkandidat wird mit Bewährung davonkommen. Als Anhängerin der Analyse des Widerstandes ist Frau Roth für Frau Goldschmidt allerdings verlorengegangen.«

Bruno hielt inne. Er wollte sich gerade den nächsten Calvados reinhauen. Der Name Goldschmidt ernüchterte ihn.

»Ah ja?«

»Sie ist ein Juwel, die alte Dame.«

Wolf kicherte.

»Sie will mich zur Not ja heute abend erschießen.«

Das Kichern wurde heftiger.

»Und all meine Protokolle veröffentlichen. Anton und Marcella. Kennen Sie die? Die größten Journalisten aller Zeiten.«

Wolf wischte sich die Lachtränen aus den Augen. Es wurde an die Tür geklopft.

»Ja?«

Eine Krankenschwester betrat den Raum.

»Herr Wolf, es ist soweit. Die Wehen haben eingesetzt.«

Wolf sprang hoch.

»Ach Gott, ach Gott!«

Er wandte sich Bruno zu.

»Sie müssen mich entschuldigen. Wenn Matthes das Zeug bringt, wie er es nennt: Mein Wort haben Sie.«

Dann eilte Wolf aus dem Raum, in dem Bruno nun alleine an einem großen, ovalen Tisch mit zwei vollen Gläsern Calvados saß.

Jetzt habe ich mit einem miesen Typen ein Geschäft gemacht, nur um meine Haut zu retten, grübelte Bruno, dabei wäre es dem doch völlig egal gewesen, wenn ich auch draufgegangen wäre. Nein, ich habe überlebt, also macht er einen Deal mit mir. Und ich mache mit. Ich hätte diesem miesen Schwein eins in die gepflegte Fresse hauen müssen. Matthes, lieber in den Knast, als das! Die Goldschmidt hat zehnmal mehr Mumm als wir.

Bruno horchte angestrengt in den Raum, ob nicht doch irgendwoher wenigstens ein Quentchen Vorwurf, »Bruno, du opportunistische Sau!«, ertönte.

Da war nur das leise Rauschen der Klimaanlage.

Bruno leerte die beiden Calvadosgläser, und nicht die Spur eines schlechten Gewissens hielt ihn auf, als er sich auf den Weg zum Hotelausgang machte. Der Himmel über dem Brandenburger Tor hatte noch fast nachtschwarze Streifen. Nur über dem Horizont stand ein strahlendes Blau, das die Sonne wie einen Himmelsbesen in die Nacht schob, um sie zu vertreiben.

Deutlich waren die vier Doppeldecker zu sehen, die mit dem kommenden Tag auf das Brandenburger Tor zuflogen. Sie zogen eine lange Kette von Luftballons hinter sich her. Die Luftballons waren in gelbes Gummi geblasene Konterfeis von Wolf und durch Spruchbänder miteinander verbunden. *Wolf 2000 ad infinitum.*

Unter dem Geknattere der Flugzeugmotoren defilierte die Parade der aufgeblasenen Köpfe.

Bruno glaubte das Geschrei eines Neugeborenen zu hören. Aber das waren nur die überstrapazierten Nerven.

Ein Taxi hielt vor dem *Adlon.* Amanda sprang heraus und eilte an Bruno vorbei in das Hotel, ohne ihn zu bemerken.

Bruno wartete nicht auf Matthes.

Er winkte dem Taxi, mit dem Amanda gekommen war, und fuhr nach Hause.

Im Wageninnern schnupperte Bruno an dem Parfum, das er Amanda jedes Jahr immer wieder neu geschenkt hatte.

Er ließ das Taxi am Charlottenburger Schloß halten, zahlte und ging durch den Schloßpark nach Hause. Aus dem Briefkasten holte er den *Tagesspiegel*, auf dessen Titelseite ein Foto von Wolf prangte mit der Unterschrift *Ich bin die Zukunft! Mir nach!*

Bruno duschte seine beiden Hirschgeweihfarne, kochte dann einen Kaffee und setzte sich auf seinen Melkschemel. Er mußte nachdenken. Viel Zeit blieb ihm nicht mehr. Er war beunruhigt wegen Frau Goldschmidt und Miriam Roth. Ob Wolf sein Wort halten würde?

Aber was nützte dessen Versprechen, wenn Frau Goldschmidt ihn mit dem Armeerevoler ihres Vaters womöglich erschießen würde?

Bruno schaute auf die Uhr. Es war neun vorbei. Er wählte die Nummer von Frau Goldschmidt.

»Ja?«

»Hier ist Bruno.«

»Machen Sie schnell, jeden Moment kommt ein Patient.«

»Ich muß Sie heute noch mal sehen! Unbedingt!«

»Einverstanden. So um sechs im *Einstein*?«

»Ich bin da.«

»Aber Sie werden mich nicht umstimmen!«

Klick.

Mit Miriam Roth verabredete Bruno sich für elf Uhr in ihrer Wohnung. Er wollte sich davon überzeugen, ob sie tatsächlich eine Verräterin war, wie Wolf behauptet hatte. Dabei wußte Bruno, daß Wolf nicht log. Das hatte er nicht nötig.

Das Gespräch mit Miriam Roth war unerquicklich. Sie beharrte geradezu manisch auf der Position der Revolutionärin.

»Sie kennen meinen Standpunkt, Herr Paul.«

Sie saß wie immer kerzengerade. Einen Standpunkt mit hängenden Schultern gab es für sie nicht.

»Die Trauerarbeit überlassen wir gerne Ihnen. Wir leisten Widerstand. Eine zweite Schöpfungsgeschichte unter Anleitung und Ausbeutung durch Herrn Wolf wird es nicht geben.«

Bruno sagte in dem ganzen Gespräch kein Wort. Niemals hätte sie zugegeben, daß sie die Sache verraten hatte. Vielleicht war sie sich und Frau Goldschmidt ja tatsächlich treu geblieben, und Wolf hatte ihn angeschwindelt?

Bruno wußte es besser.

Sie entließ ihn grußlos. Kein Handschlag. Als wäre er der Verräter. Diese schroffe Ablehnung traf ihn tief, obwohl er ihr Lügengespinst durchschaute. Es machte ihn auch wütend. In der Tür sagte er noch zu ihr: »Frau Goldschmidts Theorie des Widerstandes ist doch in der Praxis an Ihnen kläglich gescheitert! Was soll also dieses Theater?«

Sie hatte ihm die Tür vor der Nase zugeschlagen.

Bruno kehrte zurück nach Hause, nahm eine Dusche und schlief bis zum frühen Nachmittag. Dann kleidete er sich an und begab sich in sein Büro zu seinem Melkschemel, um dort ein letztes Mal seine Situation, vor dem Treffen mit Frau Goldschmidt, zu überdenken.

Nach dem Treffen mit Miriam Roth zweifelte Bruno zum ersten Mal an seiner alten Therapeutin. Wie konnte sie sich so irren?

»Das gehört auch dazu, daß jemand den Druck nicht aushält«, hörte er sie im Geiste sagen. »Das müßten Sie, mein lieber Bruno Paul, doch selbst am besten wissen. Sie waren heilfroh, als Matthes Ihr Konterfei vor die U-Bahn stieß. Und gegen Wolfs Vorschlag haben Sie sich auch nicht gerade gewehrt. Ein Mann mit Charakter hätte das nicht gemacht.«

»Niemals!« bekräftigte Brunos Ururgroßmutter, »dein Vater war aber auch schon so ein Kümmerling, ein Schwanzeinzieher, der immer nur den bequemsten Weg ging! Du bist es nicht wert, auf meinem Schemel zu sitzen!«

Epilog

In dieser schicksalhaften Minute, zumindest erschien sie Bruno so, stand er in der gefüllten Lobby des *Adlon*. Es war kein Durchkommen.

»Jetzt werden wir nie erfahren, in welche Zukunft uns der Rammbock rammeln wollte«, scherzte eine Stimme, »er hat ein Löchlein in der Stirn!«

Andere Stimmen lachten über den Scherz. Überhaupt war die Stimmung prächtig und ausgelassen.

»Es geht doch nichts über ein starkes Event«, übertönte eine andere Stimme das Stimmengewirr, »in den Events steckt die wahre Dienstleistung.«

Bruno hätte zu gerne gewußt, ob Matthes im Besitz der Filmbänder war. Jetzt war Wolf tot. Wenn Matthes die Bänder nicht hatte, war alles zu spät.

Plötzlich flammten die Videowände wieder auf, die auch in der Lobby aufgespannt waren. Augenblicklich verstummte die Menge.

Man sah auf der Videowand ein Sofa, auf dem Stella, Wolfs Frau, mit ihrem frischgeborenen Baby saß und es stillte. Wolf kam hinzu und setzte sich neben sie.

»Darling«, sagte er, »wir müssen etwas besprechen.«

Stella blickte von dem Baby auf.

»Etwas besprechen?«

»Ja«, räusperte sich Wolf.

Plötzlich erschien im Hintergrund Amanda, die die Szene auf dem Sofa fotografierte. »In zwei Stunden ist Mitternacht. Das neue Millennium beginnt. Ich will mein Söhnchen präsentieren, das Weltwunder.«

Stella wirkte etwas verwirrt.

»Weltwunder?«

»Stella, Darling, mein Söhnchen bin ich.«

Er machte eine Pause, um zu sehen, ob Stella begriff. Sie begriff nicht.

»Du bist nicht wirklich die Mutter, du bist die Gebärhülse, der Apparat, in dem mein Söhnchen, mein Ich, heranwachsen durfte.«

Stellas Verwirrung wuchs. Sie stillte das Baby aber immer noch.

»Dieses Kind, Darling, ist geklont, es ist eine identische Kopie meiner selbst, es ist eine Weltpremiere, die ich heute abend verkünden werde. Wir haben dir nichts davon gesagt, um dich nicht zu belasten. Du mußt zugeben, du bist gut gefahren. Du hast ausgesorgt. Um es kurz zu machen, kurz und schmerzlos: Man wird dir das Kind wegnehmen. Es ist ein Experiment, das sorgsam überwacht werden muß. Du hast mit dem Kind nichts zu tun. Nichts von deinen Genen ist in ihm. Nur ich. Ausschließlich. Es ist meine Unsterblichkeit. In ihm werde ich wiederauferstehen. Es ist der Anfang einer leuchtenden Zukunft. Es ist der jüngste Tag einer neuen Menschheit, der in zwei Stunden beginnt. Dieses Kind ist allein und einzig aus meiner Rippe. Es ist einmalig ich, es ist der Herr künftiger Geschlechter, ich bin sein Vater, sein Schöpfer, du bist die kleine Jungfrau Stella von der unbefleckten Empfängnis, der man diesen Samen meines Ebenbildes eingesetzt hat. Du warst doch mit allem einverstanden? Gut, man hat dir den Experimentalcharakter verschwiegen, aber das wirst du doch, bei dieser großzügigen Ausstattung deines Kontos, deiner Lebensumstände verkraften können? Du warst eine Leihmutter mit einem sehr gut dotierten Vertrag! Sonst nichts! Unsere Trauung ein Akt der Höflichkeit und des Respekts meinerseits dir gegenüber. Ich bin dir zu nichts verpflichtet. Und jetzt gib es mir!«

Stella hatte aufgehört, das Kind zu stillen, und es in eine Decke gehüllt. Sie hielt den kleinen Körper fest an sich gedrückt.

»Niemals!« sagte sie, »niemals!«

Sie erhob sich von dem Sofa.

»Nehmen Sie ihr das Kind weg!« befahl Wolf. Man konnte nicht mehr sehen, wem er diesen Befehl gegeben hatte. Man sah nur ein großes Erstaunen in seinem Gesicht. In diesem Augenblick brach das Bild ab.

In der Lobby herrschte Totenstille.

»Dieses elende Schwein!« sagte eine Frauenstimme schließlich laut und deutlich.

»Los, wir gehen!« rief eine andere Frauenstimme.

Die Lobby leerte sich. Unter stummem Protest verließ die Menge das Hotel.

»So sind se, die Berliner«, sagte ein livrierter Page, »ruppig, und dann sind se plötzlich wieda janz sensibel. Was nich jeht, jeht ja nu wirklich nich.«

Die Lobby war fast leer, und die Kellner fingen bereits an, das Buffet abzuräumen. Plötzlich tauchte Matthes auf, mit einer Champagnerflasche in der Hand, drehte sich ein paarmal um die eigene Achse, sah Bruno und steuerte grinsend auf ihn zu.

»Wo warst du denn? Alles paletti. Hier!«

Er wurstelte zwei Videokassetten aus seiner Jackentasche. Nüchtern war er nicht mehr. »Alles drauf. Die Exekution von Oliver. Alles. Echt der Hammer. Marc ist ein Lump. Die Bullen sind bei ihm. Haben eben versehentlich das Band laufen lassen. Haste mitgekriegt? Dieses alte Schwein von Wolf. Geschieht ihm recht.«

Er nahm einen Schluck aus der Flasche.

»Ich war oben bei Marc. Ich habe das ganze Band gesehen. Alles.«

Er lachte laut.

»Aber das Allerbeste konnte man nicht sehen. So gut war Marc nicht, daß er das auf Band hatte. Man konnte nicht sehen, wer geschossen hat. Der allerletzte Beweis fehlt. Man sah nur dieses alte Großmütterchen ins Bild tappern und einen Revolver hinlegen, vor den Toten, und dann sagte es in die Kamera: Ich bereue nichts. Frau Bretz, ich stehe zu Ihrer Verfügung. Es war wie im schlechten Kino. Der Schütze jedenfalls war clever. War nicht im Bild. Der kannte das Spiel. Die Oma war es bestimmt nicht. Die konnte den Revolver ja kaum halten.«

Sie verließen die Lobby. Vor dem *Adlon* waren jede Menge Polizeifahrzeuge.

»Was sollen wir jetzt mit den Videos machen?« fragte Matthes.

»Gib sie mir. Ich gebe sie weiter.«

Matthes gab ihm die Videos.

»Ich geh' noch ins *Gainsbourg*. Kommst du mit?«

»Ich komme nach. Später.«

Matthes verschwand in Richtung Brandenburger Tor. Bruno nahm sich ein Taxi und fuhr nach Hause.

Er sah sich in seinem Büro auf dem Ledersofa die Videos an. Das Wimmern Olivers um Gnade war furchtbar. Bruno hielt es kaum aus. Man sah die einzelnen Phasen der Manipulationen. Erst wurde Matthes, dann Bruno in das Material kopiert. Marc hatte perfekte Arbeit geleistet.

Bruno hörte, wie die Wohnungstür zuschlug. Wer war

das? Schritte näherten sich im Flur. Plötzlich stand Amanda in der Tür. Sie wirkte sehr erschöpft.

»Hallo«, sagte sie nur.

Sie holte aus ihrer Tasche einen Revolver und warf ihn neben Bruno auf das Ledersofa.

»Deine Pistole. Die Tatwaffe.«

»Ich weiß«, sagte Bruno etwas verdutzt.

»Bruno, du weißt gar nichts. Laß sie verschwinden. Ich habe zuletzt damit geschossen. Das wollte ich dir sagen. Nur deswegen bin ich gekommen. Damit du Bescheid weißt. Du bist der einzige, der es von mir wissen soll. Ich dachte, ich bin es dir schuldig.«

Ehe Bruno reagieren konnte, war sie auch schon wieder verschwunden.

Bruno saß über eine Stunde auf dem Sofa und grübelte. Amandas Aussage war sonnenklar.

Bruno getraute es sich nicht zu denken. Vielleicht war sie es doch nicht gewesen. Wie er Amanda kannte, würde er nie mehr erfahren als das, was sie eben gesagt hatte. Amanda war verschwiegen wie ein Grab.

Bruno verließ die Wohnung gegen vier Uhr morgens.

Die Pistole warf er von der Schloßbrücke in die Spree.

Dann fuhr er mit dem Taxi in den *Dicken Engel.*

Die Bretz war der letzte Gast am Tresen. Sie schien nicht überrascht zu sein.

»Einen Absacker für den Herrn.«

Bruno bekam ein Guinness. Er nestelte die Videos aus dem Mantel und legte sie neben der Bretz auf den Tresen.

»Olivers Ende. Von Marc.«

»Kenn ich längst.«

Bruno war schockiert.

»Und warum haben Sie nichts gesagt?«

Die Bretz grinste.

»Weil ich nicht beweisen konnte, daß das Jockel war

auf den Videos, und nicht Sie. In der Hinsicht war sein Plan fast perfekt.«

»Aha. Und wie haben Sie es beweisen können?« Bruno nahm einen Schluck von dem braunen Bier.

»Gar nicht. Marc hat alles zugegeben. Jockel hätte Marc umlegen sollen.«

»Vielleicht wollte er noch.«

»Er konnte nicht.«

»Wieso das denn?«

»Marc hatte ein Video von Ihnen und Jockel. Auf einer Party. Sie quatschten ziemlich besoffen auf Jockel ein. In Ihrer Mitte steht Amanda. Marc hatte Jockel in der Hand.«

Bruno fuhr mit dem Zeigefinger über den Rand des Bierglases, streifte den Schaum ab und verzwirbelte ihn zwischen den Fingern.

»Und wer hat Wolf erschossen?«

Die Bretz trommelte kurz auf den Tresen.

»Ich sage es nur Ihnen, und Sie wissen, warum ich es nur Ihnen sage. Ich werde mich nicht bemühen, die Täterin zu überführen.«

Als Bruno ging, sagte sie noch, fast beiläufig: »Manchmal bin ich eine glühende Anhängerin von Frau Goldschmidts Thesen. Vergessen Sie nicht, die Pistole verschwinden zu lassen!«

Bruno fuhr nach dem *Dicken Engel* noch ins *Gainsbourg*.

Dort waren alle versammelt und feierten Silvester. Anton hatte eine rote Nase auf, und Marcella hatte sich Lametta um den Hals gewickelt. Swantje kraulte Matthes unterm Pullover an ihrer Lieblingsstelle. Er hielt die Augen geschlossen und war dicht an sie gelehnt. Bruno hörte deutlich einen Kater schnurren.

Aykut sah Bruno als erster.

»Mein Stangenspargelchen, komm her.«

Bruno quetschte sich in die schmale Lücke zwischen Anton und Aykut. Kurz darauf klingelte sein Handy. Bruno fummelte es aus dem Mantel. Er hörte ganz deutlich, wie Anton, dessen Mund knapp neben seinem Ohr war, zu ihm ins Handy sagte: »Wir haben die Protokolle von der Goldschmidt mit Wolf. Das Psychogramm eines modernen Diktators. Phantastisch.«

Klick.

Anton grinste Bruno unter seiner roten Nase breit an und schloß ihn spontan in die Arme.

»Grrrrrhhssschrrgt.«

»Er fragt dich, ob du dich heute abend mit uns besaufen willst«, sagte Marcella, »er wäre stolz, wenn er dich einladen dürfte.«

Dann vertiefte sie sich wieder in das Gespräch mit Ulf, der Erdnüsse in sich schaufelte und Marcella mit Wortsalven beharkte.

Bitte beachten Sie
die folgenden Seiten